先辈丛书·回忆录卷

万毅回忆录

中共党史出版社

图书在版编目（CIP）数据

万毅回忆录 / 万毅著 . –– 北京：中共党史出版社，
2023.8

ISBN 978-7-5098-6306-0

Ⅰ . ①万… Ⅱ . ①万… Ⅲ . ①回忆录—中国—当代
Ⅳ . ① I251

中国国家版本馆 CIP 数据核字（2023）第 082419 号

书　　名：**万毅回忆录**

作　　者：万毅

出版发行：**中共党史出版社**

责任编辑：姚建萍

责任校对：申宁

责任印制：段文超

社　　址：北京市海淀区芙蓉里南街 6 号院 1 号楼　　邮编：100080

网　　址：www.dscbs.com

经　　销：新华书店

印　　刷：北京中科印刷有限公司

开　　本：710mm × 1000mm　1/16

字　　数：240 千字

印　　张：14.75　12 面插页

版　　次：2023 年 8 月第 1 版

印　　次：2023 年 8 月第 1 次印刷

书　　号：ISBN 978-7-5098-6306-0

定　　价：48.00 元

此书如有印装质量问题，请联系中共党史出版社读者服务部 电话：010-83072535

万毅（1907—1997）

赤胆忠心公而无私

长铜筋肋铁骨长

命百岁

万毅同志留念

胡耀邦 戊辰冬

胡耀邦题词

国防科技

现代化的功臣

一九九九年十月

宋任穷

宋任穷题词

刚直不阿

浩然正气

谷牧 戊寅七月

谷牧题词

万毅同志千古

忠于党 爱祖国

而人民 奋斗终生

吕正操

一九九八年九月

吕正操题词

正气浩然

通铎万毅同志

戊寅秋月

孙毅题词

忠党爱国万死不辞

功昭日月

誉满山河

正气刚肠毅力超群

万毅同志千古

周克玉敬挽

周克玉题词

救國救民寻找真理跟朱一起共產

主義战士

普照人间

連天炮火英勇善战功載千秋光輝

万毅月景千古

庚辰 瑞言同揽

李真题词

抗倭寇战蒋顽

追真理意志坚

万毅同志千古

一九九七年十一月

肖光义敬挽

肖光义题词

丁毅同志为中华民族的解放和新中国的建设作出过重要贡献，我们深切怀念他。

丁国钰

2009.3.29.

丁国钰题词

歷經風雨

忠貞高大

滿毅同志逝世十周年紀念

二〇〇七年三月於北京 張翼

张翼题词

刘錡题词

记念万毅同志逝世十周年

万毅同志的高尚品德
革命风范永远值得我们
学习的楷模

刘准敬书

刘准题词

目　录

第七章 转战鲁南大地。能打就打，积小胜为大胜，鼓舞士气，消灭敌人 / 55

第八章 "九·二二"锄奸。粉碎缪澂流反共投降的罪恶阴谋 / 61

第九章 国民党新的一次反共高潮开始。111 师内部分化，反动力量上升。"二·一七"再次身陷囹圄 / 73

第十章 "八·二"越狱。"八·三"事变。111 师前进路上的一个新的转折点 / 87

第十七章　东北大军入关。参加平津战役。指挥丰台作战 / 178

第十八章　北平和平解放。参加中共七届二中全会。为新中国诞生和军队现代化建设继续拼搏 / 189

第一章　从日本殖民地的奴隶，到具有初步民族意识的爱国青年

一出生，就成了日本殖民主义者的奴隶

1907 年（清光绪三十三年）8 月 8 日（旧历六月三十日），我出生于辽宁金县四十里堡的一个满族农民家庭，取名万允和，后改名万毅，字顷波。

金县地处辽东半岛南部，濒临黄、渤二海，物产丰饶，交通便利。两汉时期，这里为沓氏县，金时始称金州，明设金州卫，隶山东布政使司，清雍正年间改金州为宁海县，属奉天府。道光二十三年（1843 年）改宁海县为州厅。1898 年以后，为俄帝国主义侵占。1904 年至 1905 年日俄战争中，俄国败北，旅大租借地被日本帝国主义霸占，从此大连、金州、旅顺被划入日本帝国主义的版图，成为它的一个直辖区——"关东州"，并先后在旅大设立了关东都督府的陆军部、民政部和南满铁路株式会社三大统治机构。"州"和南满铁路沿线实行殖民统治，民国二年（1913 年）中国政府改金州为金县，但由于日本侵占而未能行使主权。

我出生后，老人给我上户口报的是明治四十年。堂堂中华民族的子孙，一出生却成了日本天皇的"子民"，也就是说，我一生下来就成了殖民主义者的奴隶。

当时我家属镶黄旗、宫保牛禄、富察哈拉①，祖父万永禄、父亲万宝贵都是农民，曾当过清朝的骑兵。父亲是个种田能手，很有力气。隔壁是家地主，秋粮入仓时常请父亲去帮工，别人扛一袋粮上肩时，还要人帮一下，父亲自己扛起一袋便走。他是个富有强烈民族意识和正义感的人，把侵略我国

---

① 旗、牛禄、哈拉为建制名称，旗下为牛禄，牛禄下为哈拉。

的俄国人叫"老毛子",骂日本人是"日本狗子"。他常说:"猫子、狗子是不能得天下的。"用这话来坚定我们后代的民族信心。父亲还读过几天书,能写信,看小说、唱本,一张口,就能讲上几段孔明先生的故事,再加上当兵在外闯荡多年,很有些胆识。母亲是金州城里的汉族人,聪明贤慧,做得一手好针线活。当时虽是清末,"旗民不交产,满汉不通婚"的习惯势力还很强,可能因父亲当兵才娶母亲为妻的。我们兄弟姐妹共5人,但我大哥、大姐、二姐全都早年夭折了,仅剩下我和一个比我大两岁的哥哥。在8岁以前,我还从事拾粪、捡柴等轻微的农事劳动。

我虚8岁那年,父亲已年近五十,体力渐衰,不堪农田繁重的劳动,同时也考虑到对我兄弟两人的教育,便抵押了仅有的5亩土地,由农村搬家到金县城里,利用抵押来的贷款作为资本,开了个小杂货铺,主要卖些烟酒糖果米面等日用杂货,字号是"万兴德",人称"万家小铺"。

入学读书。不断增强民族意识,痛恨日本奴化统治

进城不久,父亲就送我们兄弟上了设在城西南天后宫的蒙学堂。天后宫有个美丽的传说,说的是这里的渔民常常出海捕鱼,商人们也经常漂洋过海去山东半岛做生意。有一次,他们在海上突然遇到了风暴,海浪排空,人们眼看就要葬身海底。可是,突然间雨过天晴,风平浪静,人们安全返回,说这都是天后保佑的。于是,大家集资修了天后宫,香火不断,以保出海的人和山东烟台的渔民、商人们的平安。

我念一年级时,这里还没有日本人,教我的王老师曾留学日本,在当地声望很高,又有很强的民族意识,对我的思想启蒙很大。后来蒙学堂合并到日本人在金州城东门外的公学堂,全称"关东州附属地公学堂南金书院"。日本的公学堂分为初等四年,高等二年(等于内地完全小学)。其教育主旨是"授以日常生活应用的知识,养成能够服务于日本帝国在关东州经营一切事业的资格"。南金书院的日本校长叫岩间德也,我的班主任姓大谷。大谷对学生很凶,学不会就狠狠地惩罚学生。所用的教科书全是日本帝国文部省审定的日本教科书,课程主要学汉文、日文、算术、体操。唱日本国歌,连背小九九都让用日语而不让用汉语,讲的故事也全是日本的。每当日本天皇祭日,日本校长便要率领全体学生祭拜。还对学生宣称:"你们没有祖国,

你们的祖国不是中国是日本。"正如近人龚自珍所说："灭人之国，必先去其史"，"绝人之材，湮塞人之教，必先去其史；夷人之祖宗，必先去其史"。日本帝国主义要灭亡中国的野心，从那时对中国殖民地实行的奴化教育上便可略见一斑！

日本人随意欺负中国人，日本在所谓"关东州"附属地每年有两次"擦干净"。有一次，一个日本人到我家检查卫生，他戴着白手套，站在凳子上往梁上一摸，摸了一手灰，便用藤条鞭抽我母亲，母亲痛得直落泪，我站在旁边看着，心里恨透了日本人。当时，群众中流传着顺口溜："日本小鬼真正顽，占我旅顺和大连湾，年年三月念六日，期满了他还不归还！""日本话不用学，再过三年用不着！"

这样，在日本办的学校里学了两年，父亲就不让我们兄弟上学了，给我们找了一家私塾，又读了一年，便停学了。

当学徒工，当小雇员，要找个能吃饭又不受鬼子气的地方

1919 年春节，同乡孙洪文先生在大连日本泰来钱庄当雇员的儿子回来过年时说，钱庄想找两个十一二岁的机灵男孩去当伙计，父亲供不起我们上学，便让我去，这年我才 12 岁。

大连在 1900 年以前是个荒凉的渔村，叫"青泥洼"，被俄帝国主义霸占后，逐渐发展为东北地区的一大商埠。易手日本后，日本帝国主义苦心经营，资本主义经济发展迅速，海关出入占全国第三，仅次于上海、天津两地。日本在这里实行敲骨吸髓的剥削和掠夺政策，大连的下层人民生活十分困苦。我去的泰来钱庄是个专搞买空卖空勾当的交易代理商行，我当时的工作是负责送行单（从开盘到收盘的数字），每天东到刺儿沟，南到南岗，不停地奔波，月工资 4 元，是小洋，当地叫"小银子"，1 元等于大洋（袁大头）0.8 元，等于日本的金票 0.85 元左右。钱庄供饭，春节可以回家。虽然工资不高，但多少减轻了家庭负担。在这里干了三年，后来因介绍我去的人出了事，吃了官司，我跟着受牵连被辞退回家。

这三年里，虽然每天奔波，很是疲劳，但是，我却利用这个机会读了不少书，我的一些历史知识，大体就是在这个时期打下基础的。学了点历史，对中华民族的形成和发展，有了粗略的了解，因而，民族意识和爱国意识也

就更增强了。活着不光是为了挣钱糊口，还要为自己的国家做点什么，这种观念也逐渐形成了。

我回来后，家里经济更为拮据。这时父亲正在借高利贷经营小铺，雇了个伙计，总是翻不过本来。我回来除了帮家里干些杂活，闲时便读点书，练习写毛笔字。我家对面住的是个大地主叫曹世科，他是日本在金州城的维持会会长。当日本人和中国人发生纠纷时，他有时帮中国人说些好话，平时也乐于做些好事，所以在当地有一点好名声。

我父亲平时比较敬重曹世科，有一次，他到我家串门，见我正在练字，凑过来看了看，颇为惊奇地对我父亲说："呀，你这个孩子字写得还不错！"父亲趁机有意向他诉开了苦，说自己生计艰难，又添了个吃闲饭的，孩子字写得好也没事做等等。曹说："你舍不舍得放孩子出远门？"父亲说："只要有事做，有什么不舍得的。"曹的姐姐是张作霖的财政厅长王永江的妻子。王永江因给张理财有方，深得"张大帅"赏识，是大红人。曹说他还有个沾亲带故的外甥张韵珊在奉天（沈阳）财政厅当庶务股长。不久，曹世科写了一封信让我去找张韵珊。

1922年春节过后不久，我持信搭火车到奉天找到张韵珊，由张将信转给王永江。在那里象征性地经过一个考试，就被分配到征榷科、当上了小职员。当时财政厅仅有三个科：总务科、征榷科、制用科。征榷科主管田赋、征税。科长下是股长，股长下是科员，科员下是雇员，雇员下是效力。我是雇员。雇员的月工资是13块奉大洋，合袁大头6块钱左右。在这里除了工作之外，我更注意抓紧时间找书读。我注意向一些有学问的职员学习文化，其中有个50多岁的姓索的职员，人称"老索头"，是个旗人，比较有学问，但性格古怪，人际关系不好。我读古书遇到不懂的问题常去请教他。那些年龄比较大的职员看我好学上进，对我也很爱护，乐于解答我提出的问题。在做小职员期间，我的眼界开阔了许多。奉天是奉系军阀张作霖的政治、经济、军事统治中心。奉军虽是一个封建军事集团，是张作霖与其他派系军阀争权夺利、进行征战的工具，但他们毕竟不像日本人那样随便欺负老百姓。看到中国人自己的军队、警察和各种统治机构，心中的自豪感便油然而生。这大约也是我后来去当兵的一个思想基础吧。

20世纪20年代的中国，正处在北洋军阀的黑暗统治之下，军阀背后站着不同的帝国主义国家，军阀们为了争地盘、抢夺在中国的最高统治权和为各自"主子"的利益频繁征战，战事连年不断。张作霖不甘心偏安东北，为扩张势力，多次率军入关，问鼎中原，进行了第一、二次直奉战争。为应付庞大军费开支和满足军阀混战的需要，张作霖不断增捐加税，强行发行公债。

我当小职员的那一年，奉军在第一次直奉战争中败北，张作霖为进行复仇战争，大力扩军，对老百姓的搜刮也愈来愈厉害，奉票贬值，物价上涨，给人民带来沉重的经济负担和极大的经济灾难。我的薪俸只能维持自己的生活，很少有余钱寄给父母，我父亲的生计也更加艰难了。有年春节我回家过年，大年三十本应阖家团圆，可高利贷者来家讨债，父亲躲到龙王庙我姑母家。我17岁那年，父亲的小铺再也经营不下去了，经曹世科介绍，他到一个小图书馆工作，挣的钱仅够维持父母的基本生活。我从小对老人十分孝顺，总想找个更好些的差事，先将父母从日本附属地迁到中国人自己管的地区，找一块相对安静的地方，少受些东洋鬼子的气。为了父母晚年有个较为安定的生活，也为了个人有个好的出路，能够为自己的国家做点有益的事，我想到了读过的史书，想到了汉代班超投笔从戎的故事。我何不到中国自己的军队里去当兵呢！当然，那时候我还只能辨别日本军队和中国军队的差异，只有一腔爱国热情，而对什么军阀不军阀，还是毫无认识的。

第二章　参加东北军，从教导队学员起步

考入东北陆军军士教导队。队长是张学良

　　1925 年 3 月底，正值奉军在第二次直奉战争中取胜，张作霖操纵了北京政府实权之际，我考入了东北陆军军士教导队第四期步兵科。教导队队长是张学良，实际主持队务的是队附王瑞华。我被编在第五连。按奉军规定，一考上教导队就是一等兵。在教导队学习期间，我感觉其他课程都好学，惟有射击教范和筑垒教范最难。射击教范涉及相当于初、高中水平的射线、升弧、降弧等大量数学知识，我过去根本没有学过，上理论课时我听不懂。筑垒教范的情况也差不多。不过由于记忆力好，我把这两门课程基本上背下来了，每次考试成绩还不错。筑垒教范上理论课时搞不明白，但到野外进行修筑野战工事的实施阶段便一下子搞通了。操场训练对我来说也不轻松，因为同学中大都当过兵，而我来自小职员，走正步等队列动作都要从头学起。节假日、休息日别人休息或上街玩，我却加班练习。

　　在教导队经过 6 个月紧张的学习训练后毕业了，我被分配到天津张学良的司令部。说是分配不如说自己联系更确切，因为那时奉军的规矩是，来自部队的教导队毕业生回原部队，不是来自部队的自己找接收单位。我有个同学在张学良司令部工作，经他介绍我到了张学良司令部副官处当上士，干抄抄写写的工作。这时奉军占

1930 年东北陆军讲武堂毕业照

据着奉、吉、黑、热、直、豫、鲁、苏、皖九省，正处于全盛时期。为便于统一指挥，1925 年 9 月，东北军所有各旅改编为 20 个陆军师，总兵力约 37 万人。东北军京榆司令部司令张学良指挥 1、3 联军约 7.5 万人，司令部就设在天津。我到副官处后不久又调到兵站处。兵站处设在滦州，兵站处处长是张振鹭。

震惊中外的"郭松龄倒戈"事件。兵站处被解散。我回家了

1925 年 11 月，奉军内发生了震惊中外的"郭松龄倒戈"事件。郭松龄，字茂宸，辽宁沈阳人。早年毕业于北京陆军大学，曾赴广东参加国民革命。1918 年回东北任讲武堂战术教官，是张学良的老师。郭治军有方，善于网罗人才，又与张学良结下深厚的师生情谊，得以步步荣升。他有浓厚的资产阶级民主革命思想，对张作霖、杨宇霆穷兵黩武镇压革命运动深怀不满，政治上的分歧是郭发动反奉战争的主要原因。

1925 年 10 月间，直系将领孙传芳率五省联军击溃了驻沪、宁的奉军。张作霖急电正随中国军事代表团赴日本参观的郭松龄返回。郭回来后，张作霖令他去天津部署军事，准备反击孙传芳。郭赴天津后总揽 1、3 联军大权，并与冯玉祥缔结了攻守同盟，于 11 月 26 日在滦州车站毅然举兵反奉。郭当时虽未发表政治宣言，但统一制作了臂章，叫每个官兵佩戴，上写："真爱民，不扰民，誓死救国"。郭部起初势头凶猛，所向披靡。但于 12 月 20 日进占新民后，与对方隔巨流河相峙。张作霖在日本帝国主义的支持下，利用吉、黑两省的骑兵，突然袭击郭在老达房的指挥部，郭夫妇二人在逃避中被捕遇害。这次事变是奉系军阀内外危机的开端，郭的倒戈有一定的进步性。

当时我是郭部的少尉兵站员，没有参加战斗。因为我字写得不错，算盘打得也比较好，所以提升得很快。12 月郭军打到白旗堡时，我被提升为中尉。

郭松龄反奉，张学良被置于两难境地。他虽对张作霖热衷内战的政策不满，但又不愿加入反对派的行列。郭松龄被杀后，张学良不顾个人安危，力谏张作霖不能再杀一人。张作霖答应了张学良的要求，并让他收拾部队。张学良对郭的旧属一律宽恕，全部录用。但我所在的兵站处处长被免职，全处官佐被遣散，我也回家去了。

重入张学良司令部。吕正操出题，考试录用，在军阀混战中谋生

被遣散回家，过了个平安年。1926年春节后，我就回到京奉路上的芦台、开平，找到张学良司令部，写了个"签呈"，说明郭军反奉时自己什么也没干，请求录用。张学良批示："考试，因才录用。"吕正操是主考官之一，他是东北讲武堂第五期毕业生，时在张学良司令部参谋处任少校参谋。试题中有一道题我还记得是："在步兵操典中，在散兵线上用'走'字的口令有几个？"这是个容易被人疏忽答错的问题，因为在散兵线上用"走"的口令只有一个，就是"冲锋走"。这个题我答对了。此外在制式教练中还临时出情况要求答案，我都通过了。经考试录用后，任命我为张学良副官处少尉副官，在指挥列车上担任文牍工作。时为1926年4月。

张作霖在郭松龄事件后，十分痛恨与郭合作的冯玉祥，嫉恨国民军在北方的发展，也深惧国共合作后南方革命势力的发展，便与曾在战场上拼得你死我活的吴佩孚联合进攻冯玉祥。受过冯军压迫的晋军阎锡山也依附直奉军，三面夹击冯玉祥。在这场战争中，张学良指挥第3、4方面军接连取胜，一直打到北京。我也随之到了北京，住在顺丞王府张学良的公馆里。

1926年8月，我被派到隶属第16、17联合军的第23旅。16、17联合军军长为荣臻、胡毓坤，下辖步兵第5、第6和第23旅。第23旅旅长邰汝廉，参谋长黄显声。黄显声是辽宁凤城人，七七事变后，曾响应中国共产党的号召准备去华北打游击，未及成行，便被蒋介石密令关押，全国解放前夕被惨杀于重庆"白公馆"监狱中。黄显声曾给过我许多帮助，我迄今仍深深怀念着他。我在张学良的副官处时，黄显声也在那里任中校副官，很受张学良器重。他调任第23旅参谋长时把我也带去，并晋升我为中尉。1926年7月，国民革命军誓师北伐。北伐军势如破竹，至11月便相继打败了吴佩孚、孙传芳的部队。吴、孙二人电邀张作霖"入京主政"，拥戴张为"安国军"总司令，以统驭各派军阀余部。1927年2月，"安国军"进兵河南，派张学良、韩麟春率第3、4方面军和张宗昌的直鲁联军分途进击，支援河南的吴佩孚残部。奉军由荣臻、赵恩臻、于珍率领渡过黄河，占领了黄河以北的彰德、新乡地区。时人称"三臻（珍）下河南"。第23旅隶属于珍的第10军，结果奉军败阵而归。撤出河南时，路经史称"陈桥兵变"宋太祖赵匡胤"黄袍加

身"的陈桥。后来，我们又撤到河北省的青县，在这里，第 23 旅改称第 11 师，所辖部队建制未变，调来的师长叫李振唐。黄显声因和郜汝廉合不来，已在部队改称第 11 师之前调到北京当了张学良总部新设的宣传部部长。我在青县晋升上尉，当年夏季被黄显声调到宣传部当少校副官。是年秋，黄显声被调去组建第 19 师第 1 旅，我随之到该旅当少校副官。第 19 师师长是王以哲。第 1 旅第 1 团是老卫队 1 团，第 2、3 团是主力。

1928 年 4 月，在英美帝国主义支持下，国民党新军阀蒋、冯、阎、李联合讨伐张作霖。奉军采取各个击破的战略，拟先消灭阎锡山部再回师对付其他三路敌人。奉军虽一度三面包围了阎军，但由于白崇禧及时赶来增援，迫使奉军分别由京汉线退守保定，由京绥线撤至怀来。在进攻阎军时，黄显声率第 1 旅为先头部队，被派到赞皇、元氏一带。奉军孤军作战，军事形势日趋恶化。张学良力劝张作霖与蒋介石息兵言和。6 月 2 日，张作霖发表"出关通电"。6 月 4 日凌晨，他乘专车行至奉天皇姑屯，被日本人预先埋设的电发炸弹炸死。张学良成为东北最高军政长官。此后，东北军陆续撤回山海关外。8、9 月间，我所在的第 1 旅进驻奉天北大营。

入讲武堂。毕业考试，在近 2000 名毕业生中成绩名列第一。张学良亲奖怀表和指挥刀

到北大营后，我改任军械官。不久，黄显声对我说："要想在部队干出点名堂来，就必须去带兵。带兵仅有教导队的学历可不行，还得去考讲武堂。"我遂参加讲武堂第 9 期入学考试，但因眼睛近视落考。黄显声让我去找王以哲师长，王师长问了我的落考原因后，给我写了说情的信，免测视力，我得以重考录取。

1928 年 12 月，讲武堂第 9 期开学，这是录取学生最多的一期。早在1906 年，东三省总督赵尔巽在奉天老将军府创办了东三省讲武堂普通科。张作霖自己虽没有多少文化，但对军事教育却非常重视。他就任东三省巡阅使后，为整饬军队，培养初、中级军官，在原基础上续办，定名为东三省陆军讲武堂。讲武堂第 9 期教育长为鲍文樾，后由周濂继任，校附韩世儒，教育处主任徐传楹，下辖第 1、2 总队。第 1 总队学员为编余军官，总队长吴玉林，下辖 3 个步兵大队，骑、炮、工、辎四个中队。我被编在第 1 总队第 3 大队

第 10 队。于 1930 年 5 月毕业，称讲武堂第 9 期。第 2 总队为学生兵，总队长王静轩。第 2 总队在第 1 总队毕业后又延长学习半年毕业，改称讲武堂第 10 期。

我自知机会难得，惜时如金，不仅上课时专心致志地听讲，而且整个夏季都没有睡过一次午觉。课堂学习、野外操作、实兵指挥等科目我都一丝不苟，当时所学的战术、地形、兵器、筑城等八大教程重要的章节，我基本上背诵下来了。我辛勤的学习终于换来优异的成绩。平时考试成绩加毕业考试成绩为毕业生总成绩，在近 2000 名毕业生中我的总成绩为第一。1930 年 5 月举行毕业典礼时，张学良出席颁奖仪式，并亲自为前 30 名学员颁发奖品。我所得的奖品是一块怀表和一把指挥刀。

东北易帜。军阀混战结束。张学良就任陆海空军副司令。随张去南京

我在讲武堂毕业后，被分配到东北陆军第 20 旅（驻开通县）。旅长黄显声任命我为第 20 团少校团附。就在这时，少校以上军官集体加入国民党，我自然也随之加入了。第 20 团团长丛兆麟军阀习气严重，中校团附傅良弼抽大烟玩女人，不务正业。

他们知道我是旅长派来的，对我倒十分客气，但我从心底看不起他们。我对部队的军阀作风、腐败风气十分反感，但也无能为力，只能做到洁身自好而已。1930 年 10 月，黄显声让我随他去沈阳。张学良要去南京参加 11 月 12 日召开的国民代表会议，黄显声为随行副官长，黄又带上我，这样我也成了张学良的临时副官。

张学良这次是作为有功之臣去南京的。张学良与其父有很大不同。青少年时代既受过中国儒家封建思想的教育，又受过欧美资产阶级民主思想的熏陶。北伐战争期间，在帝国主义的武装干涉面前，张学良的反帝爱国思想发展成"息内争，御外侮"的完整思想。大帅张作霖被炸死后，张学良主政东北所做的第一件大事就是顺应时代要求，毅然决定"易帜"，悬挂青天白日满地红的国旗，表示服从国民政府领导，促成了国家的统一。1928 年 12 月 29 日东北易帜，也标志着北洋军阀统治的最后覆灭。他所做的第二件大事是裁减军队，实行精兵主义。将东北军原有的步兵 40 余旅缩编成 15 个旅，骑

兵 6 个旅缩成 2 个旅，炮兵 3 个旅 22 个团缩成 8 个团，工兵缩成 6 个营，撤销了军团部、军部和师部。裁军有利于减轻东北父老乡亲的负担。第三件大事是对蒋、冯、阎中原大战实行武装调停。1930 年间爆发的中原大战，双方参战兵力多达百余万人，死伤将士约 30 万人。张学良开始是劝解双方不要发动战争，战争爆发后他严守中立。蒋介石的代表和冯玉祥、阎锡山的代表都到东北拉拢张学良。最后张学良决定站到蒋介石一边，遂于 9 月 18 日发表通电，决定实行武装调停。奉军一进关，冯、阎的部队很快败下阵来。中原大战结束后，蒋介石得以在形式上暂时统一了中国。

张学良助蒋有功，蒋介石遂邀张南下。11 月 12 日，张学良在夫人及我们随行人员陪同下，由 100 名卫兵护送抵达南京。南京方面对张学良的欢迎极为隆重。蒋介石也以对等的身份而不是以对待下属的方式接待他。张学良就任了中华民国陆海空军副司令，参加了国民代表会议。通过与蒋介石和其他国民政府官员会谈，张学良与南京政府达成了一些协议。蒋介石把北方善后事宜全权委托张学良，自己则专力"围剿"工农红军。在南京期间，蒋方还发给张的随行人员每人一套《中山全书》、蒋介石的《哭母文》，另外还有一套衣料和几十块钱。张学良在南京呆了大约一个月。我随卫队统带刘多荃等先行从南京返回天津，安排张学良返回时的住处。随后我就北上沈阳。这时成立了卫队步兵总队，原卫队团扩大为卫队统带部，辖卫队步兵、骑兵、通信兵等。我被编在卫队步兵总队第 3 队，任第 1 营少校营长。卫队统带部统带刘多荃、参谋长王秉钺，步兵总队长戴印轩（戴联玺）。从此我在沈阳北市场原裕民油坊场址训练军士。当时我营有两个连，我和营附礼文华配合默契。这段时间生活与工作都比较安定。

第三章　流亡军人的困惑。奉命"剿匪"。逐步认识共产党

九一八事变，张学良下野。东北军流亡关内实行改编

中国连年军阀混战，国力日蹙，久想变全中国为其殖民地的日本帝国主义认为这是天赐良机。张学良"东北易帜"，中国形式上的统一，对日本军国主义是个沉重打击。日本遂加紧侵华步骤。1931 年 9 月 18 日夜 10 时 20 分，日本关东军炸毁沈阳北郊柳条湖村附近南满铁路的一段路轨，诬称是中国军队所为，乘机炮击东北军驻沈阳的北大营，9 月 19 日晨攻陷沈阳。经过 4 个月零 18 天，东北三省（辽宁、吉林、黑龙江）全部沦陷。

1931 年 9 月，我在沈阳任东北军卫队统带部步兵总队第 3 队 1 营少校营长。9 月 17 日，3 队队长荣子恒（其父为东北边防司令长官公署参谋长荣臻），命令部队把多余武器封存好，只携带随身武器弹药，于次日到铁西区"打野外"，令我带上两个连的受训班长参加行动。18 日下午，部队从裕民油坊出发。我营为先头部队，经老道口进到铁路西，当夜住进大含英屯。18 日夜日本人发动事变，因距离远，我们没有听到炮声。19 日天亮时得到命令，向新民县转移。那天大雨如注，部队在泥泞中艰难跋涉，一天仅走了 10 多里路。过了巨流河后，荣子恒讲话，我们才知道日本人炮轰北大营，爆发了九一八事变。荣传达上级命令，让我们撤退到关内。大家听了很气愤，鬼子强占沈阳，我们为什么不去拼一下，反倒撤入关内？3 营长更是慷慨陈词，非要率队返回抵抗不可。荣子恒急了，说："你是军人吗？军人的天职就是服从上级命令，不准抵抗，谁抵抗谁负责任！"在军令压力下，大家只好按照命令行动。事后才得知，荣臻于九一八事变前已得到日本人要行动的消息，叫他儿子以打野外为名，提前撤离沈阳，以免与日本人交火，受到损失。

在新民县正组织部队上火车时，日本人的压道车开过来了，我们没敢上火车，徒步沿铁路线行进。9月21日赶到锦州，在这里乘火车到达北平住进旃坛寺营房。一路上，我的心情十分沉重，东北怎么这么轻易就丢了？！号称东北边防军，吃老百姓的，喝老百姓的，拿着那么高的薪俸，日本鬼子打进东北，我们却不放一枪，这算什么呀？！我虽然行动上恪守"军人以服从为天职"的信条，但头脑中却多了几个问号。

住进旃坛寺营房后，根据上级指示，我们开始招兵。我营原有两个士兵连，这时又招了两个连。1932年，我们主要是在北平城里搞些军事训练。1933年热河抗战夭折，日军攻陷热河，又进逼长城一线。长城抗战前，张学良以北平军分会代理委员长的名义，就所能调动的范围内作了全面的军事部署。1933年2月组成华北集团军。4、5月我所在部队曾被调到顺义县牛栏山一线挖过工事，准备日本人继续南进时奋起抵抗。后来没有打，部队先撤到南苑团河，又调往城里光明店驻扎。热河失守和长城抗战失利，从群众团体到国民党中央大员，纷纷谴责张学良和东北军将领。由于遵循蒋介石的不抵抗政策，少帅在中国人民中间已失去了往日的威信。又因吸毒成瘾，身体虚弱，他也无力负责守土抗战之责，3月11日，张学良通电下野。同日，东北军改编为第51、53、57、63、67共5个军。原卫队统带部改编为独立的105师，师长刘多荃，下辖3个旅。105师在东北军中相当于一个军。这时我所在的步兵第3队改番号为2旅4团。我仍任1营少校营长。

东北军成为"剿匪军"。打红军，解九连之围，平生一大错事

在日本帝国主义全面侵华威胁日趋严重的情况下，蒋介石仍然坚持他一贯的"剿共"政策，加紧"围剿"中国工农红军，把日本的侵略行为诉诸国联，请求国联主持公道，实际上他是在玩弄一石二鸟的卖国主义。张学良通电下野后，去欧洲旅行和考察，戒了毒，完全恢复了身体健康。1934年1月8日回国。2月，蒋介石任命张学良为豫鄂皖"剿匪"副总司令。随后第67军、57军和独立第105师陆续南调。105师接防平汉路南段，驻确山、明港、信阳、广水一带。

1934年5月，我随部队由北平光明店向鄂豫皖边区出发时，被调任105师第3旅第7团中校团附。

部队开到鄂豫皖边缘地区，团部设在著名疗养胜地鸡公山。这期间同红军没有接触，更没有打过仗。因为鄂豫皖根据地红四方面军主力，早在1932年10月就转移了。1934年7月，部队又先后开到孝感、麻城一带，接着开进大别山区，深入至罗山县何家冲。这里连年战火，农村凋敝景象随处可见。这里也没有红军大部队，只有小游击队活动。我团只有第2营与红军一个小组打了一下。有一次搜山俘虏到一个红军干部和一个小孩。7团团长应鸿纶拔出手枪，拿腔拿调地审问："你们是干什么的？"看到他那种穷凶极恶的样子，我很反感，心想你应鸿纶是日本步兵学校毕业的，自然更了解日本鬼子，你不去打鬼子，朝这些穷老百姓要什么威风？9月，部队又调到湘鄂赣边界地区。

部队从这里又调往湖北江西九宫山一带，我们被编成"驻剿"军。就是别的部队把碉堡修好了，让我们防守。这就是蒋介石在第五次"围剿"中央红军中运用的堡垒战术。此地的红军主力是徐彦刚领导的红16师。在这里我们也没有碰到红军正规部队。只接触到一些红军家属。

在"驻剿"期间发生了这么一件事。1935年2、3月间，东北军第3旅第7团3营9连守荻田村，被红16师的部队包围。红军对被围部队展开政治攻势，敦促其缴械投降。这时我团团长正在汉口养病，由我代理团长（没正式命令）。旅部命令我无论如何要解救出第9连。当天我决定亲率第1营袭击包围第9连的红军，同时令第3营营长率第7、8连接应。

当晚大雨倾盆，我率1营渡过一条大河，拂晓时1营到达指定位置。当时红军只有零星的警戒部队，1营2连很快冲破红军警戒线，冲进去与9连汇合后撤出。红军发现我们撤离后虽然追击了一下，但由于我方火力已展开，他们便停止追击。此次偷袭，部队没有伤亡，算是成功的。回来后向上级汇报，给我报了功，报到张学良那里，引起了他的注意。而就在我们驻地附近，由师长谢彬率领的国民党"剿匪"的先头部队中央军85师，在我们撤离后两天，被红16师消灭了。

这虽是我同红军打的唯一的一仗，但也不能不说是我平生所做的最大的错事之一。

张学良改革军制。应征"标准连长方案"获第一名。对蒋介石不抗日愈加不满

早在 1933 年长城抗战时，张学良就看到在日本现代化军队面前，东北军必须改革军制。他出国回来重掌东北军大权后，即着手整顿东北军。在武汉期间，张学良让王以哲在第 67 军中改编了一个教导师，作为东北军军制改革的模式。他在武汉行营办公室主办的刊物《部队通讯》上，悬赏征集"标准连长方案"以求得提高连长素质。许多东北军军官踊跃投稿。我的应征文章得了第一名，颇得张学良赏识，被收编入一本小册子，下发部队，并奖给我一支新式的派克笔。我的文章主要是运用曾国藩的治军用兵思想写成的。曾国藩虽然是镇压太平天国的历史罪人，但在治军用兵上很有一套。国民党军队里包括蒋介石在内，许多人对曾都十分推崇。当时我还没有接触马克思主义，谈不上运用阶级分析的观点分析曾国藩及其治军用兵思想。

在民族矛盾日益尖锐的情况下，我的抗日愿望越来越强烈。可是有日不能抗，有家不能归，还得执行上峰的"剿共"计划，恪守军人以服从命令为天职的信条，思想和行动上的矛盾使我处于极度苦闷之中。本来我在家乡时，父老乡亲的反日仇日情绪便深深感染了我，可以说从我幼小的心灵里就埋下反日的种子。日本侵占东北后，我起初还相信国联李顿调查团会主持正义，后来的事实却证明弱国无外交，英法等国在自己的根本利益尚未被触动的情况下，是不会为贫弱的中国去压日本人的。日本人所以敢侵略我们，又与国民党政府的腐败和蒋介石"先安内后攘外"的政策有关。我随张学良去南京时还觉得蒋很器重张学良。到张学良下野时，便隐约感到蒋介石在玩弄权术。后来蒋驱使东北军"剿共"，更使我进一步认识到他是借红军之手削弱东北军的力量，玩着借刀杀人的把戏。我对蒋介石越来越反感。后来我随部队行动，耳闻目睹广大农村经济凋敝，人民流离失所，意识到红军所以要反对蒋介石，纯粹是官逼民反的结果。蒋介石置东北的良田沃土于不顾，却让我们钻进这穷山沟里打红军，与慈禧太后的"宁给外鬼，不予家奴"的政策没有什么两样！执行"剿共"政策对东北军实现抗日复土打回老家去来说，无疑是南辕北辙。虽然思想上有着这许多不满，但是，又觉得日本毕竟是个强国，中国必须齐心协力举国抗战才行，靠自己或自己那点点队伍是无

济于事的，所以我在行动上还是执行上级命令，没有下决心参加抗日义勇军。总的来说，这时我是一个有强烈抗日愿望的东北军军官。在旧军队里，贪污贿赂盛行，吃空额喝兵血司空见惯，而我不吃空额、不喝兵血、不腐化、不堕落。我所以能做到洁身自好，还得感谢我父亲，他从我小时起就教育我要为人正派，不要占小便宜，更不要投机取巧，还讲过包文正（包拯）做清官的历史故事，以此来教育我。这也是中华民族的传统美德，幸运的是我从小就受到这种美德的熏陶。

初识刘澜波，畅谈国家前途命运。政治上走向新生的转折点

我同共产党的接触开始于 1935 年。那年 9 月，我在甘肃庆阳县西峰镇结识了刘澜波，他是党派到东北军里工作的。

1935 年 10 月，中国工农红军长征到达陕北。蒋介石未能将红军扼杀在长征途中，便想趁红军立灶未稳，将红军消灭。遂于 10 月 1 日自任西北"剿匪"总司令，任命张学良、杨虎城为副总司令，张代行总司令之职。11月成立"西北剿匪总司令部"，总部机关设在西安市南院门。西北"剿总"辖区是陕西、甘肃、宁夏、青海 4 省，统辖东北军、西北军（杨虎城第 17 路军）、朱绍良第 3 路军、宁夏马鸿逵第 15 路军及青海马步芳部，但张学良实际所能直接调遣和指挥的部队只有东北军。早在"西北剿匪总司令部"成立之前，东北军便尾随红军来到了西北。

我率队成功地解救被红军围困的第 9 连这件事，引起了张学良的注意，8 月便被派到张学良总部"服务"。按张学良的习惯，把一个人调到总部观察一下，然后便可决定是否提拔重用。在总部"服务"期间，有一次随张学良到渭河岸边。张看着一片田野，很随便地对我说："将来在这里建东北新村，让我们流落关内的东北军官兵在这里安家落户。"我不知张为什么突然说这样的话，但却使愁肠百结的我找到了适当吐一吐的机会。于是我便有意地说："副司令，干吗在这地贫人穷的地方安家，咱们东北的千里沃野哪个地方不比这里强。"张听到后没有任何表示。过了约一个星期，张学良召见我，开门见山地说："给你个任务，带上我的信，去西峰镇。我们东北军的骑兵军驻扎在那里，骑兵第 35 师也驻在那里，师长是马鸿宾。你去他那里任我的联络参谋。要记住，一般不要给我拍电报。"我明白张学良的意思，是怕引

起马鸿宾的怀疑。

我临走前，他交给我一本密电码和一只手表，又说："还要记住，我和马师长是父子两代的交情（张作霖和马福祥是一代，张学良与马鸿宾又是一代），带上我写给他的信和礼物！"

这样，我就到西峰镇当了联络参谋。9 月下旬左右，一次我列东北军骑兵军军部看望黄显声副军长，副官告诉我："军长屋里有客人，你先等等。或者先到刘秘书屋里坐坐。"刘秘书就是刘澜波。刘澜波，1904 年生，辽宁凤城人，少年时代就读于凤城、沈阳等地。1926 年加入中国共产主义青年团，同年考入北京大学政治系。1930 年在大学临毕业时，因积极参加政治活动而被捕，经族兄刘多荃疏通获释，后到山西省政府主席商务处任秘书。九一八事变后，刘经同乡辽宁省政府秘书、黄显声的叔父黄恒浩介绍，结识了黄显声，于是随黄到锦州协助组建民众抗日义勇军。1932 年 1 月，锦州失守，辽宁警务处骑兵第 1、2、3 总队退至抚宁。是年秋改编为骑兵第 2 师，黄显声任师长。刘受中共北方局军委的派遣，到骑 2 师做中上层的统战工作，其公开身份是黄显声的少校秘书。1935 年 6 月，张学良将东北军原有的 6 个骑兵师及蒋介石调进来的中央军骑兵第 7 师，组建成骑兵军，何柱国任军长，黄显声任副军长。刘澜波是中共在东北军地下工作的创始人之一，1936 年任中共东北军地下工作委员会书记，为党联合东北军抗日立下了不朽的功勋。但是，这时我并不认识刘澜波，更不知道他是中共地下党员。我进到他屋时，因都是流落他乡的东北同乡，彼此见面就亲热地交谈起来。他主动询问我同黄的关系，到西峰的任务……接着谈起对时局的看法。我俩还未谈完，黄副军长的客人走了，派人来找我见他。我从黄处出来，与澜波同志道别时他约我："有空就来唠唠啊！"我知道做秘书的多是有学问的人，懂得许多国家大事，另外从初次谈话中我感到刘对时局十分关心，很有见解，待人热情，初见的印象极好，所以，以后空闲时我便常去找他，陆陆续续又谈了四五次。

东北军调到陕北打红军，接连遭受劳山、榆林桥、直罗镇三个战役的惨败。特别是在 11 月的直罗镇战役中，东北军 109 师被歼，师长牛元峰自杀，在东北军上下引起强烈震动。身为东北军军官，我很为东北军的前途命运担忧。针对我的思虑，澜波首先从丢失东北谈起。他说：九一八事变时，东北军本来应该有所作为，但却执行了蒋介石的"不抵抗"命令，拱手让出了自己的家乡。为什么会出现这种情况呢？原因是多方面的。第一，九一八事变前，蒋介石唆使张学良发动中东路事件和进行"防俄"战役，不但使东北军损失惨重，而且使张学良失去了从苏联取得援助的一切可能。东北军还执行蒋介石消灭异己的政策，将主力大部调进关内打石友三，造成东北防务空虚，给日本帝国主义以可乘之机。第二，事变前，东北军根本没有做对日作战的准备。张学良本人萎靡不振，对于日本帝国主义企图吞并东北的野心，缺乏足够的警惕和准备。第三，是蒋介石的"不抵抗"政策。第四，英美帝国主义对日寇侵华之纵容和绥靖政策。

　　接着我俩又就张学良为什么要执行蒋介石的"不抵抗"政策？为什么要"剿共"？作了深入交谈。澜波说，张和蒋虽都是掌握军队，都有权有势，但他们是有区别的。在张学良看来，日本是一个军事强国，而东北军只是一个地方军事集团，不是日本的对手。他认为只有全国总动员才能对日作战。同时张学良对国联、国际干涉也抱有幻想。这是张在九一八事变时接受蒋的不抵抗政策的原因。但后来榆关失守、热河不战而弃……张因认为东北军独木难支，总下不了抵抗决心。面对国人的责难和蒋介石的劝逼，张只得引咎辞职。所以张的处境是十分困难的，内心也是十分痛苦的。至于张为什么要"剿共"？澜波说，"剿共"是1927年以来蒋介石的基本政策。蒋介石认为共产党的威胁比日本占领东北或丢失其他什么地方威胁都大，非斩尽杀绝不可。蒋顽固坚持"攘外必先安内，统一方能御侮"的反动政策并逼张同他一起"剿共"。张想先拥护领袖、拥护统一，使蒋的政治目的实现，然后蒋便可实行全国抗日了。因此他回国后发表演说高唱拥护领袖并执行"剿共"政策。我问澜波："以后张学良还能不能抗日了？"他说："照目前情况，还看不出他有什么抗日的迹象。但他有杀父之仇，也有收复失地的愿望。他是东北王呀！咱们丢了老家还天天想呢，何况他在东北那么大的局面，能不想吗？从恢复他在东北的统治和消除全国人民对他的责难来看，张是不能不抗日的。所以他以后可能是会抗日的。"澜波因任黄显声的秘书，常能从黄那里得到一些张的动态。我觉得他对张学良的分析很精辟，从张的处境到思想，从历史到现况，分析得全面透彻，使我对东北军的问题一下子明白了许多。

　　我们又谈到蒋介石。澜波说，蒋介石这个人从1927年以来政治上一贯反动，蒋对于中国的前途丝毫不负责任。这时他突然问起我的出身来，当得知我出身贫寒时，便说："你觉得蒋介石、张学良和我们一样吗？"我说："一样啊，都是中国人嘛，有什么不一样啊！"他说："他们和我们不是一个阶级，这是问题的症结所在。弄懂了这个问题，才能找到解决问题的钥匙。蒋介石不是代表像你这样穷小子的利益的，而是代表江浙财阀的利益的。蒋能豢养那么多军队，全靠支持他的财团、资本家、地主。1927 年蒋介石大肆屠杀共产党，就是听江浙财阀的话，为地主资产阶级效劳的。"接着他又说："江浙财阀的后台是淮？是英美帝国主义。所以蒋抗不抗日不是由他个人意愿决定的，而是由他和他的后台们的根本利益决定的。九一八事变丢了东北，蒋介石的利益尚未遭到重大损失。张学良丢了东北，则像没了娘的孩子，军需供给等只能仰仗蒋介石，从削弱国内实力最强的潜在对手看，对蒋未必不是好事，因此看不出蒋有什么抗日的可能性。另一方面蒋要抗日，必须得到英美诸国的支持，得不到这些国家的经济和军火援助，战争是不可能长期打下去的。九一八事变时英美是不想让蒋抗日的，因为中国丢失东北没有妨碍它们在华的根本利益。"我又问道："蒋就再也不能抗日了么？"澜波说："什么事也不能说得太绝对了，一切都是可以变化的。如果贪得无厌的日本人伤害了英美和江浙财阀的根本利益，它们要求和支持蒋介石抗日，蒋也有可能抗日。另外当别人举起抗日的旗帜时，蒋若再不抗日就将影响到他的威信和损害他在中国的统治，他也会不得不抗日了。"澜波的这番话，使我看到了蒋介石的阶级本质和中国问题的复杂性，也使我看到运用阶级观点分析认识问题的优势所在。

　　心中的疑团解开了，可往后怎么办？怎样实现抗日大业和改变中国的现状呢？澜波说："这可不是一两个人能办到的，需要咱们东北军中的大多数人都明白这个道理才行呢！要通过艰苦的工作使东北军全体官兵懂得，咱们现在干的事不对头，与我们中国人的良心和责任不相符，照这样下去中国非亡国不可！要使大家明白，咱们该去拼死拼活的敌人是谁，还得明白咱们的朋友是谁，把和我们想法一致要求抗日的官兵都团结起来，成为朋友，大家一块去打鬼子。"听到这里，我问他："红军也挺能打仗的，共产党也是坚决主张抗日的，像这样的力量，咱们也能联合吗？""你说呢？"澜波反问我一句。我说："照你前面说的，咱们也应该联合他们。在湖北荻田被围时，我亲冒矢石上第一线，当时还觉得做得对呢。""那你就好好想想，到底什么是对，什么是错。"刘澜波给我释疑解惑，使我茅塞顿开。我逐渐明白了许多革命道理，这是我政治上走向新生的转折点。

　　到 12 月，一二九运动发生了，全国各地普遍响应，抗日救亡运动风起云涌。我去问澜波:"这是怎么回事?"他说:"这事说明中国真正的人民在抗日的问题上说话了,人民要抗日了!所以我们要多做工作呀!这次学生运动可小看不得,他们背后站的是全国人民呀!"澜波的分析使我看到了人民群众的威力。1936年8月我结束在长安王曲镇军官训练团学习生活后去北平探亲,又拿着刘澜波和宋黎同志的介绍信,会见了一些学生运动的领袖,有清华大学的李昌(时名雷俊随),又通过李昌认识了王振乾、邹鲁风以及一些知名学者。他们向我介绍了全国人民高涨的救国热情和学生运动中提出的抗日要求,还谈到了国民党宪兵、警察、特务们的种种暴行。那次去北平好比一次政治上的"留学"。其中也可以看出中共地下党和澜波同志对我的培养之精心。

在西峰镇期间,有一件小事给我留下了深刻的印象。一次我和澜波、骑3师7团团长陈大章相邀同去西峰镇外打枪。打了一阵子枪回来,三人兴致都挺高,在镇边坐下喝茶。不知是谁高了兴,掏出驳壳枪朝树上麻雀开了一枪,跟着我们剩下的两人也"砰、砰"打了两枪。枪声划破天空,传到附近的骑兵军军部,惊动了黄显声。他顿时火冒三丈,令卫士韩士林:"去!抓住打枪者,就地正法!"韩急忙找来,见是我们三人。"哎呀!我的爷!怎么是你们三位打的枪?军长发火了,让就地枪毙。"我们一听才感到事情严重了。西峰是前线,又是军部驻地,随便打枪是违犯军令的,何况陈大章还是担任军部卫戍任务的团长,我又是客人,怎么能乱打枪呢?现在军长怪罪下来,怎么办呢?这时澜波站起来说:"你们别害怕,要毙,毙我一个。"便独自随韩士林走了,受到黄显声的严厉训斥。晚上,黄找我和陈大章去吃鸽子,这事就算过去了。从这件小事上我看出了澜波勇于承担责任、爱护朋友胜过自己的品德和作风。这也是许多人敬重他、信任他、愿意与他相交的一个原因吧。

从1935年与澜波结识,到1938年我加入中国共产党,为培养引导我走上革命道路,澜波花费了许多心血。新中国成立以后,他任电力工业部部长,我们交往密切。晚年他带头推荐中年知识分子为电力部接班人,再一次表现了他的高风亮节,受到党中央重视,小平同志称赞他为党内"开明人士"。

重建 627 团。怒打政训员。蒋介石对张学良说: "你那个团长很反动!"

1935 年 12 月 20 日，奉张学良电令，我由西峰镇返回西安。1936 年 1 月下旬，我接到命令，任 627 团中校团长。627 团属 109 师，在直罗镇战役被红军歼灭，这次是重建。张学良召见我时说: "你这次出差，按章给你补助（给了我 500 元）。这次你成了最年轻的团长（东北军中所有团长均为上校，仅我一人是中校），以后在他们中间蹦跶蹦跶吧! 组建、训练都要快，我四个月后要用兵。"张学良还通知师长贺奎，让我持他的信去北平宋哲元、山东韩复榘处，联系招兵。

组建工作首先从考试录取各级军官人选开始。崔锡璋任中校团附，刘振远为第 1 营营长。另在西安考试军官。军官来源比较复杂，有上级派来的，有被红军俘虏遣返归来的，也有学校毕业的，还有一部分是从新疆盛世才那里回来的原东北军战士。军官人选确定后，集训开始时我给大家训话: "我们这次集训要求很高，副司令说兵招齐后四个月要用兵，要大家到河北山东河南交界处的几个县招兵。大家注意，招兵时，宁肯少招点，也不要招老年兵。另外要注意兵员的文化素质，有点文化最好，哪怕识几个字也行。"到 4 月间，兵员基本招齐，大部分兵是新招的，还有一部分是在直罗镇被歼后遣返归来的士兵。这期间，刘澜波从西峰回到西安，让黄显声的副官找到我，说要庆贺一下我升任团长。见面后，我对他说: "现在我有兵权了，组建部队，你能不能帮我找些学生来啊? 部队中很需要有文化的人。讲抗日道理，光靠我一个人，力量太有限了。找些学生来帮我讲，就好办多了。"他答应说: "好! 试试看。"

那时，黄显声和东北军 105 师师长刘多荃在西安新城坊 15 号合租了一套前后院，作为他们的公馆。澜波回西安后就住在那里。我去看他时又结识了宋黎、孙达生等同志。澜波交往很广，答应我找学生的事不久便兑现了。5、6 月间，正是可以在室外搭帐篷睡觉的时候，经澜波和宋黎等介绍的学生，陆续从北平、天津等地来到 627 团。我派人接待他们，并亲自为他们搭帐篷。先后共来 20 人，后因 67 军需要，调走 3 人，实到 627 团 17 人，有: 富纪纲、闻昭仪（即于克，解放后曾任吉林省委书记、省长、省人大主任）、胡超（后改名胡乃超）、孟庆澜、陈强（陈东平）、杨墨林、夏德田、李兆详、方效敏、丛烈光等。这些青年中有不少是共产党员或民先队员。后来我得知，富纪纲、闻昭仪、胡超、方效敏几位共产党员在627团组成秘密小组，富、闻先后任组长，他们直接受东北军工作委员会书记刘澜波领导。澜波告诉我："你把这些学生都安排到下面，到连队中去，只通过富纪纲一个人和你保持联系。"我记下富的名字，单独与他谈过一两次话。富纪纲不久调走，同我联系的就换成了于克。我按澜波的嘱托，把这些青年人都放在军士连。627团的军士连，5月成立于西安以南的韦曲镇的杜子祠，学员是由各连队选拔来的130多名读过几年书的学生青年。连长是王沛霖。下辖三个区队，三区队长是姜素峰（江潮）。6月间，军士连随部队转移到洛阳市东北角的东大寺（慈善院）。

部队开始训练后，我由西安来到洛阳。6月临时调到西安参加长安军官训练团，前后共两个月。在军官训练团结束集训后，便回到洛阳，除一度去北平会见一二九学生运动领袖外，大部分时间在洛阳搞军事训练。1936年9月18日，军士连举行了由洛阳经白马寺至龙门的军事演习。我亲率队伍，枪上刺刀，高唱救亡歌曲，进行武装游行。当晚，在于克、胡超领导下，军士连召开九一八国耻纪念晚会。我到会讲话，驳斥了国民党派驻我团的政训员张功铸平时散布的"攘外必先安内"的谬论。当时群情激愤，我也声泪俱下。会后，在院内唱歌游行，高喊"杀"声！直到深夜方散。1936年9月底，军士连的学员在洛阳东大寺毕业，于克、胡超从三区队年龄较小的同学中选出20余人组成627团歌咏队即宣传队，主要任务是分别到各连去教唱抗日救亡歌曲。我还按照法国马赛曲谱写了627团团歌，歌词的第一段是："神圣的自卫战争是民族最后的生路，大家向前，倭寇逞强权侵我东北，更无餍踏进长城关，寇已深，国将亡，家已破，我们要誓死收复旧河山，遵守团体铁纪律，组成救亡铁阵线，统一意志集中一切力量，为争生存而战，为复失土而战，勇敢前进，到东北去，青年的六二七团！"由宣传队教大家唱。10月我部调防到邠州（今彬县），10月间的一天深夜，歌咏队在邠州大佛寺秘密举行了一次抗日青年团成立大会，宣读了抗日青年团的政治宗旨、纲领、组织纪律等书面文件。他们聘请我为名誉团长。

当时歌咏队经常练习唱歌、写标语、出墙报。11月初，团部住邠州时，绥远抗战开始。11月中，得知取得首战胜利的消息，歌咏队上街洗刷了国民党写的反动标语，写下了"援助绥远抗战""动员起来，全面抗战"等标语，接着，在大街上贴出"援绥"壁报。那个国民党少校政训员张功铸为此十分恼火，他几次偷偷地撕下歌咏队出的壁报，想以此为证据去西安告我。我责问他时，他死不承认，我当场从他衣兜里搜出了被撕下的壁报，愤怒地打了他。这家伙嚷嚷开了："你为什么打人？""我打的就是你这号人。"说着我又抢起手杖要打他，被别人拉住了。后来查实，张功铸每次偷了壁报就藏到驻邠州骑兵团团部。他被打后上告到蒋介石派到张学良那里的政训处长曾扩情那里。蒋介石在调东北军到西北"围剿"红军的同时，派他的侍从室主任晏道刚任"剿总"参谋长。政训处是蒋介石手下的专门监视东北军的特务机构，复兴社十三太保之一的曾扩情在这里当处长，他具体指挥东北军、第17路军及西北其他国民党军队中的政训人员的活动。我怒打政训员，像捅了马蜂窝。曾扩情把这事报告了蒋介石，蒋介石对张学良说："你有个团长很反动，打政训员！"张学良回答说："委员长交给我办吧！"曾扩情为了给国民党的政训人员撑腰，召集驻陕北部队所有政训处人员去西安开会。有几个部队的政训员去西安路过邠州，我们利用这个机会把他们扣了起来，并严加痛斥。这群软骨头怕被枪毙，纷纷表示："实在没有办法，我们是靠这个混碗饭吃！"这时，正好发生了西安事变，这几个人写了悔过书后回了部队。我打政训员的事也没人再追究了。

参加张学良创办的"王曲军官训练团"。
讨论会上放炮："清除腐败分子！"

在627团新兵开始训练不久，我被临时调到西安，入长安军官训练团干部连学习。

东北军调到西北以前，张学良已逐渐对蒋介石的政策产生不满。经过与红军较量，张学良一方面认识到军事"围剿"是消灭不了共产党的，同时对蒋介石的借刀杀人之计也有所认识。特别是通过与周恩来的会谈，对共产党的抗日民族统一战线政策更理解了，西北初步形成了红军——东北军——西北军三位一体的联合局面。张学良实际上已把西安变成民族救亡运动和统一战线的基地。他发起出版《西北向导》《文化》以及其他倡导抗日的刊物和小册子，积极鼓动抗日，并着手整顿东北军，清除"传统观念"，"改正封建意识，提高政治意识"。他首先从训练军官入手，从思想上和组织上积极作好抗日的准备。军官训练团 1936 年 6 月 15 日创办于陕西长安县王曲镇，定名为"长安军官训练团"，团部设在王曲镇南的闻太师庙，因而又称"王曲军官训练团"。这是张学良仿照"庐山训练团"的形式，以加强"剿共"的名义，向蒋介石呈准创办的。名义上蒋介石为团长，张学良、杨虎城为副团长，实际上由张学良代理团长。至 10 月底即被蒋介石勒令停办了。

长安军官训练团共办了 4 期。第一期为干部连，以后三期为学员班。我参加了第一期学习，结业后又担任第二期的班长。第一期学员全部是张学良亲自从东北军中挑选的军、师、旅、团、营级军官及西北"剿总"司令部机关的处、科长和秘书、参谋人员，全连 120 人，由 67 军军长王以哲任连长，排长分别为 57 军军长缪澂流、67 军副军长吴克仁。所学的课程有军事和政治两大类。军事课主要是游击战的战术课。政治课主要是精神讲话，由张学良、王以哲进行政治、时事及军队整顿的教育。每作完一次精神讲话，就分班进行讨论，内容有游击战的战略战术、军中利弊、时事形势以及学员们提出的有关抗日的问题。张学良要求大家畅所欲言，无所顾虑。课余时间，用留声机教唱《义勇军进行曲》《大路歌》《开路先锋》等抗日救亡歌曲。张学良有时也和大家一起学唱，他认为唱好一首歌，胜过讲课。军训团住的是工兵挖的一排窑洞，饭厅是席棚，饭桌是一排长方形的土桌，两边是土凳。张学良住在团部附近青龙岭太师洞上的一座砖房里，经常找团员个别谈话，并与大家一起吃饭。

那是 1936 年 6 月下旬，在军官训练团干部连快要结业的时候。一天晚上，张学良与大家一起围坐着土做的桌凳共进晚餐。饭后，他向我们发表了一次慷慨激昂的演说。他首先讲，他对东三省的丧失负有责任，对不起家乡父老。接着他说："中国现在的情况，只能全国一致抗日，共同御侮，如果还像现在这样的活，太危险了，中国的真正出路只有抗日。"又说："我自己国难家仇集于一身，大元帅的尸体还浮厝着，不得安葬，所以一定要争取全国抗日，披甲还乡，还我河山。如果全民抗日了，我们东北军应该站在第一线。"接着他表示：在抗日的问题上，如果看到我有动摇后退的话，枪在你们手里，随时可以处理。从中可以看出他义无反顾的抗日决心。张学良在讲话中，虽然没有直接说出继续"剿共"打内战是危险的，但是大家都领会了他讲话的精神。张学良的这些观点与蒋介石的坚持内战的反动政策显然是对立的。两个人的政治分歧已达到了无法调和的地步。所以，当张学良将这些誓言付诸行动，和杨虎城将军一起于 12 月 12 日发动西安事变的消息传来时，我并没有感到十分意外、震惊，因为这完全合乎张学良的性格和他思想发展的逻辑。

在军官训练团期间，有一件事使我终生难忘。那是在一次讨论中，我放了一炮："张副司令不是要整军吗？要整军就应该首先清除掉那些贪污腐败分子。咱们这支部队贪污现象太严重了！吃空额吃得都不像话了！军需官和主官相互勾结，猛劲往个人腰包里塞。依我看，当军需官三年以上者统统枪毙，因为凡军需官都贪污。"说完后大家对我报以热烈掌声，我当时觉得挺得意。吴克仁（67 军副军长兼 117 师师长）在学员班第二期当第 2 大队大队长，我在第 2 大队任班长。讨论后，吴克仁私下里有意地从侧面提醒我说："竖的好吃，横的难咽。"言外之意我的话是横的，人家吃不下去，接受不了我那些偏激的话。吴的好心提醒，对我是个教育。

吴克仁，字静山，满族，吉林宁安人，1894 年生。青年时投笔从戎，参加保定军官学校第 5 期炮兵科学习，后赴日本炮兵学校深造。回国后任东北陆军讲武堂炮兵研究班主任兼炮兵教导队上校队长。1933 年调任 67 军副军长，后来，协助王以哲坚决执行与红军达成的秘密停战协议，保护红军来往人员的安全。后来王以哲被杀，吴继任 67 军军长。淞沪会战时壮烈殉国，时年 43 岁。

在我放了那一炮后，刘澜波同志也找我谈过话。当时我们两人住一排窑洞里。那天中午他借邀我去小河里游泳的机会，不客气地对我说："你讲那些话是为了叫大家给你拍巴掌，还是为了对东北军改变目前的状况起些作用？"我不假思索地说："出出心头怨气！"他语重心长地对我说："你可别小看这几句话，不知道会引起多少人反感呢！咱们辛辛苦苦做了多少工作，为的是团结大家，可是你这几句话，很可能把不少人伤害了。这点不知你想过没有？"这次谈话对我的触动很深。长时期以来，自认为个性刚直，有话就说，不隐瞒自己的观点，是个长处。但没有更全面地考虑，处理问题简单，最后的结果往往与主观愿望适得其反。在以后的人生旅途中，这方面的教训还是很多很多的。

长安军官训练团，为东北军、17 路军培训了一批抗日骨干分子，革除了旧军队的一些腐朽风气，提高了政治素质，为西北"三位一体"的抗日民族统一战线奠定了思想和组织基础。经过学习，我的抗日愿望更加强烈，更热切地盼望着早一天实现全国抗战的局面。

火车上偶遇斯诺夫人。慷慨激昂抒发爱国情怀，表达东北军人强烈的抗日愿望

1936 年 10 月 5 日，我受西北"剿匪"总部委派，去郑州被服厂验收给东北军做的冬季服装。我从洛阳上了由西安开往北平的列车。在二等车厢里，我找到一个空位，坐在一位青年男子的身旁。在交谈中得知，这位男子叫张兆麟，是《西京民报》的记者。坐在他对面的是美国著名记者埃德加·斯诺的夫人海伦·斯诺。她也是一名记者，上海的《密勒氏评论报》周刊、美国《亚细亚》杂志、伦敦《每日先驱报》等都发表过她的新闻报道或评论。当时我并不清楚她的身份和这次旅行的目的。后来从她写的书中才了解到，这年 6 月，在长征的三大红军主力尚未会师时，埃德加·斯诺就冒着风险去陕北采访，之后出版了名扬中外的《西行漫记》。9 月间，海伦·斯诺离开北平，准备去陕北与斯诺会合，但由于交通阻隔，滞留在西安。10 月 3 日，海伦·斯诺应邀访问了张学良将军。在这次会见中，张学良公开表达了希望与共产党合作抗日的愿望。海伦急于把这一重要信息播发出去，然而西安电报局拒绝拍发她的电报，而国民通讯社又编发了伪造张学良讲话的报道。她不得不搭乘火车赶赴北平，准备到那里播发关于张学良的真实信息。张兆麟原是北平燕京大学的学生，毕业后从北平来西安，在张学良办的《西京民报》工作。他与海伦·斯诺有师生之谊，他自愿护卫海伦回北平，同时也作为海伦的翻译。由于听口音得知张兆麟也是东北人，我们很快便交谈起来。他们要我谈谈对时局的看法。这正触到了我的苦闷之处，于是便不顾旁边坐着南京方面的国民党军官，抒发了我对当时形势的看法，我说了些什么，过后很难记清了。想不到，海伦回到北平后，详细整理出我在火车上的谈话，并以《东北军想打回老家》为题，发给美国人办的《中国之声》杂志。据海伦说，文章发表时许多最精彩的段落被删节了。后来，她把这次谈话记录交给美国旧金山斯坦福大学图书馆保存。张学良时期当过东北大学秘书长的王卓然的儿子王福时同志，1986 年赴美国访问时，在斯坦福大学图书馆发现了这份材料，他特地复制了全文寄给我。看了这份材料，使我回想起

当时的一些情景。那天，我穿的是士兵的棉军服，交谈中，海伦听说我是团长，就以为我是上校（美军中，团长皆为上校），所以在她的记录中称我是上校。其实，我当时的军衔是中校。海伦是这样写的：

这位上校戴着眼镜，比起一般军官来显得文质彬彬。他说话洪亮快捷，不时露出一副洁白的牙齿，看起来十分聪明、敏锐，同时又诚挚果断，很明显是一位领导天才。我认为这是一个难得的机会，就请张兆麟向他询问东北军对当时中国危急局势的态度。这立刻引起了上校的慷慨激昂的议论。看来这个问题一时也没有离开过他的脑海。张兆麟倾听着这番谈话，十分激动，高兴得满脸涨红，闪露着赞许的目光，并且由于激情不时吞咽着口水……这位军官不仅不压低声音，而且像发布命令那样响亮陈辞。当时车厢内有许多从西安、洛阳一带上车的南京军队的军官，国民党正在这些地方筹划"围剿"红军的战役……他完全无所畏惧，言论大胆，给人的印象是他感到自己得到了部属的强有力的支持，他的看法代表了强大的多数人支持的运动。万毅的态度具有重大的意义，它是一个真正的政治晴雨表，是中国客观形势的产物。

海伦用将近 4000 字，详细记录了我在车上的谈话。我对他们说："别为中国未来担心，它大有希望。东北军的士兵和下层军官抗日热情很高，随时准备投入战斗。现在让中国人杀中国人简直是荒唐。我们必须一致对外，而抗日的领导者必定是东北军人。抗日是我们的职责，因为东北军不战而撤出东三省，东三省的沦丧，我们负有责任，我们现在有责任收回这些领土。东北军绝大部分官兵是东北人，他们的家人仍然在遭难，他们的祖坟和财产仍在敌人手中。我们已离开东北多年，现在部队强烈要求返回老家，打回老家去！"

"九一八事变已经过去了五年，这五年中东北军服从了国民党政府不抵抗和准备以后进行抵抗的命令。但过去五年的经验告诉我们，根本没有进行什么准备，特别是根本没有打算收复东北的迹象，倒是有了更多的妥协，是对于要求收复失地运动的镇压，尽管全国都愿意帮助我们收复东北老家。另一方面（上司）却又要求我们忠于南京的领导，继续与中国人民作战。五年前东北军有装备精良的部队 25 万，现在只剩下 15 万，减少了五分之二。如果我们继续等待，服从'进行抵抗准备'的命令，部队就会进一步减少，难道这就叫抵抗准备？如果我们现在不立即奋起抗日，东北军最后将会削减殆尽，那时我们怎么能够收复失地？这是我们士兵和下级军官的普遍想法，所有人都要求立即停止内战，进行抗日。"

这时，海伦问我："您对打红军怎么看？"

这在当时是一个很敏感的话题。蒋介石强迫东北军"剿共"，对红军造了许多谣言。我毫不隐讳自己的观点，明确地对她说："我们应该和红军合作，因为他们提出了同样的反对日本帝国主义的口号——'中国人不打中国人'，'把日本人赶出中国去！'不论以前红军的所作所为是好是坏，他们现在愿意帮助抗日是最重要的。我们为什么要害怕红军借抗日之名玩弄花招呢？人家一直是反帝的，为什么不可以把他们派到前线，进行考验？……政府十分害怕和红军合作，东北军不怕。过去把红色的俄国人请进中国的是国民党领导人，为什么他们的门徒反倒害怕共产主义？当时他们是表示欢迎的。如果他们是孙中山先生的忠实信徒，就应该执行他的联共政策。我猜想现在这班官员是怕失去自己的地位。如果共产党真坏，杀人、毁坏财产，那也是国民党的过错，他们根本不做有益于人民的事，结果致使有些人为了生存铤而走险。这样做也因为他们没有饭吃。"联想到参加"剿共"战争中所见到的农村满目疮痍、人民食不果腹的景象，我情不自禁地重复道："他们没有饭吃，没有饭吃。""苏联是我们的生命线。如果日本人切断了我们与苏联的联系，中国就失去了唯一的盟友。日本特别害怕中国红军和苏联共同作战，日本人之所以要在蒙古切断这种联系的可能性，原因就在这里。"

接着她又问我："您对领导人怎么看？"

我说："张学良在抗日方针上现在还不坚决。他仍在动摇。如果他要成为真正的领导人，就应该速下决心。领导者应代表下面的意志，东北军士兵和下级军官一致要求立即抗日，领导必须实现士兵们的共同愿望，否则士兵就会不管上面命令自主行动。"

"……蒋介石不是凭本事和下属的拥戴从行伍中升上来的，而是依靠某些社会关系的支持才占据了高位。这班领导人说的话并不一定总是正确，因此我们常说的忠于上级也不应该是机械地服从……蒋介石提出十年准备的方针；胡适则提出 50 年准备；丁文江提出搬到堪察加；中国没有堪察加！……蒋介石的五年或十年准备思想很可能是错误的，因为他除了对某个阶级以外，对普通人民的情况并不真正了解。蒋介石出门经常乘飞机，他根本看不到人民啼饥号寒的景象……如果蒋介石继续和日本人妥协，不接受东北军向他提出的要求，那么我们就要和一切愿意立即抗日的力量联合，打回老家去，而不管中央政府会采取什么措施。……南京政府把广西的抗日人民 ①，把抗日的学生，把抗日的红军统统称为'敌人'，那么谁是他们的朋友？日本人吗？"

我还谈了对当时学生运动的一些看法。我说："我对去年冬天的学生运动有极深刻印象，因此上月特地去了趟北平，了解了学生运动的情况，与学生领袖及其他积极分子进行了接触。学生运动完全是爱国运动，是这些青年知识分子凭着勇气和深切的爱国热忱发动起来的。这些学生是民族解放运动最纯洁、最真诚的成员，他们不谋私利，不考虑保持自己的富裕地位，不想升官，也不怕北平警察的野蛮镇压。"说到这里我内心十分激动："看看这些学生吧！他们手无寸铁，在那种危险、严重的形势下上街游行，高呼'打倒日本帝国主义！'我敢发誓，那时，中国军队里没有一个军官包括我自己在内，敢于上街高呼'打倒日本帝国主义！'不过现在我们一些人已经不怕了。我完全同意学生运动的纲领，我接受这个纲领，他们是正确的。这一次北平之行给了我极大勇气和鼓舞，使我感到中国是大有前途的。"

我还告诉他们："1933年长城抗战时，所有的军官都把家眷从北平搬到保定，但我没有搬。我的老父亲年近七十岁，是从日本统治下的东北历尽艰险才来到北平的，我不愿再给老人增加痛苦。试想，现在可以撤离北平，但中国哪里是安全之地？长城抗战时我是个营长，已决心为祖国战死疆场。那时我没能参加战斗，但将来时机一到，谁也不能阻止我去进行战斗。"

这时车到郑州，我要下车了。据海伦所写，我当时与他们"热情握手告别后，张兆麟热泪盈眶，兴奋得微微颤抖"。张兆麟告诉海伦：这次谈话在他的爱国救亡工作中是一次意义最重大的经历，一个军官发表这样的言论，他还是第一次听见。海伦也认为"和万毅的谈话，是我在中国的最重要的经历之一"。

这次谈话虽然流露出我要求抗日的强烈愿望，我也开始尝试着用阶级观点去分析蒋介石和南京政府的政策。但是，当时我对中国共产党和红军还有

---

① 1936年9月，广东、广西要求抗日反蒋的"两广事变"刚刚结束。

一些模糊的认识，对东北军的力量估计过高，其实，东北军是无力领导中国抗战大业的。

我与海伦·斯诺在这次见面之后，再未见过。但她一直在惦记着我。她写道：

我时常惦念，不知他结局怎样。虽然我们仅在火车上短暂相识，但我感到他已是我们一位知心朋友。万毅离开我们的时候，以我从未见过的优美姿势行了个军礼。我感到他不是个一般的人物，尽管我并没有充分的根据。此后就很少听到他的消息了……在中共八大选出的中央委员会成员中，有万毅的名字（候补中央委员），我猜想这会不会就是我那次旅行中碰到的军官朋友？他那次谈话很革命，显然，他走上了共产党人的道路。

海伦的判断是正确的。我们那次相遇时间很短，但留给我的印象很深。后来我听说，海伦·斯诺在 1937 年 4 月奔赴延安，进行了四个月的采访，访问了毛泽东、朱德、周恩来等领导人，出版了《续西行漫记》等书。1984 年，海伦·斯诺曾委托两个人，通过当时的三"S"（史沫特莱、斯特朗和斯诺三人名字的第一个字母均为 S）研究会（后改称中国国际友人研究会）找到我，核实了上述这段经历。这一年，海伦·斯诺的回忆录《旅华岁月》在纽约出版，其中提到当年我们在火车上相遇的简要经过。1997 年 1 月 11 日，海伦在美国康涅狄格州的一家养老院病逝。我通过对外友协给她的亲属发去了唁电。我对这位中国人民的老朋友十分怀念。

第四章　震惊中外的西安事变。抗日步履何其艰难

张学良、杨虎城苦谏不成，被迫扣押蒋介石，实行兵谏。57 军奉命进军渭南，对付中央军

1936 年 12 月 12 日发生了震惊中外的西安事变！

西北三位一体（东北军、西北军和红军）的抗日统一战线形成以后，蒋介石觉得味道不对，经过一番军事、政治上的精心部署，便于 12 月 4 日亲抵西安，逼迫张学良、杨虎城继续进攻红军，声言如不服从，他就要将东北军调至福建，西北军调至安徽，由中央军进驻陕甘地区，"完成'剿共'大业"。张、杨苦谏联合抗日，不成，被迫举行兵谏，扣押了蒋介石及陈诚以下 38 名将领。

12 日晚，我团接到师长电令，要我们以强行军速度从邠州往渭南开进。当天瑞雪纷纷，寒气袭人。15 日晚，部队到达西安，卫队 2 营营长孙铭九来到我团宿营地，传达张副司令的指示，让我于 16 日上午 8 时到金家巷见他，听取面谕。我按时到达。见面后，张学良将军直接了当地对我说："找你来是想让你对你部官兵讲清楚，我们扣押蒋委员长是为了争取抗日，不是为了争地盘，也不是为了争权力。调你们来是准备对付中央军不久可能发动的进攻。"他又问："部队士气怎么样？"我向他报告说："部队情绪很高，准备决一死战！"可能因为扣蒋之事刚刚发生，张学良承受着巨大的心理压力，此时，显得有些疲惫。从张学良那里告辞出来，孙铭九通知我，已为我补办了加入"抗日同志会"的手续。这个"抗日同志会"是以张学良为核心的秘密政治组织，其政治主张是"还我河山，披甲还乡"，成立于 1936 年 7 月下旬，最初筹组时有骨干 15 人，第一批会员有七八十人，将校军官较多，也有少数尉官，以及东北籍的社会名流，还有个别的中共地下党员。我被吸收，自

然是说明了张学良对我的信任。

离开西安，途经临潼县境骊山脚下的华清池时，我们看了卫队营攻破蒋介石卫士抵抗的战场遗迹，也看了蒋介石仓皇逃离的五间厅和蒋介石被捉到的山洞，在华清池外还看到了蒋带来的一架准备用于逃跑的英国制蚊式飞机。我率627团于17日进入渭南阵地，在孝义镇以东至交卸镇之间构筑工事，组织防御，准备作战。当时东北军和17路军的主要军事部署是：17路军三个警备旅调往崇宁镇、原子镇、蓝田以东一线，为右翼兵团；东北军105师，配属112师等为中央兵团，占领赤水西岸；57军为左翼兵团，占领孝义镇、羌白镇、龙阳镇一线。东北军骑兵第10师、第6师占领蒲城、白水等地，以掩护左翼。

西安事变发生后，南京方面一片混乱。以何应钦为首的"讨伐派"一度占上风。16日何应钦令刘峙为"讨逆"军东路集团军总司令，顾祝同为"讨逆"军西路集团军总司令，率中央军第28、36、57师及桂永清教导总队等，气势汹汹地杀奔西安。12月20日，最先抢占渭河南岸的中央军桂永清教导总队，向57军常恩多的111师发起疯狂进攻被击退。我团正面没有发生战斗。与我们对峙的也是桂永清教导总队，后换周嵒的第6师，我们积极向他们展开政治攻势，派歌咏队的小战士挖单人掩体逐渐接近他们，向他们做宣传，说明西安事变真相和东北军的目的是要争取抗日，并通过唱歌、喊话等形式，缓和敌对情绪。这些工作收到良好效果，得到蒋军前沿阵地下层官兵的同情，双方言和停战，后来还互赠礼品，搞火线联欢。王文科、于克带领的627团歌咏队队员在这些活动中大显身手，发挥了突出作用。

在我们进驻渭南积极准备迎击中央军期间，西安城内展开了紧张频繁的政治协商活动。以周恩来为首的红军代表团，以民族利益为重，不计前嫌，来到西安。南京方面的"主和派"宋美龄、宋子文兄妹也飞抵西安。12月23日，在周恩来的调停下，张学良、杨虎城与宋氏兄妹达成了包括改组国民党政府、释放上海爱国领袖以及停止"剿共"、联合红军抗日的六条协议，西安事变得以和平解决。

张学良讲义气陪送蒋介石回南京，从此遭软禁数十载。致书吾师，遥祝健康

西安事变和平解决后，12 月 25 日下午 3 时半，张学良没有通知周恩来，就和杨虎城陪同蒋介石和宋氏兄妹等人乘车去机场，并亲自陪蒋介石飞往南京。行前虽有多人担心他会有危险，但是，他认为蒋介石既然答应了抗日救国，就应该帮助蒋恢复威信，自己是诚心的，是仁至义尽的，蒋是会谅解自己的。于是，不顾一切地陪同蒋介石上了飞机。当周恩来赶到机场想劝导他回来时，飞机已经起飞了。临行前张学良留下手令：

弟离陕之际，万一发生事故切请诸兄听从虎臣、孝侯指挥。此致何、王、缪、董各军各师长。

张学良　25 日

张学良手令中的虎臣指的是杨虎城，孝侯是于学忠，何是骑兵军长何柱国，王是 67 军军长王以哲，缪是 57 军军长缪澂流，董是西北"剿总"参谋长董英斌。

张学良到南京遂被蒋介石长期扣押。张学良不顾个人安危，深明民族大义，从东北"易帜"，到对中原大战实行武装调停，都是为了早日实现国家统一，九一八事变后长期蒙冤忍辱。在"剿共"战争中对中国共产党的政策和红军的战斗力有了比较正确的认识和了解，遂率先与红军携手促成西北"三位一体"的统一战线。他之发动西安事变是基于国难家仇的义愤和对蒋介石"攘外必先安内"政策的不满，迫使蒋介石将枪口对准日本帝国主义，是绝少考虑私人利益的。他曾在一次干部会议上说："我为什么敢冒天下之大不韪，扣留蒋介石？主要是为停止内战，一致抗日。假如我们久拖不决，不尽快把蒋介石送回南京，将会出现比今天更大的内乱。那时我张学良真是万世不赦的罪人。我一定自杀，以谢国人！"西安事变是中国历史转换的枢纽，使国共第二次合作得以实现，全民族抗日统一战线得以形成。张学良和杨虎城顺应时代潮流，在时局转换的关键时刻奋力一推，功在国家，名垂青史。中国共产党人不会忘记他，中国人民不会忘记他！西安事变对于蒋介石

和国民党也可谓塞翁失马，安知非福。因为如果没有西安事变，听凭蒋介石继续"攘外必先安内"的政策，贪得无厌的日本帝国主义就有可能鲸吞中国，蒋介石和国民党也将在历史上落个"身败名裂"、"民族罪人"的可耻下场。历史功臣张学良长期被扣押，未能实现他亲率东北军与日寇决一死战、打回东北老家去的夙愿，以后又被长期软禁台湾，成为千古奇冤！直到1990年6月1日，张学良在台北圆山饭店公开参加有关人士为他举办的90寿庆，才算获得自由。在此之前，张学良的侄女、张学森的女儿张闾蘅曾来看我，我从她那里得知张学良的一些近况。在张学良将军90寿辰之际，我曾修书一封致贺。书信如下：

汉卿我师钧鉴：

　　不亲教诲，54易春秋；每怀勋劳，辄然神驰左右。当年我公出于爱国精诚，甘作牺牲，推动国共两党弃旧图新，进而达成第二次团结合作，为后来抗战进行创造了有利条件。功在国家，功在人民，永载青史。毅三列门墙，与有荣焉！今逢我师九秩大寿，添筹海屋，点星银汉，学生谨掬虔诚，祝愿我师清躬绥和，动定咸臧，阖家幸福，前景光辉！

受业　万毅
一九九〇年五月三十日

同时附七律一首以表祝贺之意。

七　律

贺张汉卿将军九十大寿

一九九〇年五月三十日

万　毅

将军九秩逢初度，

大地海屋添一筹。

贞爱齐眉双玉立，

豪情白发倍风流。

堂堂披甲还乡志，

凛凛舍身救国求。

迎巽举杯遥祝望：

晴空银燕载方舟。

1991年5月，吕正操同志打电话给我。他说："我要去美国看望张学良，老万，你写封信吧，我给你捎去。"5月21日，我给张学良将军又书信一封，以表崇敬思念之情。

汉卿我师清览：

去岁九秩大庆，曾上书祝贺，谅达座右。近日有人相告，我公关注部属景况，对毅曾有垂询，特禀述如下：毅自1984年双目因青光眼致盲，1987年离职休息，蒙党和人民关怀，按老红军待遇，生活安静舒适，顽躯粗健，日可行万步。在条件许可下，努力继续做些有益于人民的事情。

去岁末，聆听我公答日本广播公司访问，片断鸿论，足证我公精神饱满，思维敏捷，富于哲理，逻辑严谨，此情景把我带回1936年长安军官训练团干部连晚餐后我公即席训话的忆境中。随后又得列我公摆脱缧绁，恢复自由的最佳消息，不禁雀跃额首，无任欣慰。此后，又从电波中得到陆续报导，获益良多。信使有便，尚望不吝赐教。随信附上为庆祝我公九十晋一大寿寿诞大庆《七律》一首：

先生徐步出龙潭，五十五年茹苦寒；

发难弭兵功烛史，创勋下狱法昏天；

淫威毒计砺高节，正气丹心斥劣顽；

造物无私褒善士，赐公长寿冠人寰。

请代向一获夫人致钦敬之意，并祝阖家平安幸福！

西望云天，书不尽意，肃此敬祝夏安！

受业　万毅

一九九一年五月二十一日

吕正操同志从美国回来后，向我们谈了他与张学良将军见面的情况。在此之后，张学良的侄女张闾芝、张闾蘅来北京，住在中国大饭店。当时，我正住在301医院。有一天，她们到医院，说大伯让我们来看望你。我热切盼望张学良将军早日返故乡探望，并与先生畅叙久别之情。

"二·二事件"。东北军内讧。初见叶剑英。
与红军联合有功的旅长高福源被诱杀。我同几位军官被扣押

当年张学良将军亲送蒋介石回南京，是他深明大义、襟怀坦荡、勇于负责、讲究义气的表现。但他对蒋介石的为人认识不足，此举失之轻率，对东北军的发展带来了不利的后果。东北军是个带有浓厚封建色彩的武装集团，全体官兵只对张学良一人负责。只有张学良一纸手令的杨虎城、于学忠是指挥不了东北军的。老谋深算的蒋介石自然看透了这一点。他扣住张学良不放，不仅为报西安事变的"一箭之仇"，而且是为了分化东北军。

张学良被扣后，蒋介石提出研究西北问题的两项办法，即甲、乙两案。甲案的基本内容是：西安方面的华阴防线立即撤除；中央军一部开驻西安；17路军移驻泾河、渭河以北之三原、蒲城一带；东北军移驻邢县以西直至兰州；红军仍回陕北。乙案的基本内容是：中央军进驻西安和陕西；17路军调甘肃；东北军调安徽；红军仍回陕北。其中甲案比较可行，东北军、17路军、红军三位一体能够保存，驻地相联，亦可互相支援。张学良也倾向选择甲案。

但谁来主持西安善后事宜呢？东北军广大官兵一致强烈要求张学良回来主持大计。然而，在如何营救张学良回来问题上发生了尖锐分歧。以王以哲为首的部分高级将领，主张按甲案先行撤兵，慢慢救张；以抗日同志会核心人物应德田、苗剑秋、孙铭九为首的少壮派军官，则坚决要求蒋介石先放张学良，否则不惜决一死战。2月2日，孙铭九派人闯入王以哲家，枪杀了卧病在床的王以哲将军。这就是著名的"二·二事件"。孙铭九枪杀王以哲自然是不得人心的。孙铭九怀有个人动机和野心，他后来曾跑到汪伪政权下做过事。应德田也在汪伪政权下做官。苗剑秋逃往日本。东北军的一些高级将领则以为王以哲报仇为借口，诱杀了为东北军与红军联合立有大功的高福源旅长 [①]，扣押了105师8团团长康鸿泰，120师718团团长汲绍刚以及当时任627团团长的我。

---

① 张国焘在其回忆录中曾说，红军到陕北后俘虏并放回了万毅。这完全是道听途说。实际情况是：高福源在陕北被红军俘虏，他深为共产党的抗日救国政策所感动，回到东北军部队后为红军与东北军的联合作出了十分积极的贡献——作者注。

我被扣的经过是这样的。1937年2月初，57军120师师长赵毅，以私人朋友的身份曾到627团阵地，征求我对部队撤退的意见。我对西安事变扣蒋是赞成的，觉得大快人心，但对张学良亲送蒋介石回南京想不通。所以，我直言不讳地对赵说："师长，你我作为军人，以服从命令为天职，上级决定我们进攻就进攻，决定我们撤退就撤退，这没有什么可说的。你要征求我对张副司令的做法有没有意见，那我直言相告，我是想不通的。他把蒋介石扣起来，又亲自送回去，他这个事做得不对，未免太重义气了！老蒋却不让他回来，还讲不讲点仁义道德？尽管有意见，身为军人我还得执行撤退命令。"就在赵同我会面的那天晚上，部队奉命撤到渭南县的故市镇。当天，即2月4日下午，我还没来得及吃晚饭，就接到要我去109师师部开会的电话。当我赶到师部时，师长贺奎就向我宣布："奉军长命令把你送到高陵监狱。"我一听如雷炸耳，不禁怒从心起，问道："为什么事情？"贺答："这你别问了，我不便讲。"当晚即把我押往高陵监狱。高陵监狱属于地方，但由57军军部特务营警卫。到监狱后我才知道，这次被扣，主要原因是缪澂流害怕我是少壮派，会在日后有什么行动。这时，我思想上最放心不下的不是个人安危，而是于克等那批共产党员和进步青年的处境。1937年4月，刘錡到商水县监狱看我，我才知道他们在1营营长刘杰同志的掩护下分别安全离开了627团。王以哲被杀以后，缪澂流等人都担心自己会被少壮派收拾掉，都在想"我那个部队里有没有少壮派？"我平时讲话不管不顾，特别是与赵毅的谈话，直抒己见，讲得那么激烈，怎能不使他担心？于是，缪澂流即下达了扣押我的手令："该团长平时言语行为激烈，在大军转移之际，恐生意外，着即撤职收监候审。"其实，那时我虽然已加入了张学良的秘密组织——抗日同志会，但并不是核心成员；"二·二"事件发生前，我在渭南前线，根本不了解情况；我虽然言辞激烈，但是并不赞成孙铭九等人的做法。这是缪澂流制造的一次冤案。"二·二"事件是东北军的一次大内讧，破坏了内部团结，削弱了战斗力，这是东北军史上一次极为不幸的事件。这件事的罪魁祸首当然还是蒋介石。我在高陵被监禁一个多月后，东北军开始陆续东调，57军调往周口、淮阳、太康一带，我就是这时被押解到河南商水县监狱的。

我被扣押期间，曾被审讯过两次，一次是由57军副军长朴炳珊和军法处长佟树藩审问，一次是由缪澂流亲自审问。他们让我"戴镣长街过"，由监狱来到军部。缪澂流审问时，副军长、参谋长都参加了。缪问我的第一个问题是："你为什么杀王军长（王以哲）？"我说："军长你是知道的，王军长在西安，我在渭南前线和国民党军对阵。将近两月，没有一天去过西安，这是有阵中日记可凭的。在我被扣之前，我还不知道王军长死了。"第二个问题是："你要把部队带到哪里？"我说："我是按照师长下达的撤军命令，按他指定的时间到达指定的地点，我没有带到别的地方去。"他又问："你们抗日同志会是干什么的？"我说："我是在 12 月 16 日才加入抗日同志会的，那是奉张（学良）副司令指示加入的。我只知道抗日同志会的领袖是张副司令，宗旨是：还我河山，披甲还乡，拥护张副司令打回老家去。别的我不知道，有章程，你们可以查。"两次审讯，他们也找不出什么罪证，奈何不得我。

这一段生活对我来说倒是相对比较平静。有时间静下心来读点书。看守里面有个姓黎的年轻人，经常帮我寄信和买书。我在狱中读了《唯物论》《大众哲学》《反杜林论》《政治经济学讲话》等书籍。这些书籍，对我日后的思想变化，无疑是有着重要影响的。我在监狱里几个月，直到全国抗战爆发后才被放出来，但还是由军部特务营"监视候议"。

在我被扣押之前，还有一件重要的事情应当提及。西安事变之后，张学良陪同蒋介石去了南京，东北军处于混乱状态。这之后，大约在 1937 年 1 月间，东北军和西北军联合召开了一次团以上军官会议，地点在 57 军 111 师师部驻地渭河以北的盖家，一个农民的场院里面。天气很冷，到会的有杨虎城、马占山和缪澂流等，王以哲因病没有到会。令大家注目的是红军代表叶剑英也来了。主持会议的是杨虎城。鲍文樾刚从溪口回来，向大家讲述他在溪口见到张学良的情况。据他说，张学良尚健康，要他转告大家，他是无罪的。现在虽然不能回来，但是仍希望东北人很好地团结。叶剑英也在会上讲了话，他明确提出，要"三位一体，合作到底"。这是我第一次见到叶剑英，他掷地有声的讲话和爽朗的态度，给我留下了深刻的印象。可惜的是，由于蒋介石的破坏和各方势力的阻难，"三位一体，合作到底"的局面终于没有完全出现。

第五章　全民族抗战终于爆发。
同日寇血战于大江南北

就任 672 团团长。初战江阴。率团多次打退敌人进攻，掩护师主力撤离

1937 年 7 月 7 日，日寇发动卢沟桥事变，中国军队奋起抵抗。8 月 13 日，日寇又在上海燃起战火，蒋介石宣布抗战。中国人民自九一八事变以来，终于进入了全民族抗战阶段。

七七事变后的第二天，我就给缪澂流写信，请求放我出狱，到前线痛击日寇。缪没有理我。直到军部出发前往江苏淮阴的那一天，他才在我给他的信上批道："交特务营监视候议。" 7 月 14 日我到了特务营，留在淮安。特务营营长王忠荩，与缪澂流是讲武堂的同学，人老实。他对我说："老兄委屈点吧，别的办不到，和我一块吃饭，反正也没有什么好吃的。"后来，特务营转到扬州附近。缪澂流要到 111 师视察江防，通知参谋处带上我。但是，我虽然跟在后边，他还是不找我谈话，也不给什么任务。不过，对我的看押实际上就缓解了，再回特务营时，就没有什么监护了。到 10 月 10 日来了正式命令，任命我为 112 师 336 旅 672 团上校团长。从 2 月 4 日到 10 月 10 日，我被扣押了 8 个多月。现在终于结束了这段不自由的生活，一心想在战场上与日寇战斗，实现报效祖国的愿望。

在缪澂流视察江防的那天夜里，111 师师长常恩多私下与我会见。他对我说："虽然我们彼此不熟，但我知道你是东北军中优秀的青年军官。目前这段磨难，对你是有意义的。现在抗战开始了，我们军人报国的时机到了。尤其我们东北军的人，只有坚持抗战到底，才能实现'抗日救国，披甲还乡'的愿望，也才能对得起张副司令。"我们的谈话融洽、严肃、庄重，直到深

夜，常师长才让副官刘唱凯把我送回去。

我被任命为团长，缪澂流也没有见我。我直接去见112师师长霍守义。霍又让我见336旅旅长李德明。李带我到672团，召集营以上军官开会，宣布了对我的任命。经1937年4月至6月整编后的东北军，按国民党中央规定的调整师编制，每军2师，每师2旅，每旅2团，团以下为三三制。于学忠为51军军长，万福麟为53军军长，缪澂流为57军军长，吴克仁为67军军长，原105师改编为49军，军长刘多荃。何柱国为骑兵第2军军长。一些军、师、旅番号被取消或调出，整个东北军此时只有十多万人。

全国抗战爆发后，国民党划全国为五个战区，其中，第3战区为上海、浙江等地。第3战区司令长官为冯玉祥，10月后由蒋介石自兼，顾祝同副之。东北军第57军隶属第3战区，在扬州负责长江左岸守备，除直辖111师、112师外，还指挥江苏保安队。1937年10月上海战局吃紧，第3战区副司令长官顾祝同令缪澂流率57军前往增援。10月24日，112师336旅奉命进抵江阴。我团徒步行军先到达如皋磨头镇。军部进驻泰县。不久112师奉命渡江增援江阴。

江阴为长江下游咽喉要地，早在清末时这里就筑起炮台守卫江防。江阴要塞有老式要塞炮20余门，德国造新式高射炮10余门。八一三淞沪会战开始后，国民党海军中央舰队在长江航道江阴段下沉7艘旧军舰、20艘商船和180艘满载沙石的民船，构成一条封锁线，用以阻挡日军舰队。要塞守备部队除112师外，还有黔军103师。江阴要塞归江防总司令刘兴统一指挥。112师负责江阴正面防御，左翼为黔军103师。我们336旅两个团守城东面。

中国军队从上海撤退后，日海陆军分别沿长江和沪宁铁路及其他方向向南京追击。11月27日，日陆军第13师团对江阴要塞发起进攻，出动飞机40余架，坦克40余辆。天空升起系留气球，为炮兵指示目标。据当时112师参谋长李寓春后来说，敌人进攻后不久，江防总司令刘兴下令死守，师长霍守义哀叹道："我们都得死在这里了！"下午，师部特务连连长刘金柯以情况紧急为名，拉霍守义脱离指挥所。通信连连长胡万祥则向师参谋长李寓春报告说，师长督战负伤，令你任代理师长，指挥全师作战。霍乘小船渡江后，绕过军部，去西安57军后方留守处养伤。

战斗持续了五天，12月1日晚，日陆军第13师团进迫江阴城下，当晚刘兴下令撤退。撤退时，我率672团担任后卫，利用江阴城墙为阵地，整整抗击日军一天。当时日军坦克开到城下，炮火打得很凶。但我团官兵沉着应战，多次打退敌进攻，胜利完成掩护任务后撤往镇江。672团建制完整，撤退有序，沿途军纪严明。可是在进入镇江市区时，有老百姓告状说，中央军的溃兵强奸产妇。我下令抓获，查实后出布告就地枪决。在镇江，336旅就地休整。这时，重新组建了师部和直属队，任命334旅旅长马万珍代理师长，李寓春为参谋长，全师约4000人，集中镇江待命。

参加南京保卫战。国民党统帅部指挥混乱，桂永清带头逃跑，672团被教导总队挤散

继江阴要塞保卫战后，我又率672团参加了保卫南京的作战。我第一次参加这样大规模的会战，从当时指挥的极度混乱中看到了国民党最高统帅部的无能。

本来早在1934年至1936年约两年半的时间内，国民政府军事委员会就动用了4个师的兵力在上海、南京之间构筑了两道国防工事，作为南京外卫防御线。此外，在镇江以西还筑有许多工事和堡垒。1936年秋，蒋介石还亲自指挥过防卫首都南京的演习。如果指挥得当，坚守一段时间是没有问题的。但国民党统帅部却没有在这里预设兵力，日军在杭州湾登陆后分两路会攻南京，他们立即慌了手脚。11月9日，第三战区下令撤退。许多部队争先恐后逃跑，没有在两道国防工事上站住脚，大部退向皖南，部分退往南京。11月20日，中国政府宣布迁都重庆，人心更是惶恐。南京成立卫戍司令部，由唐生智任司令，指挥约10万部队拱卫南京。南京保卫战原定方案包括外卫线与内卫线防御战两个阶段，内卫线防御战又分成城郊作战和城内作战两个阶段。112师率336旅两个团奉命参加南京保卫战，归蒋介石的教导总队桂永清指挥。

112师抵达南京后，桂永清让336旅守备紫金山南麓沿长江一线阵地，并经桂永清同意，派一联络参谋常驻桂永清教导总队部。代师长马万珍再三叮咛："有什么情况，赶快报告，特别注意别让中央军甩下我们跑了！"12月10日，我672团被派在最左翼，担任防御任务。右翼是教导总队一个团。12月初日军已到南京内卫线，随之展开激烈交战。日军没有直接进攻我团阵地。12日蒋介石下令撤退。唐生智召集高级将领宣布撤退令，会后一片混乱，

多数将领各行其是，争向下关渡江北逃。桂永清开完会，连教导总队部都没有回就独自逃命去了。就在要撤退的当天（12日）下午。日军派一个先遣小分队约一个排的兵力企图抢占我团阵地前面的一个制高点。我派第4连一个姓吴的排长率队先敌到达，击退敌人，控制了制高点。112师派驻桂永清教导总队的联络参谋，看教导总队已在纷纷撤逃，如梦初醒，连忙打电话报告，电话不通，便气喘吁吁地跑回来报告。代师长马万珍下令我团沿京芜公路向芜湖撤退。我当时提出建议，是否改变突围方向，从现在的阵地左翼燕子矶之间寻找山中的小路向天目山一带突围。马代师长与李参谋长商量后，在电话上回答我说："服从命令，坚决向芜湖突围。"我就没有再说别的。我担心如果再多说或拒不执行命令，马万珍向缪澂流告我违抗军令，那就不好解释了。

接受撤退命令之后，我组织部队按建制行动，什么时候走，到达什么目的地，都通知了各营。但是，按照师部指定的路线一上路，就碰上了桂永清的教导总队，挤过来挤过去，把部队都挤散了。代师长马万珍带师部和671团向下关方向找船渡江。实际没有几条船，人都挤到江里去了。当时我也是首次参加这样的大会战，没有经验，考虑不周。3营有人报告说，营长不见了。我估计他南京有熟人，换上便衣跑了。我也没想到可以指定连长代理他，就说："没有营长，我来当你们营长，赶快出发！"我再联系2营，2营营长也不在了，2营也联系不上了。不久，1营营长带着十几个人，见了我，敬了一个礼，那样子狼狈极了。他说："我得赶快过江，到那边弄条船来！"我们想从江心洲过江，没有过去，我就带着3营先头部队突围，想从江的东边绕过去。这时，天已亮了，我令第7、8两连展开，与敌人交火。8连长负伤，我带着战士一起冲锋，将对面的日军击退。敌人在我们左侧展开火力，把我们部队压到一处江汊子上。恰好那里有点木排，我们就用木排上了江心洲。这时，我看到下关码头那边，人群拥挤，前边的人像下饺子一样，纷纷落水，后边的人看不到前面的情况，还往前拥，那情景真是太惨了。我们这里，陆陆续续用木筏子退到江心洲上，大约有七八十个人。我向江面派出了警戒，敌人有一艘军舰停在江面上，向我们打了几炮，见没有什么动静，就开走了。这天是1937年12月13日，即南京失守的那天。我们在江心洲呆到下午，大约两三点钟，江上漂来一只小船，我们一看，是一只空船，有被火烧的痕迹。估计是敌人把收拢的民船捆在了一起，放火烧，没有烧掉才漂过来的。我让一个战士扛一挺机枪先上去，然后又上去五个人，用枪托和钢盔划水。全船加我一共才六个人，终于乘这只小船过了江。其余的人，有的找根木棍，有的找捆稻草，用什么办法的都有，想方设法漂过江去。有的人漂不久就下沉了，再也上不来了。

天微微亮，我们过了江，来到一个小镇。这时我身边只有五个人。我们饥肠辘辘，十分困乏，想找个地方吃点东西休息一下。来到一个乡公所，刚落脚，前门就突然响起枪声。我们立刻从后院蹬棉花包越墙而走，然后朝着东北方向跑。一队汉奸在后面追赶我们，我们用连发手枪朝他们射击，汉奸队放慢了速度。我们急忙往车站方向跑。途中经过白崇禧部队的一个岗哨寸，哨兵一看不是他们的人，就端起步枪要缴我们的枪。我们几个对付他并不困难，但我不想打自己的同胞，于是要大家放下枪，我告诉他要找他的长官。那个哨兵竟把枪口对准我说："我看你敢找我的长官"说着就扣动了扳机，不料枪没有响。我压住怒火对他说："好，谁也不欠谁的命。我们走！"趁他一时发愣，我们继续向车站跑去。到了火车站，找了点东西吃，坐上一列货车，奔徐州而去。

来到徐州，找到了57军收容站，然后转到淮安县城。年底，军部参谋长于一凡和副官长找我谈话。我向他们报告了部队作战经过和受损情况，他们听后对我说："马万珍旅长也已经回来了，他报告的情况与你讲的情况一致。你没有什么责任，还是去当你的团长，到667团去！"这时我才得知，112师的两个团都失去了控制。马万珍代师长和参谋长李寓春只带了少数随从渡江，让我去接任的那个667团的团长许赓扬，是我被扣押后到627团接任我当团长的，夏天627团改编为667团，秋天他在江南时大作战不力被撤职。667团实际大部是原627团，只有2营是从67军混编过来的。这样，我又回到原来那个团当团长了。

南京保卫战表明，国民党政府最高军事当局，对守卫南京缺乏进退攻守的全盘计划，守城部队虽有十万之众，但系七拼八凑起来的，其中多为从淞沪战场撤下来的，尚未来得及休整。蒋介石本来晓得南京易攻难守，守是守不住的，但鉴于是首都所在地，事关军心民心和国际观瞻，所以在几次有关南京命运的讨论中，他都模棱两可，不置可否。半路上杀出个唐生智愿死守南京，蒋介石便顺水推舟让唐生智做了城防总司令，自己却把嫡系部队主力撤往皖南。这样弃守不定，临时应付，只能落得个被动挨打、全军溃退的局面。

第六章　加入中国共产党。部队建立党的地下组织，素质大为提高。浴血奋战，连战皆捷

1938 年 3 月 11 日，我被吸收为中共特别党员。
此前，周恩来说："你们去看看万毅，
如果能发展就发展他……"

　　1938 年 1 月，我被任命为 112 师 334 旅 667 团团长。没有追究在南京保卫战撤退时 672 团全团失散的责任，继续让我当团长，当时实在出乎我的意料。667 团的情况我十分熟悉，开展工作有许多便利条件，我当然也愿意去就职。我到任后全团便调到宿迁县整顿。不久，112 师开往连云港一带，准备迎击沿青（岛）海（州）公路南下的日军及其扶植的惯匪刘桂棠、张宗援、刘佩臣等部。我团团部驻连云港新浦镇，并负责海州的卫戍任务。

　　春节过后不久，2 月的一天，负责查店的人向我报告，在陇海大旅社住着两个人，说是东北老乡要见万毅。我觉得这事有点蹊跷，就到旅社去看。这两个人我并不认识，一个是东北人，名叫张吉人，另一个是山东人，叫刘曼生。他们问我认识刘澜波吗？接着又说明他们都在东北军呆过，是刘澜波叫他们来的。后来我才知道，张吉人是中共中央长江局的巡视员张文海，刘曼生就是谷牧。他们是从武汉由长江局派来的。我们交谈了不久，就像老朋友重逢那样亲切。他们问我，抗战已经几个月了，你对抗战前途有什么看法？我并没有隐瞒自己的观点。经过南京保卫战，我认为这种打法打不败日本鬼子，总得有点新的办法，学着日本的战术打日本是不行的。部队也要学点新的东西，上下官兵要团结一致，要改善部队的制度，如果当官的还是喝兵血，当兵的还有什么兴趣打仗！他们提出："你对共产党怎么看？"我说，在西北曾接触过红军，西安事变时，我们部队也来过一个姓李的红军，讲过

一些道理，他们官兵一致，生活上同甘共苦，值得借鉴。我们越谈越投机，这时候他们说："你想过加入共产党没有？如果有这个愿望，我们可以转达。对你的过去我们也知道一些，所以才同你谈这件事，希望你考虑一下。"我想了想，说："我觉得自己确实不够。打鬼子我没有二心，我不会投降。但是要参加共产党，首先是我的革命理论基础差，虽然看过《反杜林论》《政治经济学讲话》等书，但是连马克思主义的 ABC 还不太清楚；再说，红军有铁的纪律，是很厉害的，我行吗？"我当时的顾虑是，怕入党后让我拉队伍投奔共产党，万一拉不出来，怎么交代。他们说，理论修养不是朝夕之间可以解决的事，只有在工作中不断学习才能逐步提高。纪律主要靠自觉，是在实践中养成的。拉队伍也要看情况，不会硬性规定。

从陇海旅社回来后，当天夜间我辗转反侧，怎么也睡不着，想了许多许多。我想到自己这么多年盼望着打鬼子，却在很长时间内不能如愿以偿；想到蒋介石扣押张学良使东北军群龙无首，发生内讧，自己蒙冤受屈。另外，看到国民党统帅部的指挥无能，迭吃败仗，还乘机削弱杂牌军，觉得国民党蒋介石这一套实在是不行了，深感再跟着走下去也是前途渺茫，加之我西安蒙冤后政治上受挫，内心十分苦闷。共产党有正确的理论和铁的纪律，要真正打败日本鬼子，得靠共产党，没有正确的领导和正确的组织是不行的，于是我打定主意加入共产党。第二天，我又去见张文海、谷牧同志，向他们表示："我想通了，如果组织上觉得我够格，我愿意加入共产党。"

正在这时，又发生了一件事。有一天，我去北平拜访过的一二九运动期间的学运领袖邹鲁风，突然来找我，他对我说："有一支小队伍您愿意接收吗？"我问："什么样的小队伍？都是些什么人？"他说："大部分是学生，也有教师，知识分子占多数，老少男女都有。"我一听说知识分子居多数，自然很高兴，但又觉得老的女的作战行动有所不便，便说："有文化的人我是非常欢迎的，但这还得请示师部再作决定。"之后，我找张文海、谷牧同志谈了此事，他们意见可以接收。我即报告了师长霍守义，根据师长指示，由我选出 80 余人，派副官去库房领了棉衣，又要了车皮，持团的护照把他们从徐州迎到新浦镇。

后来我才知道，这支小队伍是从高密游击队撤出来的。全国抗战爆发后，八路军东渡黄河，山东人民的抗日起义风起云涌。高密县的大地主兼第五专区专员蔡晋康组织了高密抗日游击队。当时驻高密到青岛一线的东北军

51 军我地下党负责人王再天和蔡有接触，地下党遂派出部分人员进入蔡部，并建立了以伍志钢为工委书记、邹鲁风和李欣为委员的蔡部工作委员会，后来发展为名义上属于蔡晋康，实际上由我党领导的第 4 中队，共 100 多人。1938 年 2 月，我地下党与蔡部的关系越来越紧张，被迫撤出，共撤出 108 人，当时被称为"一百单八将"。他们同中共中央长江局取得联系后决定，由邹鲁风带 20 余人去山东省政府做沈鸿烈的统战工作；由伍志钢率其余 80 余人来到 667 团。80 余人中有 20 人为中共党员，其余全部是民先队员。

后来，谷牧也决定留在 667 团，公开身份是在团部做缮写工作。在张文海支持下，成立了中共 112 师工作委员会，简称"112 师工委"。伍志钢任书记，谷牧、李欣为委员。112 师工委成立后的第一件工作就是研究我的入党问题，并决定由张文海、谷牧找我谈话，作为我的入党介绍人。1938 年 3 月 11 日这一天，我正式成为中共特别党员，与我秘密联系的主要是伍志钢和谷牧同志。事后我一直想，张文海、谷牧并不认识我，怎么会来发展我入党呢？后来我才知道，当时我党对东北军第 57 军的工作是由中共中央长江局领导的。长江局驻武汉，周恩来同志是副书记。张文海是分管 57 军的巡视员。谷牧同志后来告诉我："离开武汉时，周恩来同志交代说，你们去看看万毅，如果能发展就发展他，并依托万毅这个团开展 57 军的工作。"当时刘澜波也在武汉，我想，发展我入党可能是他向周恩来同志建议的。入党之后，我的戎马征途有了指路明灯，从而开始了我新的战斗生活。

接收"一百单八将"的大部，组织新兵队。开展政治宣传工作。部队朝气蓬勃，秘密建立中共地下组织

"一百单八将"中的 80 余人到来后，我依照西安事变前在西安东城门楼成立学兵队的方式，将他们组建为第一期新兵队，由上尉副官何儒林任队长，中校团附孟广云任军事教官，下分三个区队。经过月余的训练，主要进行队列训练和射击技术的训练，随后根据各人情况分配了工作。派到各营连的 30 余人，均是传令兵名义，每连一至二人，有陈汉、王儒林、邹铎、徐信、刘家栋、王哲、张战戈等同志。他们在各营和团直属队成立了党支部，李欣、赵书扬、赵志刚分别担任第 1、第 2、第 3 营的支部书记。团部办起了名为《火线下》的油印小报，由郭虹隽、王希坚分任正副主编，赵欣、李

后任编辑。刘錡、朱长录帮助油印。《火线下》的文章短小精悍，出版及时，有消息，有评论。我还针对部队中存在的倾向性问题，给小报撰文，介绍军事知识，表扬好人好事，对部队有很大教育作用。留团部20余人组成667团宣传队，由王中任队长兼支书，另有民运工作组，由王国栋（鲁平）负责，开展战区群众工作。宣传队是依靠"差占"（即占用连队名额）建立起来的，队长和队员一律二等兵待遇。宣传队在部队中开展歌咏活动，大唱救亡歌曲。每逢部队集合，我都指挥唱歌，连队间相互拉歌，气氛十分热烈。早在我当627团团长时根据法国马赛曲填写的那首团歌，667团继承下来，改称《667团团歌》。这首歌慷慨激昂，对部队鼓舞作用很大。那时宣传队还经常演出话剧，其中较著名的有《放下你的鞭子》《东北一角》《流寇队长》等，还有自编的活报剧《孟连长之死》以及《连云港暴风雨》《汉奸司令》等。我有时还和队员同台演出。说快板也是一种文艺表现形式，我记得有一段快板台词是："竹板一敲响连天，各位同志听我言，咱们团长笑嘻嘻，咱们的团长叫万毅，咱们团长笑嘻嘻，咱们团长好脾气！""667、668，我们两团是一家。"这些不仅是赞扬我个人的，而且反映出在有了党组织的领导之后，部队的面貌已经有所改变，当时官长、士兵上下一体，充满朝气，这种官兵关系，在旧军队里是不多见的。

后来667团又分别组建过第二、三期新兵队。在苏北时，经苏北抗日同盟会动员，集中了两淮和泗阳、涟水等县七八十名青年，在667团组成了第二期新兵队。并且商定结业后，一半回地方，一半留部队。第二期新兵队在泗阳667团驻地训练月余后，向鲁南转移，部分学员提前结业回地方，随军到达鲁南的有三四十人。1939年春，部队到达鲁南后，又办起了第三期新兵队。李欣和谷牧先后到日照物色青年。4月间，秦寄萍和秦亢青又带来八九十人，在费县孔家汪正式成立了第三期新兵队。经过两个月的训练，大部分分配到旅部战地工作团，谷牧任主任；少部分青年到667团歌咏队，刘錡任队长，王哲、赵欣任副队长。

伍志钢、李欣带领的那批党员和民先队员的到来，以及三期新兵队的训练和分配使用，使部队的面貌大为改观，为我党的政治宣传工作，思想教育工作，基层组织工作，都打下了一个很好的基础。过去我们这里是一支军阀部队，干什么都是旧军队那一套。这批青年来了就不一样了，他们一下子都到连队去了，去做实际工作，有的人很善于做群众工作。在他们的宣传教育下，一些人被发展入党，有的营长、连长、排长是党员，建立了支部和小组。大家一心一意抗日，去掉军阀旧习气，关心士兵，不喝兵血。部队还提出了这么几句话：打鬼子，爱百姓，自觉遵守纪律，团结进步。就这么简单，却鼓舞了士兵情绪，提高了战斗力。这些青年在火线上也同战士一起战斗，有的英勇牺牲了，对部队影响很大。师工委书记伍志钢在战斗中带着两个病号突围时，牺牲了。总之，有了他们，开展了党的工作，使部队从政治素质上有了很大提高。

策应徐州会战。攻打圣公山，连长孟昭胜英勇牺牲。在大石桥柘汪一带重创敌寇，缴获甚多

1937 年 12 月 13 日，日军攻陷南京后，又相继攻占杭州、济南，妄图一举消灭集中在徐州、武汉等地的国民党军主力。日军以南京、济南为据点，先后调集 23 万人，从津浦线南北两头夹击徐州，两线日军分别于 1938 年 1 月开始行动。徐州南北划为第 5 战区，司令长官为李宗仁。东北军第 51 军参加津浦线南线阻敌作战，第 57 军 111 师 333 旅增援津浦线北线作战。在日军猛扑临沂的同时，惯匪刘桂棠（刘黑七）、张宗援（日本浪人伊达顺之助化名）、刘佩臣等部，在日海军支援下，沿青（岛）海（州）公路南下。112师奉命迎击。

4 月初，日寇海军用军舰把刘部匪军运到山东日照石臼所一带登陆，占领了巨峰。当时我团在费家湖，1 营驻山口沟洼。在师的统一部署下，配属我团两门山炮，去夺取巨峰。我在圣公山阵地展开一个营，据群众提供的情报，敌人数量不多，一个营是足够应付的。战斗刚开始，我们的山炮一响，刘黑七就撤走了。我们抓住他们的俘虏问为什么撤得这么快，他们说，日本人告诉他们，这一带都是"土八路"，可是炮一响就感到不对了，"土八路"哪有大炮呢！这一仗，双方伤亡都不大。新兵队参加战斗，任务是掩护炮兵阵地，表现也都很好。

这次战斗后，我们又回到费家湖，处于警备状态，连云港有事就开往连云港，北边有事就到北边作战。大约过了一个星期，日军和土匪张宗援、刘佩臣部又运动上来，占领了圣公山。我们 334 旅，炮兵，以及军部骑兵大队，全部展开，攻击敌人。敌人很顽强，白天作战他们有一定的优势。我团

和 668 团对圣公山采取正面进攻，在山炮的掩护下往圣公山主峰冲。占领圣公山的敌人有一部分是日寇，战斗很激烈。刘佩臣、刘黑七不是对手，我们展开有秩序的战斗队形。正规的进攻，土匪是顶不住的。圣公山主峰上是日寇，我 2 营攻打主峰，伤亡较大，营长樊鸿盛负伤，但是最后还是拿下了主峰。2 营 5 连连长孟昭胜在战斗中英勇牺牲。战后，我们编了个活报剧《孟连长之死》，歌颂他的勇敢精神。圣公山的敌人遭到重创后，退到赣榆县的大石桥柘汪一带。112 师下令 334 旅负责消灭这帮日军和土匪。667 团与 668 团并肩展开进攻，战斗从黄昏开始，经过一夜作战，把敌人赶下海去。当时枪炮声响成一片，火光冲天，把附近的海面都映红了。第二天早晨敌人从海上乘船撤走了。此役我们缴获迫击炮 11 门，步枪、机枪和弹药、辎重甚多，军民士气大振。

这期间还有一个小小的插曲，那还是 3 月份，打刘黑七部之前的事，部队驻新浦镇，缪澂流来 112 师视察防务，住在 667 团所在地新浦镇，宴请了前线团以上军官。晚上他大烟抽足了睡不着觉，便让副官到我这里来借书看。我大感意外，心想："缪大混蛋"（缪的绰号）居然也想起读书来了。真是一大奇闻！当时我没有别的书，正在读的是巴比赛著的《从一个人看一个新世界》，内容是从斯大林看苏维埃国家的，书就放在枕头上，被副官看到了，只好让副官拿给他看。第二天副官就把书送还我了。我心里直打鼓，便问道："军长看完书说什么了？"副官说："军长说：'万团长总爱看这样的书'。"显然，他对我的政治色彩有了看法，这是我比较粗心和失算的结果。这使我又想起，1936 年我在西安时，刘澜波有一次来看我，见我正读的一本《马列主义中国革命观》放在桌上，便严肃地对我说："这年头，脑中不可无书，桌上不可有书。"刘澜波做地下工作的谨慎和细致周到的作风给我留下深刻的印象。相比之下，我就显得很不够了。我从这两件事中汲取了教训，后来虽不断阅读革命书籍，但没有再发生这类的事。

连云港抗敌登陆。坚守孙家山，收复大桅尖阵地，受到通报表扬

1938 年 5 月，徐州失守之后，112 师守卫在连云港。日寇摆出的架势是威胁连云港，只要你防守疏忽，他就相机夺取。112 师的山炮阵地也经过了一段时间的准备，打军舰不行，打登陆部队还是可以的。那时，日寇好几艘

军舰停泊在海面上，白天朝岸上打炮，飞机也来轰炸，晚上探照灯不断射向岸上搜索监视。部队白天蹲在散兵坑壕里，夜里也小心翼翼地行动。667团在这里守了几个月，断断续续地打了几个月。正式抗登陆作战是在台儿庄战役之后，大约是夏季的一天拂晓，日寇海军陆战队180多人，在舰炮和空军支援下猛攻我667团第1营所坚守的孙家山滩头阵地，当即遭到1营官兵迎头痛击。激战至黄昏，日军一部占领了1营的前沿阵地。入夜，我组织第2、3营进行战术反击，于次日拂晓将日寇赶下海去，并痛歼一部。由于敌火力强，反击部队伤亡较大，但因为将敌打下海，部队士气很高。

1营打得很艰苦。当时的1营长是李鸿德。李鸿德原来是东北军109师的营长，在与红军作战的直罗镇战役中被俘，后来在瓦窑堡的被俘军官学习班里学习了好几个月。在释放回东北军前，毛泽东主席还请他们吃过饭，向他们祝过酒。李鸿德曾诙谐地称这杯酒是"清醒剂"。他对我党的政策是有认识的，抗日的决心也很大。他回到东北军后，在师部里当"服务军官"，实际就是没有职务的军官（领饷不能领足额），我去师部时遇到了他。我说："如果你愿意，就来我这里，现在1营营长出缺。"我向师部打报告要了他。他同地下党员杨友山（晨光）有来往，接受进步思想。后来，在1941年"二·一七"事件中，331旅旅长孙焕彩陷害他，说他任661团中校团附时，唆使一个司务长要刺杀孙焕彩，把他扣起来要枪毙。当时的师长常恩多在七期讲武堂同学联名请求下说了话，才把李鸿德撤职释放了。李鸿德被迫跑到阜阳一带。1942年111师"八·三"事变后，他又回到新111师，担任过后勤部副部长、部长，加入了中国共产党。解放战争时期在东北民主联军第10纵队担任后勤部长，全国解放后，转业到河南省地方工作，活到九十高龄去世。这些当然都是后话了。

孙家山战斗后，667团防御任务由668团接替，全团开到668团与师部之间的新县一带休整补充，作为师预备队。7月30日左右，接到师的命令，672团防守的云台后山制高点605阵地失守，命令667团协助672团收复阵地……我接到命令后，就和672团团长白喜禄取得联系，并商定反攻时间，我团将从大桅尖制高点左侧后发起反击，夺取制高点，672团在同一时间内从正面反攻。经过一夜的攀登，667团1营在极其艰苦的隐蔽运动中，攻进敌人侧后展开火力，敌遭此突然打击，不支，向连云港港湾方向溃退。与此同时，672团部队也从正面发起反攻，恢复了大桅尖制高点防御阵地原来的态势。完成任务后 667 团按师的命令，逐渐撤回预备队位置。此次协助 672 团收复大椗尖防御阵地的作战，受到 112 师的通报表扬。

夜袭合肥机场，毁敌机 4 架，装甲车 2 辆。首次与新四军建立联系。中共中央长江局周恩来、叶剑英来电称"万毅同志"

徐州失守后不久，中日军队就开始了武汉会战。从 1938 年 6 月 12 日日军在安庆登陆至 10 月 25 日中国军队撤离武汉，历时四个半月，战场在武汉外围沿长江两岸展开，遍及鄂豫皖赣广大地区。会战由第 9 战区和第 5 战区等部队联合实施，蒋介石坐镇指挥。

约 9 月，武汉战局吃紧，蒋急电 57 军驰援策应。112 师在左、111 师在右，667 团又为 112 师先头部队，绕道泗阳、蒋坝、嘉山到达接近合肥的定远等地。这一带是疟疾流行区，部队受传染，疟疾流行起来，十之六七病倒，全师非战斗减员达 3000 余人。有些连队连站岗人员都派不出去。10 月末，我奉命指挥 667 团袭击合肥机场。当时合肥机场在城东北一二公里处（不是现在的飞机场）。尽管部队病员较多，可一听说要袭击日军机场，纷纷请战，表现了很高的民族觉悟，使我感奋不已！

最后，我决定派第 1 营去，2、3 营集中在团部，随时准备投入作战。营长李鸿德受领任务后率便衣队和三个连长到飞机场附近进行了周密侦察。为了出奇制胜，他派小分队携带手榴弹、鞭炮、煤油筒先绕到飞机场西北角花园村埋伏。全营傍晚出发，午夜到达预定位置。由第 3 连王连长率两个排到合肥东门外公路北侧设伏，由第 1、第 2 连袭击机场。第 3 连的另一个排和机枪连作预备队。午夜 12 时整，埋伏在花园村的小分队点燃干柴，在煤油筒里大放鞭炮，朝飞机场方向打枪、扔手榴弹，守备机场的日军睡梦中惊醒，注意力立刻被吸往花园村方向。这时第 1、第 2 连发起猛攻。守敌始知上当，赶忙撤到寨墙上猛烈还击，我进攻一度受阻。李营长及时调整部署，两个连各组成一个突击队，余则以密集火力掩护攻击，压制住日军火力，突击队乘势冲进机场。一架架飞机在夜色中隐约可见。战士们冲到机身旁，泼上汽油，猛掷手榴弹，随着一阵轰鸣声，飞机立刻变成团团大火。盘踞合肥城里的日军约 1 个加强连紧急增援机场，又遭我第 3 连坚决阻击，击毁装甲车两辆。李营长下令撤退，突击队员扛着飞机残骸回来，个个兴高采烈。是役，共焚毁日机 4 架，并毙、伤一些日军。第 1 营仅亡 4 人，伤 10 余人。国民党中央广播电台广播了这一胜利消息。袭击机场时我正在发疟疾。前几天我还跟发疟疾的警卫员刘錡开玩笑说："刘錡哪，发疟疾是啥滋味啊？"小刘苦着脸说："团长，人家这么难受，您还有心思开玩笑。别提啦，冷起来盖多少被子都不行，可热起来衣服剥光也没有用。"没过几天，我自己也打起了"摆子"，发高烧达 40 度，吃了东西就吐，最后把胃液都吐出来了，真厉害，但我还是抱病与 1 营长研究敌情和作战计划。指挥了这次战斗。

这次仗打得好，士气高，这同有党的工作直接相关。当时我们和新四军 4 支队 8 团联系上了。团长周骏鸣，向我们提供了日军的一些情报。我还通过他们的电台和长江局取得了联系。工委书记伍志钢向长江局发了电报，长江局以周恩来、叶剑英的名义回电，电报中称我为"万毅同志"。由一个旧军人，到被党组织称呼为"同志"，这当然是很大的变化，很自然地使我内心感到温暖和鼓舞。

回师苏北平原。袭宿迁，打归仁集，守罗圩子，大量消灭日寇。地下党工委派驻 6 连的党员新兵牺牲

由于部队在策应武汉会战途中大量减员，缪澂流只得如实报告蒋介石，请求部队暂缓西进。恰巧这时，徐州之敌进犯苏北。第 24 集团军总司令兼江苏省政府主席韩德勤的第 89 军畏敌如虎，不战而逃，睢宁、宿迁相继失守。日军前锋迫近洋河，两淮告急。韩德勤急电蒋介石，请求东北军第 57 军回援苏北。缪接蒋电令后迅即回师苏北。

回到苏北淮安，我因患病住进医院。此时，我看到了《文汇报》用套红印的中共六届六中全会决议，我即交给工委伍志钢。1938 年 12 月 2 日，我病好回到 667 团驻地宿迁附近的当天晚上，正赶上 667 团与 668 团配合，夜袭宿迁城。668 团在我团左翼。日军火力很猛，我攻城部队缺乏重武器，仅有一些威力不大的山炮。敌利用城墙顽抗，战斗十分激烈。攻城部队利用薄雾和夜暗，在炮兵掩护下爬城，虽于拂晓时登上城墙，但日军利用房屋封锁，部队无法下城。668 团从城门攻入，将日军汽车停车场 54 辆汽车烧毁。我团乘势强行下城与日军展开巷战。战至下午，由于部队缺乏巷战经验，最后被迫撤出。是役毙日军 160 余人，我方伤亡也比较大。第 3 营营长杨景仕

在巷战中英勇捐躯，但该营第9连连长贾某贪生怕死，炮弹崩了块皮就擅自脱离战场。战斗结束后有人主张枪毙他。我说："算了，我们提倡自觉的纪律，他自己也会觉得不好意思。"我将贾撤职，另提升一排长张文忠任连长。

宿迁战斗结束后，我率667团撤到罗圩子一带。在这一带打过三仗。

第一仗是1938年12月上、中旬的归仁集战斗。师部命令我团围歼窜到归仁集与日军勾结为非作歹的一股土匪。我们刚将这股土匪包围，突然发现有日军向我们开来，离我们尚有一段距离。第1营营长一面派人速报团部，一面令该营迅速抢占归仁集前有利地形先敌展开火力，顽强阻击日军。我指挥第2、3营全力围歼土匪。但由于这帮家伙多是惯匪，狡猾凶悍，又着便衣，难以辨认，花费了很长时间才将土匪四五百人彻底消灭，并抓获了绰号"九指手"的土匪头子。我们消灭了土匪后迅速增援1营。1营与日军激战至傍晚撤出战斗，日军也没敢继续追赶。这次战斗我们取得了胜利。不过我指挥上有不足之处，主要是没有料到土匪不好收拾，也没想到日军会突然开来。当敌情发生变化时，我没及时抽调部分兵力增援1营，致使1营孤军作战，打得比较艰苦。

第二仗是发生在1939年2月下旬的罗圩子战斗。头一天泗阳县清阳镇日军突然逼近罗圩子以南，师长霍守义令我率667团突袭这股日军。当我率队赶到时，狡猾的日军已经撤退。我便留下第2营守罗圩子，其余奔袭日军，但追了一夜没追上。当东方晨曦初露时，我下令部队撤退。这时接到2营报告说，从宿迁出来的日军一部正进攻罗圩子。部队不顾疲劳，立刻跑步往回赶。待赶到罗圩子时已是中午，敌人已攻入罗圩子，在飞机、重炮掩护下对我第2营猖狂进攻。第2营官兵不畏强敌，沉着应战，予敌以重大杀伤，并坚守着部分阵地。我令第1营迅速展开，这时668团第1营营长刘杰奉师命令率领全营也从右翼赶来，侧击敌人。两营官兵密切配合，堵住了日军的退路，以密集的火力杀得日军尸横遍野，大部被歼，残敌狼狈逃回宿迁城。此战斩日寇首级数麻袋，并生俘日军一名。我团第2营在日军立体交叉火网下也蒙受了不少损失，6连连长陈兆祥牺牲，任柏林等班、排干部大部伤亡。全连仅剩下18人。工委派驻该连的共产党员夏锡铭、卜善武和王孔山等三位同志一并罹难，他们都是第一期新兵队学员。第1营主动出击时，第1连连长田西霖身负重伤，中尉排长江潮代理连长，抄了日军后路，指挥十分出色。

守卫洋河大桥，掩护大部队撤离苏北。
过陇海路，112 师进入沂蒙山区

在苏北的第三仗，是发生在撤离苏北、转战鲁南之前。1939 年 2 月，日军第 12 军开始实行新的作战计划（"卜字作战"），企图切断我方苏北海陆补给线，夺取淮阴、海州，摧毁鲁苏战区基地。在这之前国民党山东省政府主席沈鸿烈，惧怕中国共产党及其所领导的人民武装在山东迅猛发展，以鲁南防务空虚为名，电请蒋介石增派军队去鲁南"填防"。蒋介石遂下令 57 军转赴鲁南。

这时春节刚过，57 军在苏北的部队（包括军部、111 师一个团，112 师全部等）按照命令撤离苏北往鲁南转移。可是军长缪澂流思想摇摆，不大乐意离开苏北这块生活较安逸的地方。临要撤了，部署也很草率，造成部队思想混乱。我们团负责后卫，掩护全军撤退，规定我们在军部和所有部队撤过洋河大桥之前，就要死守这个洋河大桥。当时敌人北线是陇海路，南边是尾追我们的部队。韩德勤躲起来了，一点配合都没有。我们 3 营在大桥上阻击敌人，敌人攻得很猛，战斗打得很残酷。9 连在敌人火力交叉网下，伤亡很大，全连 130 多人最后只剩下 13 个人。但是，大桥守住了，直到部队全部撤完才离开。

过陇海路时，336 旅在前面，334 旅在后面。敌人在陇海路上部署有守卫兵力，但不很强。重点在房山芝麻坊。打芝麻坊的是 336 旅的 671 团和 672 团，我们团攻打附近的一个小车站作配合。芝麻坊据点很快被打下来了，我们打的那个小车站敌人也撤走了。这次共歼日军 200 多人。战斗中，668 团 1 营营长刘杰表现很突出。战士们说他是"神枪手"。他隐蔽在一个房间里，只要对面敌人一露头，他就把敌人点倒，一枪一个，枪法很准。

过了陇海路之后，112 师经大店进入沂蒙山区。这时，日军在苏北平原机动性强的优势就难以发挥了。我们也开始了新的战斗生活。

第七章　转战鲁南大地。能打就打，积小胜为大胜，鼓舞士气，消灭敌人

东北军转移鲁南。鲁苏战区成立。"不红不蓝"的于学忠担任总司令

广州、武汉失守后，国民党政府的军事委员会重新划分了各个战区。1939 年 1 月，东北军第 51 军军长于学忠，被任命为鲁苏战区总司令，辖第 51、57、89 军，山东、苏北各地方游击部队和保安团队等部，辖区主要是山东、江苏两省。国民党的山东省政府主席、山东保安总司令沈鸿烈和江苏省政府代主席（后为主席）、89 军军长韩德勤，任鲁苏战区副总司令。沈鸿烈、韩德勤都是反共顽固派分子。于学忠与他们有区别。他常说："我既不红，也不蓝，两条道路走中间。"于学忠，原籍山东蓬莱，1890 年生于旅顺。早年投身清封老毅军，后来在直系军阀吴佩孚部任新军第 8 军军长兼荆襄警备司令。吴佩孚兵败后，于学忠于 1927 年辞去军务，返回蓬莱老家闲居。张作霖与于学忠的父亲于文孚同为毅军部属，与于学忠叔侄相称，遂拉于转入奉军，1928 年初于任东北军 20 军军长。后于学忠辅佐张学良整军经武，深得张的信任。他抗日比较坚决，对反共持消极态度。于对张学良言听计从，忠心耿耿。对蒋介石则貌合神离，对蒋瓦解东北军的行为持有戒心。东北军第 57 军从苏北转移到鲁南后，112 师师部驻蒙阴县陡山庄，667 团驻沂水县河阳镇一带。

1939 年 4、5 月间，112 师开赴抱犊崮以北山区，334 旅旅部驻费县梁丘镇，我团驻费县孔家汪。在这里，我们将当地的游杂武装头子招来开会。其中有坚持抗日的孔昭同等，也有当时打着抗日旗号，后来投靠日伪或国民党的王洪九、李以锦、申从周、梁继璐等。他们在会上表示愿意接受东北军的

领导，坚持抗战到底。667团小报《火线下》，还用红色套版，发表了他们的题词和讲话。

1939年初，东北军第51军在参加过武汉会战之后，经过一段休整，也于3月底调入鲁南。于学忠指挥51军和57军两个军共四个师，占领了沂鲁山区和诸城、日照、莒县一带山区。

抗战爆发后，中共山东省委领导山东各地人民举行抗日武装起义，1938年5月，在鲁南地区组成了人民抗日义勇队（后为八路军山东纵队一部），在抱犊崮山区开明士绅万春圃（后来加入中国共产党）积极支持下，在临（沂）、郯（城）、费（县）、峄（县）四县边联地区，开辟了一块抗日民主根据地。从1939年5月开始，八路军115师部队由鲁西进入鲁南四县边联地区，与东北军驻地相邻。开始，东北军与八路军的关系还是比较友好的，互有电台联络。112师工委与当地党组织（鲁南特委）也取得了联系。后来，随着形势的变化，日伪、国民党军和八路军之间的三角斗争，日益复杂和尖锐。

反"扫荡"，打伏击，破铁路。俘获日经济考察团长远山芳雄及随员猿桥新一

东北军51军和57军开进鲁南，引起了侵华日军注意，他们遂趁于学忠立足未稳之际，发动了1939年夏季大"扫荡"，企图将抗日力量消灭在鲁南山区。

在这次反"扫荡"中，667团曾数次与日寇交手。

第一仗是关阳司（属费县梁丘镇）打伏击。这一仗没有打好。关阳司是112师师部的驻地，敌人想奔袭那个地方。我们在敌人奔袭的路上打伏击，埋伏了一个连。但是，我们事先没有弄清敌人的情况，不知道敌人到底有多少兵力，对打伏击的战术也不熟悉，埋伏的位置也不适当。结果，被敌人发现，并先我开火，我们虽然伤亡不大，但是没有按预期计划打上这次伏击。另外，有一位新兵队二期学员黄厚坤牺牲了，非常可惜。

第二仗是费县新庄伏击战，打得比上次好一点。这批敌人就是进关阳司的那一批，那一仗，他们只伤亡了几个人，大约觉得国民党军队不过如此，就有点不大在乎了。第二天，他们从梁丘回费县。我们的侦察员化装成老百

姓，把情况摸得清清楚楚，总共 180 多人，全是鬼子，除了向导外，一个伪军也没有。我们在新庄设伏，估计敌人回费县必经这条路。作战方案也研究好了，并且报了师部和旅部。可是，这方案没有设想敌人可能向哪个方向突围，他们突围了我们怎么打？当时布置 3 营打阻击。阵地旁边有一个小山头，没有引起 3 营营长注意，事先也没有去察看。结果敌人一进入伏击圈，枪一响，他们的后续部队就抢先控制了这个小山头，架起一挺机枪，把阻击部队给压住了。这时，2 营的先头部队 6 连赶到，6 连连长张毓璧带部队冲上小山头，而敌人却利用时机，选择了一个洼地方向突出去。这个洼地在伏击前是配置给地方保安 20 团负责的，给他们的任务是敌人如从这里过，无论如何要堵住它。如果我们部队追上来一合击，他们可以比较容易地俘获敌人。保安团也答应得很好，对我说："团长你放心，我们虽然没有多大战斗力，也不会让鬼子跑了！"结果，这帮家伙根本就没有进入阵地，让敌人从这里逃跑了。

新庄是位于山顶上的一个村庄，敌人突围跑出后，我集合全团总结前段作战经验，正研究准备利用晚上采取行动，将敌全部歼灭，这应当说是没有多大问题的，因为敌人只有 100 多人，而我们有 1000 多人。不料，这时旅长荣子恒派少校参谋朱级勋来，拿着手令，下死命令让我们停止追击，立即撤回孔家汪。眼看到手的胜利白白放掉，真是气死人！荣子恒以后当了汉奸，可是这时该还没有全变坏吧。他是什么想法呢？我们是想彻底消灭敌人，他是想把敌人打跑就行了。那天晚上，敌人烧了十几具尸体，都是被打死的鬼子，他们要把骨灰带回去。

这一仗虽然没有打好，对日军却也是个震动。他们开始进梁丘时，大摇大摆，大模大样；往费县跑时就大不一样了，利用拂晓时间，狼狈逃窜。

6 月间，粉碎日军大"扫荡"，112 师破袭陇海线和津浦线，我指挥 667 团进行了两次破袭。第一次带一个铁路破坏工兵小组，由我团负责掩护，炸毁和破坏了海州至牛山段铁路。第二次是破袭滕县车站以南的铁路。那天，我们利用夜色的掩护，很容易地接近了目标。战士们卸下了两轨之间的鱼尾板，使接轨处略为错开。不多时，一列客车飞驰而来，来到接轨处朝一边开了过去，猛然倾斜，停了下来。战士们登车检查，查出两个日本人。在一等车上查出远山芳雄，二等车上是猿桥新一。据查，远山是日本对华经济考察团团长；他口袋里还有一张日本华北驻屯军司令官植田谦吉的名片。为这件事，国民政府军委会给我团发了三等军功章。对于远山和猿桥的被俘，日方很重视，曾采取包括在政治上派遣特工人员和军事上"扫荡"等措施来搜寻和报复。

寄宝山突围。新兵队八位女兵被俘。112 师工委书记伍志钢不幸牺牲

1939 年 7 月至 9 月间没有发生大规模战斗，环境比较安定。这期间发生过这么一件小事，很有意思。有一天，667 团 3 营有人向我汇报说，9 连有个叫陈大众的口出狂言，说："别看咱们团长挺神气，当初差点被我打死。"经查，此人曾在白崇禧部队里当过兵，他就是 1937 年 12 月朝我开枪而没有打响的那个哨兵。我还没有见他，他就吓得溜掉了。9 月间，334 旅旅部带宣传人员到滕县白彦地区开展工作，当晚旅部驻在白彦，我团驻在白彦区保安团团长的家乡王庄。9 月 16 日，日寇突然偷袭 334 旅旅部和 667 团团部。事后我们得知，敌人这次偷袭，是由于白彦区区长孙宜耕和他的汉奸父亲孙鹤龄出卖了我们，向敌人报告了我们的情况。敌人动用了包括从费县出动的兵力，对我们驻地形成了包围的态势。

9 月 16 日晚上，部队刚刚结束慰问当地老百姓的演出，得知敌人开始偷袭，于是连忙转移。次日拂晓，部队转移到板上村，发现日军已经从四面包围上来。旅长荣子恒下令突围。我团第 2 营迎着敌来的方向向滕县突围。附近还有几个山头没有被敌人占领。我们就选择了寄宝山山头，让 4 连上去控制，掩护部队撤退。最后，旅部、团部突出去了，损失不大。

但是，在这次战斗中，旅部战地工作团受到极大损失。战斗一打响，旅部只有一个警卫排，掩护电台和机关，没有余力掩护旅部战地工作团。结果，8 个女的（都是第三期新兵队学员）和 6 个男的（其中有的不是战地工作团的），藏在芦苇丛中，被鬼子发现，俘虏了。敌人为了打入我军做特务工作，派一个女特务徐春圃混入监狱里，假装我军被俘人员，然后将秦寄萍、牟锋、郑怡三个人，与她一起放回来。秦寄萍等三人一回到部队，就揭发了徐春圃。

最大的损失是中共 112 师工委书记伍志钢的不幸牺牲。他当时公开身份是战士，没有军官职务。情况一紧张，他自动到战地工作团去了。当时没有

别的武装掩护，只有他带的一支枪，他主动照顾着正在生病的安丰楠和尹德厚，落在了后边，被敌人炮弹击中牺牲。伍志钢是四川仁寿县人，30 年代初在学校读书时期即倾向革命。1935 年秋从南京到北平从事左翼文化活动，参加了"左联"，办过《榴火》（后改为《联合文学》）等进步文艺刊物。后受中共派遣做兵运工作。西安事变前就进入张学良的学兵队 4 连，事变后曾任51 军中共地下工委书记；1937 年秋，任中共东北军工委宣传部长等职。他工作中从不避艰难危险，生活作风俭朴实在，有极其敏锐的政治眼光，是当时112 师地下党组织的核心人物。他的牺牲，是东北军地下党组织的重大损失。在情况紧急时，我本应及时把他找到自己身边，但是，我却忽略了。几十年过去了，今天想起来，仍然感到十分内疚。

就任 333 旅代旅长。鼓舞士气，提高部队作战积极性。黄山前一仗消灭日寇三百余人

1940 年元旦之前，军长缪澂流下令任命我为 111 师 333 旅代理旅长。原旅长王肇治到阜阳养病，被免去旅长职务。

应该说，333 旅是支能打仗的部队。在台儿庄战役中东西马庄作战时，打得很坚决。当时 333 旅奉命去增援被围的临沂，从敌人侧面打过去，解除了临沂之围。紧接着敌人增援，攻击 333 旅，在东西马庄战斗中持续了十多天。部队经过这次战斗锤炼后，对打鬼子就不怎么怯阵了。但是，后来袭击宋庄遭敌埋伏，吃了亏，部队的主动精神就差多了，许多人不求有功，但求无过，没有积极求战的情绪。

我去后，深感这种精神状态是打不好仗的，必须扭转。那时，我已读了毛泽东同志的《论持久

1940 年初赴东北军第 111 师 333 旅任代旅长途中

战》，对于战略上实行内线、持久、防御作战，而在战役、战斗上实行外线、速决、进攻的观点，有了一定的体会，因此，我经常找一些军官谈心，讲积小胜为大胜的道理，努力寻找每一个打击敌人的机会。从码头回临沂的路上，我还组织过两次伏击作示范。我对官兵们说，你打完枪就走，机枪只须打一梭子，看看有便宜再打，否则就撤，这不是临阵脱逃。打伏击，只要开枪，敌人就乱了；敌人乱了，就有便宜可占。总之，要敢于去打敌人，杀伤敌人。我讲这些，目的都是为了扭转部队的思想，鼓舞士气。

我去333旅时，经我地下党112师工委同意，从334旅调来了几名党员骨干，他们是：刘准、刘錡、刘子恒等。他们对于加强333旅旅部的工作，发挥了很重要的作用。

不久，即1940年春夏之交，333旅参加了文章埠、大官庄伏击战。驻临沂之敌，在出城"扫荡"返回临沂途中，进入我埋伏圈。我对战士们说："对鬼子，不要怕，他在明处，我们在暗处，可以打完就走！"我要求战士们对敌抵近开火，以出敌意外。枪响后，敌人的一匹驮重机枪的马惊了，奔跑到我们的阵地，使战士们很轻易地得到了一挺重机枪，大家都非常高兴。这次伏击战斗是666团9连打的，连长叫王乾元。这期间，我们又打了好几仗，对于外线速决进攻战术，也逐步运用得更加熟练了。比较突出的是黄山前歼灭战。那次是赣榆城里的日军两个中队300多人，在大队长率领下，企图奔袭我111师师部。师长常恩多命我率333旅，相机歼灭该敌。我令666团集中全力对付该敌，665团则绕到敌人返回的路上进行拦击。666团将敌包围在黄山前，激战一个下午，将敌大部歼灭，少数敌人在入夜后冲出包围圈，进入一个村落休息。执行拦截任务的665团与敌同宿一村，到天明发觉时，敌人已逃脱。这一仗消灭日寇300余人，但是665团设营警戒疏忽，放走了几十个鬼子。在这次战斗中，666团2营长田西霖牺牲。

另一次战斗是莒县城南的石井伏击战。我以665团围攻大店，以666团在莒县城与大店间的石井设伏。当时天空正飘着大雪，战士们分别隐蔽在秫秸垛中，出敌不意，猛然袭击，将敌一个中队全部消灭。

还有一次是莒县城南多水店子伏击战。我以666团围攻敌莒县城外西南方向茶棚据点。莒县城之敌派出两辆卡车载有日军一个排和一挺重机枪。665团的一个连埋伏于多水店子公路两侧。敌军车出城后打开车灯前进，及至进入到我伏击圈后，一阵枪击，敌人纷纷倒下，被全部歼灭。

第八章 "九·二二"锄奸。粉碎缪澂流 反共投降的罪恶阴谋

于文清带来惊人的信息：57 军军长缪澂流要他去同日本人谈判，签订共同防共协定

1940 年 9 月 12 日夜里，缪澂流的鲁南十七县游击总指挥部参谋处上校课长于文清，突然来到我这里。他一副心事重重的样子对我说："顷波老弟啊，我这次来一是向你告别的；二是有些不放心，想提醒一下，你想的什么人家知道，人家想的什么你不知道，千万提防着点，别吃亏上当！再说，我们相识多年，一声不吭就走了，你将来会责备我的！"

事情很蹊跷，他为什么突然说这番话？

于文清是我的好朋友、拜把弟兄，比我大几岁。当年我们是在黄显声那里认识的。1927 年，黄显声当张学良的宣传部长，我是宣传部的少校副官。这年底黄显声准备去 19 师第 1 旅当旅长时，收罗了包括于文清在内的几个讲武堂同学。他们的吃、住是我安排的，从此认识于文清。后来于文清在旅部任少校参谋，我是少校副官。1930 年，部队在洮南。有一次我生胃病，于文清接我到他的营里去养病。这时他是黄显声任旅长的 20 旅 26 团 2 营营长，我是 20 旅 20 团少校团附。我们接触了一段时间，我觉得他有一定的学识，带兵也有一点群众观点，对士兵也还关心。这在旧军队里是很难得的，所以我们比较谈得来。我们一起拜把子的还有另外两个人，这两个人是喝兵血的旧军官。他们看我年轻，在讲武堂学习有点小名声，愿意和我交朋友，我也不好拒绝。四个人结拜，我最小，于文清是老三，我和他关系最好。

于文清忽然在这种忧郁的心情下来告别，自然引起我的疑问："你要上

哪去？"他说："到大后方去，把你大嫂也带去。能找到差事做固然好，找不到，就是回东北老家去当'顺民'，也绝不做那种事。""到底出了什么事？"我又追问："你痛痛快快地告诉我，也许我还能帮你想个办法。"

于文清这才说："缪澂流给我一个差事，派我去和鬼子办交涉，我不能干那种事！抗战三年了，我虽没带兵打仗，但我心中还有国家，绝不能当民族罪人。我若不出走，就得去出卖咱57军的弟兄。"他接着又说：今晚，缪澂流和朴炳珊副军长找我，叫我和665团董翰卿团长两人一起，带一个营去桃林车站，通过早已投敌的原57军副官长李亚藩联系，与驻徐州的日本鹭津师团代表谈判，目的是要达成互不侵犯、共同防共的协议。接触办法和协议的具体内容还没告诉我，说等临行时当面交待。于接着说："原来是想叫331旅唐君尧旅长去的，唐旅长不肯，就推荐董翰卿团长去。董团长说一个人不行，又找到我头上，我是推不掉的。缪澂流下了死命令，非去不可了。"

我一听，原来缪澂流是要出卖57军，出卖民族，事关重大，真是心急如焚。怎么办呢？我思前想后，绞尽脑汁作了一番思考。时间不允许我从容地去征求更多方面的意见。于是，我就对于文清说："焕章（于文清的字），你不能走，你得去谈！"他说："不行，我去了，就是汉奸了，跳进黄河也洗不清了。"我说："不要紧，我给你证明。再说你就是不去，他照样再派别人去谈，那样有情况我们就没办法知道了！你一个人受冤枉好说，一个军遭折腾损失就太大了。"就这样没再多费口舌，于文清答应去了。

缪澂流反共投降的阴谋由来已久。上有背景，下有行动，这一次派人与日本人谈判并非孤立的一着

武汉、广州失陷后，日军苦于兵力不足，停止了大规模的战略进攻。抗日战争转入战略相持阶段，蒋介石得以腾出手来对付共产党及其所领导的八路军、新四军。1939年1月，国民党五届五中全会上便提出"以政治限共为主，以军事限共为辅"的方针。同年11月在国民党六中全会上，蒋介石进一步发展到"以军事限共为主，政治限共为辅"了，遂于1939年12月至1940年3月掀起了第一次反共高潮。

缪澂流到鲁南后，同国民党山东省政府主席沈鸿烈开始勾结。此时于学忠的鲁苏战区总司令部设于沂水以北山区。沈鸿烈积极反共，于学忠在政治

上是中间偏左的。沈、于间有矛盾，后来发展到了几乎不能相容的地步。沈为拉缪，由他提名，由蒋介石任命缪为鲁南十七县游击总指挥。从此缪与沈沆瀣一气。缪北靠沂水东里店的沈鸿烈，南靠苏北兴化的韩德勤，形成了一条贯通南北的反共阵线，逐渐发展到与日寇、汉奸同流合污。

57军当时部署在鲁中和鲁南的重要连接点沂蒙山区。东濒大海，南临陇海路，扼苏鲁两省的枢纽。在这个地区里，控制地方政权的有国民党临沂专员梁钟亭，临沂县长霍师文（57军委派，霍守义的弟弟），莒县县长许树声，日照县县长尹鼎武，赣榆县县长董毓佩，费县县长李长胜（57军委派，缪澂流的外甥），郯城县县长阎丽天等反共头目。他们手里各自控制一个保安团，专门和共产党八路军作对，与广大人民为敌，横征暴敛，无恶不作。他们不时向八路军和民主政府挑衅、进攻，向人民抗日团体挑衅、进攻。其中影响较大的如1939年12月28日，国民党费县县长李长胜制造的官里庄惨案，打死我党组织的抗日自卫团干部、团员6人，打伤20余人。缪澂流成了这伙反共头目们的总后台。当时我党在鲁南推行改善人民生活发动人民参加抗战的政策，触犯了地主恶霸们的利益，他们就经常跑到缪澂流那里告共产党八路军的黑状，挑拨八路军与东北军的关系。郯城县县长阎丽天多次要求缪澂流派兵支援。缪曾两次派兵前去进行所谓"调解"，旨在借机打击我武装力量。有一次他派665团少校团附管松涛带队去"调解"，可巧管是我地下党员，他事前与我地下党组织取得了联系，打了一场假仗。还有一次他派661团中校团附李鸿德带队去"调解"，李在1935年陕北直罗镇战役被俘过，受到过红军的教育，是党的同情者，事前也与八路军东进支队取得了联系，表演了一出"我进你退"，"我退你进"的真仗假打，瞒过了缪澂流。

缪澂流和敌人的勾结有个过程。他生活腐化，追求享乐，从苏北到鲁南，他觉得太艰苦了，多次公开讲："我们喊抗战喊了几年了，抗得怎么样？地方一块块失掉，军队到处受损失，我们是上当了，上了共产党的当！"他与敌人的联系，是通过他的副官长李亚藩进行的。李亚藩原来是缪的讲武堂同学、"红"人，后来同他闹翻了，坚决不干了。究竟为什么闹翻的，谁也弄不清楚。闹翻以后，李亚藩公开投降日军，在陇海路附近的桃林镇当上汪伪兴亚建国军鲁苏地区司令，专做瓦解57军的工作，收容一些不稳定分子。333旅666团1营2连连长王明德、机枪连连长郝继贤率队投降李亚藩，就与李亚藩的拉拢勾结有关。为这件事，营长朱家鼎被调到军部接受审查，我也曾向军部自请处分。此时，缪借口要拉回投敌的两个连，派亲信、军部参谋李光烈赴桃林镇与李亚藩联系，他们信使往来多次，并通过李与日军拉上关系。缪澂流对于学忠那里也是以要回两个连为掩护。其实，李亚藩好不容易抓住两个连作为自己的基本队伍，怎么会轻易地"奉还"呢！

缪澂流通过李亚藩与日军拉上关系，下决心与日军直接进行"和谈"。为物色通敌"使者"，先是找到了331旅旅长唐君尧。唐以自己口齿不清为由，辞掉了这项委派。1940年9月12日，缪找其亲信665团团长董翰卿谈话，交代他去当"使者"的任务。董接受了，但提出希望找一个有外交才能的人协助，缪这才于当晚找到于文清。于文清当时碍于上下级关系，不敢当面拒绝，勉强应承下来，内心十分矛盾。于是，来到我这里谈谈自己的心里话。

抓住缪澂流与日军谈判投降的真凭实据。与111师师长常恩多一起策划锄奸，粉碎缪澂流的投敌阴谋

于文清接受了我的意见，13日，缪澂流安排于文清、董翰卿带665团2营，先到了军部参谋李光烈预先设在桃林车站的接洽点。9月15日在马家窝铺村和日本的上尉参谋辛修三见面。在场的还有李亚藩和他的顾问新容幸雄。李亚藩是以兴亚建国军司令的身份参与密谈的。双方商谈的主要条件是：一、互不侵犯。日军指定缪活动的地区为：东到黑林，西达相公庄，南至马陵山、羽山，北至大店、十字路。双方约定，各据点互不撤兵，规定联络方法：1.日本方面希望57军在徐州设立联络站，以"兴亚建国军"名义掩护。2.57军务部队如遇日方飞机时，可用白布在地上铺成"7"字作标识。3.双方部队相遇时，57军部队用国民党旗下缀白布，左右招展识别。4.57军如在徐州设立联络站，日方可借给电台一部，互相规定密码。二、共同防共。日方提出：在57军防区潜伏的共产党，由57军自行"剿灭"。彼此有军事行动自由的权力，双方可以互不指挥。日方还一再声明，此项协议只限57军范围，不包括地方游击队。双方还规定，以上条款均不得公布，日方若公布，57军即予作废，将来双方如不能继续履行时，应事先通知对方。次日，日方向57军谈判代表赠送了太阳牌啤酒、香烟、毛巾、牙粉等。董翰卿以个人名义分发给2营官兵。于、董18日返回后，向缪澂流汇报了谈判情况，

缪深感满意。这天晚上，于文清到我处细说了谈判的全过程，并说已约定了下次再去时带地图、带报务员、带通信联络信号和标识等。他又说这一次虽然只谈及 111 师防区，下一次肯定要扩大到 112 师防区了。

面对如此紧急的形势，我想，必须当机立断，采取对策，否则，我们就只有被出卖了。缪之为人颠顸跋扈，生活腐化，思想反动，有个军需处长曾因染指过他所克扣的军饷竟被他下令枪决。缪属下的两个师长对他平日所为敢怒而不敢言，下面给 112 师师长霍守义起的外号叫"活受气"，给 111 师师长常恩多起的外号叫"肠气鼓"。常恩多和缪澂流由于思想作风不同，矛盾非常尖锐，缪有心想以 331 旅旅长唐君尧取代常，但因常的资历深，威望高，一时下不得手。常也看出缪的居心，曾向他打报告请长假养病（幸亏当时缪处于犹豫状态，没有允准）。

怎么办呢？听了于文清所说的一切，我当然不能坐视。但是，我也考虑，要采取任何行动，光靠我们一个旅，显然是不行的。于是，我很自然地想到常恩多师长。我过去虽然不在常恩多的直接领导下，接触不多，但是也还是有些了解的，知道他生活俭朴，打日本鬼子坚决，在旧军队里是不可多见的正直军官。1936 年在王曲军官训练团，他是一个中队的队长。双十二西安事变时，他的 111 师在渭南赤水车站，同国民党教导总队桂永清的队伍打了一仗，打得不错，给桂永清以迎头痛击。抗战开始，111 师在南通构筑阵地，缪澂流带我去察看，晚上，常恩多把我叫到他的住处对我说："我早就知道你这个年轻人（他比我大 12 岁）。遇到挫折（指我在西安事变后被扣押），不要灰心，现在打鬼子，咱们东北青年应当振作起来，将来会有实现抗日要求的日子，你好自为之吧！"我调任 333 旅当代旅长，在他直接领导下了。上任时他对我说："颀波，你来我很欢迎，但是，军长问我意见时，我没敢表示赞成，我怕说得太近乎了于你的将来不利呀！"从这里我又知道他同缪澂流是有矛盾的。以前他手下的两个旅长，一个邱立亭（曾在王肇治之前任 333 旅旅长），一个唐君尧，都是五期讲武堂的，是缪澂流的同学，按常恩多的说法是"二鬼把门"，"他们都是军长的同学，我能指挥谁呢！"考虑到这些，我觉得常恩多是可以信赖的，我要对缪澂流有所行动，也必须找他。

18 日当晚 10 点，我急忙来到东盘南门外常恩多师长到军部述职的临时宿舍。这是一间低矮破旧长年失修的草房，房顶隔年的枯草在飒飒秋风中抖动，颇有些寒意。常师长去军部了，等了一会才回来。我立刻将于文清讲的情况报告了，他听后说："我相信你的报告，相信你的人格。对这种叛变国家、出卖民族的罪行，你打算怎么办？"我说："我是坚决不当汉奸。我们应该把部队集合起来找于总司令打官司。"常表示："如果大家有这个决心，我就有办法对付他。我们要把缪澂流捉住，拿到证据。"停了一会他又愤愤地骂道："妈的，抗战好几年了，还投敌想穿黄马褂，真他妈找死，我们一定要除掉他！"接着，我们就拟定了锄奸方案，决定趁缪定于9月21日移防，在行军途中将他逮捕。

常师长在和我谈话的第二天，就按照事先商定的锄奸安排去做662团团长孙焕彩、666团团长刘晋武的工作，要他们听我的指挥。同时给我下达了命令，所有解决军部武装和捕捉缪澂流等案犯的行动，由我统一负责指挥在军部附近的111师部队去完成。余下的331旅旅长唐君尧和661团团长关世栋两人的扣押，则由常自己负责。

锄奸之夜，各方行动顺利，胜利在望。错用韩子嘉，缪澂流仓皇逃跑

九一八事变九周年期间照例召开了纪念会。缪澂流在会上大放厥词，说什么抗战三年没有成果，还遭受了不少损失，上了共产党的当等等。下午他又单独给333旅训话。他强调说，军人要服从命令，要大家听他的话，就是叫大家俯首帖耳跟他走。原定部队于9月21日移防，333旅归建，孙焕彩的662团将调到军部警卫。常和孙谈过后，我又和孙商定，拟利用这次移防机会在途中逮捕缪澂流。预定，若缪跟333旅走，就由我执行；若跟662团走，就由孙执行。可是9月21日下午，缪突然叫我去说："战区王静轩参谋长和334旅荣子恒旅长刚从苏北回来，路过军部，我要为他们接风，演场戏招待一下。"开头我对这次突然接见，还怀疑是否走漏了风声，等他说完，才放下心来。于是决定，若当晚缪在军部，就以包围军部的部队来逮捕他；若到场看戏，就在剧场逮捕他。

9月21日下午，我在旅部请了孙焕彩、董翰卿、于文清、刘晋武四人来吃饭，正巧112师334旅667团1营营长韩子嘉因护送王参谋长和荣旅长

一块到军部来，顺便来看望我。韩曾是我任 667 团团长时的连长，算是老部下，所以也没有回避韩，让他留下来一起吃饭。人来齐后，我先下了董翰卿的枪，叫他到另外一个房间，要于文清做董的工作，让他俩一同写检举材料。

随后，我召集 666 团包括团附孙维嵩及其以下全体营级干部，宣布了常师长的命令，并决定派 3 营营长彭景文率领该营包围并解决军部，逮捕缪澂流和副军长朴炳珊。如果他们不在军部，就立即转向剧场去拘捕他们。韩子嘉说："我的一营人在戏台下看戏，如果彭营长突然出现，双方事前毫无通报，有可能发生误会影响任务的完成。"因此他提出："如果旅长相信我，戏台下捉缪的任务可交给我营去完成。"韩曾是我的老部下，我觉得有 112 师的部队来共同参加这一义举也不错，就同意了他的意见。当时也没有人表示不同意，这样就把任务定下来了。韩子嘉临行时要我给他写张手令，以便对下面好说话。这时有人说："干革命还要什么手押脚印的！"我未加深思，完全没有料到韩子嘉是别有用心，以为这也算不了什么，顺手拿过一张纸写了两句话："57 军军长缪澂流通敌有据，着 667 团 1 营营长韩子嘉逮捕归案法办。"签上名盖了章交他带走了。这时孙焕彩还向我建议是否给战区总部的专员贺原通报一下。我觉得这样就可能会走露风声，因为贺原是国民党安排在总部的一个重要特务，通报给他显然会带来麻烦。因此口头上答应了一下，并未照办。

9 月 21 日当晚，彭景文按计划带着他那个 3 营正朝军部方向行进时，路上遇到军部少校服务军官朱家鼎。由于行动前已将军部通 333 旅的电话切断了，军参谋处长徐鸿恩发现电话打不通，以为线路出了毛病，就派朱带个通信兵出来查线。彭说："你不用查了，跟我一起回军部去吧！"彭利用了他的出入证，顺利地进入军部。在搜索中打死一名对抗搜索的连长，逮捕了刚刚过足大烟瘾的副军长朴炳珊。这时发现缪已离开了军部，便按原计划对空发了信号弹。

缪澂流这时正在台下看戏。韩子嘉看见信号立即来到戏台前，把我写的手令给了 334 旅旅长荣子恒。荣看完又转给了缪澂流。缪一看大惊失色，仓皇起身在荣子恒、韩子嘉的簇拥下，朝沂河渡口方向鼠窜逃命，很快过了沂河渡口，进入了 112 师的防地。

在军部未抓到缪澂流的彭景文，赶到小丁庄剧场时，发现缪已逃跑，很快向我报告。我边令他迅速向沂河渡口方向猛追，边亲率 666 团第 1、2 营追击。追到夏庄时天已大亮。据沂水、沭河之间过来的人讲，大约五六百人，早已过了河。我见追击无望，便率部队返回西盘。

回来后我把这次军事行动的经过简要向常师长做了汇报。常师长不太高兴，但也没有批评我。这次出纰漏，直接原因是我轻信了韩子嘉，没有在关键时刻多考虑这点。根本原因在于我的轻敌，把一个十分复杂重要的战斗任务看得太简单，以为很容易就会将缪捉到，根本没有考虑到缪会跑掉，更没有考虑万一缪跑了，应该采取什么对策。对于错用韩子嘉，完全应由我个人负责。韩子嘉虽然是我的老部下，但我对他并不十分了解，更没有考虑他政治上是不是可靠。这是一个十分深刻的教训。顺便说一下，就是这个韩子嘉，本以为东盘事件告密有功会得重用，不料，11 月下旬 3 连上士排附王林、班长宋树仁反对连长投敌出卖，1 连连长江潮反抗营长韩子嘉阴谋迫害，他们先后拉出两个连的大部，投奔 111 师，韩因此被撤掉营长的职务，送往鲁苏战区总部受训。1942 年 2 月我已被 111 师的反共顽固派军官扣押。后来听说韩子嘉被沈鸿烈收买，受沈的指使，在于学忠去东里店参加会议返回的途中，向于投手榴弹行刺，但未击中，韩当场被捕。于为了证明此次行刺是沈鸿烈所指使，当时没有立即处决韩子嘉，作为"活口"，将其押在战区军事监狱。1942 年 2 月，于学忠率总部向 111 师防区转进，途中，韩诡骗哨兵说他要小解，哨兵松开他后，他便沿日莒公路狂奔，向日照县方向逃跑，被哨兵开枪击毙，这个叛徒得到了可耻的下场。

常师长就"九·二二"锄奸通电全国。于学忠派人调查。蒋介石来电斥责。中共中央山东分局肯定事件的重大意义

锄奸之夜，常师长把对缪澂流通敌罪行知情不报的 331 旅旅长唐君尧和该旅 661 团团长关世栋软禁起来，由师参谋长陶景奎执笔起草通电，王振乾协助共同修改定稿，并用明码通电全国，电文如下：

缪奸与敌妥协，人证俱在，为了坚持抗战，分清敌友，不为敌伪造谣，混淆是非，影响抗战前途，本师长肩负东北父老兄弟姐妹委托，率东北健儿抗战到最后胜利，打回东北老家去！出于个人义愤和所部拥护，仗义锄奸。

尤期全国各族同胞，抗战志士，口诛笔伐卖国贼投敌汉奸缪澂流。

> 111 师师长　常恩多
>
> 旅长　万　毅
>
> 团长　孙焕彩
>
> 刘晋武
>
> 九月二十二日

然后，又分别向重庆国民党中央政府蒋介石和鲁苏战区总部于学忠发电，并草拟了一些准备到战区总部打官司的文件材料。

9 月 24 日，于学忠给常师长拍来电报：

> 获三兄：
>
> 据缪军长电称，你师万旅在东盘闹事，实属不幸！望将事实真相速即报来。
>
> 九月二十四日
>
> 于徐庄

常师长见缪澂流恶人先告状和于学忠态度暧昧，不由怒火中烧，立即传令我将于文清的检举信和董翰卿的交代材料并他们本人一起送往师部；又令 662 团团长孙焕彩，速将朴炳珊夫妇、徐春圃、李光烈、徐鸿恩等参与通敌的案犯押解师部，以备总部来人调查时评理。

9 月 25 日下午，缪澂流在从 112 师防地逃往于学忠总部途中给常师长和我拍来电报，内称：

> 常师长、万旅长同鉴：
>
> 鄙人向敌伪接洽，确有误判。详询董、于便得实际。鄙人与两兄患难有年，罪戾之深，愧悔难禁。昨已专电总座，自投请罪。但能使鄙人减少一份罪过者，希两兄竭力为之，鄙人感幸多矣！将来完成抗战，贵部定有无限光荣，鄙人仰首青云，戎马半生，饱尝风味，言出肺腑，特电奉闻。请希鉴谅！
>
> 缪澂流　有未手启

缪澄流的电报实际上承认了他的通敌罪行，也反映了他的颓废没落，丧失了抗战到底的意志和胜利的信心。他后来跑到大后方，蒋介石也没有再用他。全国解放前夕，缪随国民党逃往台湾，据说出家当了和尚。

9月30日，总部政务处长郭维城、参谋处长张佩文等到达111师师部驻地张家相地，调查"九·二二"锄奸事件的过程，并整理成系统材料，回去后报告了战区总部和国民党中央当局。于学忠清楚地知道缪澄流通敌有据，实际上执行的是蒋介石的"曲线救国"政策。但是，他深知缪是张学良一手提拔起来的东北军中的较年轻的军长。西安事变时，他与缪是同事。张学良离陕赴宁前，将东北军后事托付给他。为了维护东北军的指挥体系，同时也是从他个人的得失考虑，在缪向他认罪后，他就抱着息事宁人的态度，尽量缩小事态和稀泥。他让总部秘书长周达夫给常恩多师长写了一封情辞恳切为缪开脱的信，劝常同意让缪复任，遭到常拒绝。后来，他又建议让112师师长霍守义任57军军长，让常恩多任副军长兼111师师长。常说："有功不赏，无功受禄，霍大裤脚子（霍守义绰号）凭什么当军长！"断然拒绝了于学忠的提议。虽然两个建议都遭到常的拒绝，于仍然抱着争取常的态度，为了设法将常从驱缪事件中摘出来，也是为了向蒋介石交代，于在给常的电报中说"万旅在东盘闹事"，让常查清情况掌握好部队，把常放在受我的蛊惑而被蒙骗的位置上，我则成了事件的主犯。这是于学忠舍车保帅之计，他给常找了个替罪羊，也在常与我之间打下了一个楔子。蒋介石在事件之后，同时接到于学忠和常恩多的电报。11月下旬发来电报，斥责常恩多："即云忠党爱国，亦难逃犯上误国之咎……"这一纸电文，不仅颠倒是非，而且无疑是在111师进步力量的头上悬吊起一根绞索。

10月上旬，除检举者于文清外，其余通敌案犯朴炳珊夫妇、唐君尧、董翰卿等，均被押送至于学忠战区总部。原来，陶景奎、孙焕彩曾经向常师长建议，让我押送犯人去于学忠总部，企图用这种办法把我也交到于学忠处，以"东盘闹事"为由，一起处理掉。常师长洞悉了他们的阴谋，拒绝了他们的建议，派孙焕彩押送。孙焕彩又利用押送犯人到总部机会，向总部大员们大献殷勤。实际111师内部这时已开始分化。孙回师后不久，就继唐君尧被任命为331旅旅长。

"九·二二"锄奸后，中共中央山东分局（以下简称山东分局）在9月23日发给中共中央北方局的电报中指出："这一事件在敌人正在扫荡沂蒙与莒、诸县是有重大的意义。亦说明缪澂流部之投降正与敌人扫荡计划是有着密切结合的阴谋。"同时，电报就我党对事件应采取的策略提出八条建议，主要是：常师的政治立场与当前对外的口号，应当是保持57军番号，拥护于（学忠）坚持团结，反对军部与缪澂流投敌叛国，坚持敌后抗战，反对分裂东北军，真正团结起来，拥护三大政策……为使反投降更有力、使国共关系正在调整之际不受挫折，使更多友军团结到我们周围……使111师实质上成为我党领导的军队，成为八路军的外围军；使师部迅速宣布缪澂流等投降叛国的罪状与具体材料，呈报国民政府、于学忠、东北军各师、旅，并在广大民众间深入地揭穿；在57军内揭发缪逆与其一贯反共、反八路、反民主、剥削腐化联系起来，使该军成为拥护国共合作，拥护统一战线的进步武装；保持常师部队的坚强性、自立性；山东八路军部队作相应部署，以防敌人可能集中力量打击常师。

9月28日，中共中央复电山东分局，肯定山东分局"八条所取策略基本上是对的"。同时就仍须注意事项作了指示，主要是：我党我军对此事件应取第三者态度，而在实际赞助常师的拥于反缪斗争；位于常师附近我军如遇他部东北军攻击常师时，应尽力调停，如非我加入战斗不能保护常师时，切勿以八路军公开名义参加；常师应影响于学忠妥协了事，勿使蒋介石宣布常师为叛逆并进行讨伐，山东我党我军应做好对付沈鸿烈借"九·二二"锄奸事件扩大反共反八路军宣传的准备等。

"九·二二"的正义行动，有力地反击了缪澂流出卖民族利益、出卖部队的背叛行为。当时虽然没有将他捉住惩治，但是也将他逐出了57军，教育了部队中的动摇者，打击了汉奸投降派，激发了广大官兵的爱国之心，明确地表示了111师官兵决心坚持抗战到底，坚决严惩汉奸，为收复失地光复祖国而战。同时，这一事件中，也充分发挥了统一战线的作用，在抗日旗帜下团结了57军一切愿意抗战的力量。虽然有人抗战的决心不大，可是在锄奸的号召下，仍能联合起来，一致行动。像孙焕彩、刘晋武这样的人，也争取他们不同程度地参加了锄奸。从这里可以看出，在"九·二二"事件中，执行党的统一战线政策是成功的。可以说，"九·二二"锄奸是西安事变的继续，维护了张学良、杨虎城两将军发动西安事变的初衷。在这件事上，常恩多师长决心正确，功勋卓著。虽然，后来他受到蒋介石不公正的对待，受了冤枉，但他的功绩不可磨灭。领导这次运动的中共111师工委，张苏平、曹建华、王振乾等同志，也都作出了重要贡献。当然，如果没有广大官兵的支持，取得这样的斗争胜利也是不可能的。

"九·二二"的胜利，粉碎了缪澂流勾结沈鸿烈、韩德勤等顽固派头目妥协投降、反对共产党、八路军和新四军的罪恶阴谋，也沉重地打击了日本侵略者。所以，沈鸿烈如丧考妣般地一再叫嚣要讨伐 111 师。日本侵略军则对 111 师防地连续进行轰炸，并撒下大量反动宣传品。

对于敌顽的挑衅，常师长下令采取坚决的斗争。当时，日军盘踞着鲁东南的大店、碑廓两座重镇，不仅封锁了鲁南、苏北的交通要道，而且经常出来袭扰，严重威胁这一带抗日军民的生命财产安全。常师长决心拔掉这两个钉子，令我率 333 旅攻打大店，令 331 旅旅长孙焕彩攻打碑廓。几天后两仗皆捷。在攻打大店时，我亲临部署指挥，将部队分成两路，采取围点打援、突然袭击的打法，消灭了敌人的有生力量，收复了大店，少数日军逃回莒县，伪区公所和区中队反正。军事攻势结束后，111 师的部队在各自驻地一带整训。

关于于文清同志，我在这里顺便提一下，他在"九·二二"锄奸运动后，曾被任命为 333 旅副旅长。1942 年"八·三"事变后，被任命为新 111 师参谋长，加入了中国共产党。1945 年随东北挺进纵队开赴东北，经东北局分配到辽西工作。"文化大革命"中遭受迫害致死。

第九章　国民党新的一次反共高潮开始。 111 师内部分化，反动力量上升。 "二·一七"再次身陷囹圄

"九·二二"锄奸使 112 师师长霍守义大吃一惊。团长刘杰脱险，江潮、王林等率部分部队脱离 112 师，另创抗日根据地

"九·二二"这天凌晨，被派入 112 师工作的共产党员和进步分子根据山东分局的统一布置，按照中央的决定，全部撤出该师。这一行动，对师长霍守义震动很大，紧接着他即得知 111 师发生锄奸行动，缪澂流逃到 112 师，霍守义被这突如其来的事件弄得不知如何是好。在这之前，该师吕志先、王冰等 6 人被怀疑有共产党嫌疑，在军部受审查后，本应也在 9 月 22 日返回部队，结果这些人没有回来，他们根据山东分局的安排直接撤走了。这一系列事件，使霍守义内心里明白了八九分。但在事态和时局尚未完全明朗化之前，他为了不使自己走绝路，采取了明哲保身的态度，既不做明显得罪他上司的事，也不做伤害共产党感情的事，因此他没有接待缪，缪只得逃往战区总部。

1940 年 11 月 25 日夜，112 师 667 团 1 营 3 连连长李宝恕与临沂鬼子据点勾结，利用催粮机会把全连带到据点外接洽投降。当李宝恕带着三个排长进入据点后，上士排附王林和班长宋树仁察觉了他们的投降阴谋，即串连其余五个班长将队伍拉走，过沭河投奔 111 师找我。26 日晚，667 团 1 营 1 连连长江潮（共产党员）因发觉营长韩子嘉企图扣押加害他，当机立断将全连大部带走，过沭河也来到我处，与 3 连拉出的部队会合在一起。在两个连到达之前，112 师 672 团团长刘杰被怀疑通共，师长霍守义令将其送该团

平射炮连扣押，为刘脱险也创造了一定条件。刘脱险后经过八路军驻地，来到111师。上述近两个连如何安置，我请示常恩多，他起初答应收下，不久又反悔。不得已，我与于文清、刘杰商量，由刘杰、江潮带上这两个连到东海县羽山、磨山一带，用57军补充团（后改为独立旅）名义，到边沿地区开展游击战争，建立根据地。随即上报山东分局，分局派张翼、王翀、丁一九、徐炜、王希坚等同志到该部工作，并建立党支部，归山东分局领导。书记是王翀，后是曲径。1941年4月，补充团改称57军独立旅。后来又派去不少党员，大大加强了这支队伍的建设，使它从近两个连规模，最多时发展到12个连，共2000多人。1943年秋，独立旅改编为海陵独立团，成为我党直接领导的部队，即现在的第38集团军113师339团前身，对创建海陵根据地起了重要作用。

"四轮马车"反动力量的包围。常恩多师长的困惑。我主动辞职未获同意

1940年10月，即在111师发生"九·二二"事件不久，在蒋介石的授意下，何应钦、白崇禧致电八路军总司令朱德、副总司令彭德怀、新四军军长叶挺，限令战斗在黄河两岸和大江南北的八路军、新四军全部开到改道后的黄河（即淮河）以北的贫瘠狭窄地区。1941年1月，震惊中外的皖南事变发生。国民党蒋介石发动的新一次反共高潮达到了顶峰。在这种形势下，111师内部的反动力量也活跃起来。

常恩多师长在"九·二二"事件之后，实际上处于各方面的压力和一些反动势力的包围之中。

常恩多与缪澂流的矛盾在"九·二二"前已达到白热化程度，常恩多本希望"九·二二"将缪手到擒来，一切如愿。不意由于我的疏忽，未能将缪抓住，这使他陷入了一个十分难堪的境地。眼看要到手的东西毁于一旦，常内心的恼火可知。所以当我向他报告缪已逃逸时，他只说了一句话："房子都为他准备好了！"可见失望之极。后来当抄报员宋景龙与他谈及此事说了一句"谋事在人，成事在天"时，他立即反驳说："不，是事在人为！"流露出他耿耿于怀不能自释的心情。40余年后的1983年4月初，宋景龙在临沂召开的一个座谈会上，谈起这段往事时，郭维城立即插话并反复地说："遗恨失

捉缪！"道出了常师长当时的心态。

1941 年元月 1 日，在 111 师校以上军官参加的元旦宴会上，常恩多宣读了蒋介石的电报，军官们听了大多愤愤不平，常恩多那时的心情也很坏，大口吐血，不能终席。但是，一些反动分子却喜出望外，尤其是后来形成的包围在常恩多身边的"四轮马车"，即副师长刘宗颜、参谋长陶景奎、331 旅旅长孙焕彩、666 团团长刘晋武四个人，在以后的日子里，乘机干了许多坏事。

副师长刘宗颜，是东北军中的落后分子，政治上反动。他率领后方师部远离前线，过着享乐腐化的生活。他的后方师部与伪军 2 师师长张步云为邻，和张敌我不分，过从甚密，有通家之好。他从敌占区的王家滩弄来一个妓女长期姘居。他的情报全仰仗张步云为他提供。

参谋长陶景奎，陆军大学毕业生，是国民党培养出来的东北军高级将领，正统观念极强，虽然常恩多曾说过："这小子坏透了。"但是以后在扣押我的"二·一七"事件期间，他也受到常的信任。

331 旅旅长孙焕彩。此人号称"佛爷"，狡黠过人，心狠手毒，在"九·二二"事件中的态度是可疑的。他建议我行动前通报贺原，而贺是国民党派驻总部的专员，是个复兴社头子，向他通报是何居心！"九·二二"后，孙将一干人犯送往总部时，投靠周复，参加了复兴社。孙焕彩与常恩多共事多年，常当团长时孙当团附，常对孙是非常信任的。1941 年 1 月王维平（即王振乾，中共党员）离去后，工委委员曹健华（即华诚一）接替王当了常的秘书，到任之初，曹曾正式向常建议，孙焕彩这个人到重要关头可能靠不住，应加警惕。但常反驳说："你说的不对，他到什么时候都会听我的！"

666 团团长刘晋武，他有个外号叫"刘大混蛋"，是个老兵油子，他带着两个老婆随军，还抽大烟。他吃空额、喝兵血，还计划买地置产。对上、对下都有一套，老于世故，懂驾驭术。台儿庄战斗后，常将他由营长提升为团长。他属于东北军中生活上最腐败、政治上最反动的一类人物。

上述四人是 111 师反动势力的代表，他们包围了常恩多，常称他们为"四轮马车"，自以为能驾驭他们。

"九·二二"以后，人事安排不当，埋下后来的祸根。

对于刘宗颜等，我当然无法予以处置，但是刘晋武是 666 团团长，他打茶棚据点未完成任务，反归罪于当地民兵指导员暴露了军事行动，将人家抓起来问罪，我命令他放人，他违抗命令不放，最后迫不得已才放。我本来打算利用新年聚餐之机，当众宣布撤他的职，但是考虑到他和常的历史关系，以及我今后要与常共事等种种因素，没有下手。这也不能不说是一个失误。

1941 年 1 月初，国民党制造了震惊中外的皖南事变，将第二次反共高潮推向顶点。在这一反革命逆流中，111 师的反动势力甚嚣尘上，有些中间人物也发生了动摇。这期间，"倒万"的流言四起，有的甚至把我组织进行的反贪污、抓"兵虱子"都算作罪名，对我进行攻击。1 月 19 日，我去"抗演六队"，与队长陆万美、副队长秦霜交换对形势的看法。秦表示愿意与我休戚与共，他说："在没有上级命令之前不离开现在这个环境。"我则说："涸池之鱼，相濡以沫，何若相忘于江湖。"暗示他们赶快离开。当时不正常的气氛，许多人都感觉到了。

661 团团长孙维嵩，奉命带部队去后方领取弹药，1 月 14 日路过大店，按一般礼节本应先来看望我这个老旅长。但是，他没有来，反倒去 666 团看了刘晋武。他两人一边抽大烟，一边议论我，通宵达旦，连续两夜。刘的中校团附朱家鼎参与了这一密谈。我曾询问过朱谈了些什么，朱说："话谈得很多，归结一句，就是将军还是自己走了的好！"

在这种情况下，我上师部找了常恩多。我说："有人计划将我赶出这个部队，正采取不利于我的行动。"常说："你放心，我绝不坐他们的'四轮马车'。他们的'四轮马车'出门是要翻的。"我说："有人要动手了，要扣我了。"常说："有我在他们不敢，他们扣你，还要我不！"我说："有人想当旅长，要他当去，我不一定要带兵当旅长，我可以当个附员，在师长身边做些工作。"常说："你不能离开现职，一定要干下去，你走了对我们的事业不利。"我见他情辞恳切，只得告辞，这是 1 月 20 日的事。哪想到没过一个月，事情就发生了根本变化。

孙焕彩等三人到常恩多处诬告。设"鸿门宴"将我扣押，反动气焰甚嚣尘上

2 月 16 日，孙焕彩带上我那个旅的两个团长刘晋武、张绍骞，到常师长那里去诬告我。据孙焕彩后来交代，告的是我有八路作风，尽听连队里小青年的话，弄得连长们都要不干了，都要往鬼子据点里拉。还捏造我到八路军的区政府去叫他们不给 111 师提供给养等等。最后的结论是不除掉万毅，111

师这个团体的生命就无法延续。这些诬告，常恩多师长没有通报给我，孙焕
彩那些挑拨的话对常恩多产生了一定的影响。

2 月 16 日下午，我接到师部电报："速来师部研究防务。"次日吃过早
饭，我便带警卫骑马飞奔师部驻地东诸睦。到师部后，先去参谋长陶景奎那
里稍事休息，就准备去见常师长。因为我料想既然是召开研究防务问题的会
议，肯定由师长主持。副师长刘宗颜和 331 旅旅长孙焕彩也在陶那里。彼此
寒暄过后，刘宗颜说："我刚从后方师部老君堂回来，也还没来得及拜见师
长，咱们一起去看看。"陶、孙二人也随声附和。

我们四人鱼贯进入常师长屋里，师长患肺结核病，此时正躺在床上。我
走到师长床前问候说："师长近来感觉好点吧？"他说："没有什么，就是四肢
乏力，提不起神来。"大家一一问候了师长，又坐了一会，就告辞出来。正
当我们陆续向门口走时，孙焕彩凑到常师长耳朵边嘀咕了几句话，常师长
顿时神色大变，大声骂道："他妈的，欺负到我头上来了，抬上我也要去督
战！"孙焕彩忙赔笑说："师长，我本不想告诉你，怕的就是你生气，看看
刚说几句你就发火了不是？哪还用得着你去督战？"我当时不知道孙焕彩嘀
咕些什么，也不知道常冲着谁发那么大火，感到莫名其妙，只见陶景奎脸上
流露出一丝会心的微笑。刘宗颜则是看看陶、孙，又看看我，好像也不知咋
回事。

从常师长处出来后，孙焕彩很随意地对我说："顷波，今天刘副师长从老
君堂来前方，请你一起到我那里吃顿便饭。"我觉得这也合乎情理，没有任
何怀疑，泰然前往。当时随我来师部的警卫有三人，我只带了其中一个小警
卫，便同刘宗颜、陶景奎、孙焕彩等人，前往 331 旅旅部驻地左墩。

我们到了 331 旅旅部，见孙焕彩果真摆好了酒宴。大家落座后，正准备
开饭，孙焕彩提出要和我单独谈谈，我随他走进另一个房间。我刚一进屋，
早已埋伏在屋里的孙焕彩的少校副官便用手枪逼住我，缴了我的手枪。孙焕
彩也拔出六轮手枪，右手持枪背在身后，左手指手划脚地说："万毅，从今
天起你不能再当旅长了，你的部下告发你，你听候处理吧！"我平日磊落待
人，对人与人之间的尔虞我诈，戒备不足，今日上当，悔之晚矣。我厉声喝
问："这是谁决定的？你有什么根据？"孙凶狠地说："这个你不要问！"我
说："咱们找师长评理去。"他以奚落的口吻说："咱们不是刚从师长那里来
吗？师长有病你不知道吗？"说完，扭头便去与刘、陶等人喝反革命的"庆

功"酒了。

2月17日当晚，我被扣在331旅旅部，孙焕彩曾让我写因病辞去旅长职务的报告，被我严词拒绝。第二天早晨在孙留给我写辞职报告的那张纸上，我写了这样几句话："日本人还在进攻，又要闹同室操戈，孤人之子，寡人之妻，这对得起谁？"对他们破坏团结抗战的勾当明确表示反对。他们无奈，便给予总部上送了"万毅因病辞去旅长职，调为附员"的报告，很快得到了于学忠的批准。我从此成为111师的囚徒。

111师提出"为保持本师生命的延续，清除左倾分子"的口号，搜捕、枪杀进步分子。中共中央山东分局采取营救措施未果

"二·一七"事件标志着111师在政治上逆转，反动势力向革命力量发起了猖狂的进攻。他们当时提出的口号是："为保持本师生命的延续，清除左倾分子！"按照事先拟好的名单，展开搜捕和追杀进步人员的活动。

扣押我的当天，常恩多的手枪排排长扣押了中共111师工委书记张苏平、工委委员曹健华。电台台长李政宣夫妇也被收押。

"九·二二"以前来到111师的国民政府军事委员会政治部所属抗演第6队，是郭沫若在武汉任政治部第三厅厅长时组建的进步团体之一，也是我党领导的一支宣传队，建有党的支部，1940年6月来111师演出，遂留在师部，党的关系由工委领导。"二·一七"后，111师派骑兵押送他们去战区总部，被周复强行遣散。

常恩多亲手建立的111师战地服务团被拘留后，反动分子本打算将其与抗演6队一起押往总部，服务团党支部领导大家坚决反对并进行绝食斗争，他们大唱抗战歌曲，驻地群众无不同情，反共顽固派被迫中止上送，仅少数人经他们审查后留下来，大多数人被就地遣散。

中层军官受株连的有666团中校团附彭景文，665团中校团附管松涛（党员）被迫撤离。孙焕彩诬陷661团中校团附李鸿德要刺杀他，报常师长请求批准枪毙，幸得讲武堂同学关靖寰等上书求情，经常恩多指示改为撤职。

667团调来的上士排附胡铁男（民先队员），因对扣押我说了几句不满的话，即被扣上"万毅亲信"的罪名被刘晋武押送师部，遭杀害。我的警卫员李福海和661团中尉副官宋穆成也惨遭杀害。333旅军士队被强行解散，队

长杜荣民被扣。旅部特务队被缴械，队长刘准（地下党员）被迫组织人员分
批撤出该旅。

2 月 18 日，333 旅参谋主任董凤岐到 666 团打听情况，刘晋武立即把常
恩多任命他为 333 旅旅长的委任令出示给董看。

"二·一七"事件发生后，引起我党中央的密切关注。1941 年 3 月 14 日，
中共中央书记处电告山东分局负责人朱瑞、陈光、罗荣桓：（一）请将常师中
我们组织此次遭受破坏详情查明电告。（二）望设法调查万毅及其他被扣的
同志及进步分子之下落，并尽力设法营救他们。（三）将常师中还有的组织
调查清楚，将已暴露的同志及进步分子紧急撤退，并收容他们到我军工作。

山东分局接到中央电报后，即派分局秘书主任谷牧，带了一个连靠近
111 师驻地，积极设法营救，但因不得其门而入，营救未能成功。

焦急等待常师长营救，却不见音信。111 师倒行逆施，袭击八路军和抗日民主政府，策反朱信斋部

我被扣押后，焦急地等待着常恩多师长来营救我。因为在我被扣的二十
几天前，我去找他谈反动派要扣我时，他曾说："有我在，他们不敢，他们扣
你，还要我不！"他很恳切地说："你不能走，一定要干下去，你走了对我们
的事业不利。"现在，我真的被扣了，我想常师长绝不会袖手旁观。他是个
有主见有魄力的人，虽然生病，但还主事，在 111 师他说了话还是管用的，
我深信他一定会想办法营救我。可是等了一天又一天，常师长一直没有见
我，也不见他派人给我传送消息。我充分考虑到他的病情和环境，所以直到
他去世，我对他一直很敬重、很怀念。他去世后，我在《常故师长纪念册》
中写了《痛失凭依》的文章。不过，有一个问题，一直萦系在我的脑海中，
那就是在我被扣押之前，孙焕彩在常师长的耳边说了些什么？常师长对谁发
那么大的火？我在狱中反复想这件事，却百思不得其解。

1983 年 2 月，曾在 111 师工作过的孙学仁、徐泽生和我的秘书罗学怡等
同志，去特赦释放后居住北京的孙焕彩家，问起这件事，据孙说，他当时告
诉常师长，八路军向驻圣公山附近的 111 师部队进攻了，才引起常师长那样
发火。

1941 年 3 月上旬，111 师在日照策反了我山纵 2 支队所属独立营朱信斋

部，杀害了我派到该部的营教导员董振彩同志等9个干部及7、9两区的地方干部近百人（称为"黄墩事件"），使我损失了2个区、9个乡的政权和区中队，党组织被迫转入地下，日照抗日根据地进一步缩小。常恩多在朱信斋叛变后亲自接见了他，朱讲了他叛变八路军的经过，常说他"像个书生"，"不像惯匪"，并保荐他当上了鲁苏战区直属第一支队上校支队长。

111师还在其驻地搜捕我抗日政权干部和地下党员，滕家河村党员臧券等被捕杀。

同年4月14日，111师向浮棚山一线我军进攻被击退。4月17日，331旅旅长孙焕彩、333旅旅长刘晋武向常师长谎报说，日照县民主政府不让民众送给养，是对111师策反朱信斋部的报复。常说："可以派队去催。"于是孙、刘指挥所部，并纠集国民党保安16团千余人，于25日偷袭我驻沟洼的日照县委和县府机关，兰瑞生等8名同志牺牲，县大队第四中队全体人员被俘（称为沟洼事件）。此后又连续进攻我山纵2旅6团，大修碉堡，并写上"安内攘外"字样，派兵四出抓丁抢粮。至此，111师完全退到了1936年2月王以哲和李克农洛川会谈前东北军与我军尖锐对立的状态，有的部分如后方师部与伪军沆瀣一气，走得更远，同缪澂流在"九·二二"前的行径相差无几。

"二·一七"之后，111师反动势力向革命力量进行猖狂的进攻，革命同志有的被杀害，有的被扣押，有的被遣散。使我难以理解的是，这时常师长的态度十分暧昧。他写了这样一首诗：

　　　　花绕身边风徐来，清新空气开我怀，
　　　　放眼苍苍自然界，无限宝藏在里栽。

这首诗刊载在《常故师长纪念册》中，题为《在病中杂写》，写于6月12日。

共产党组织遭到破坏，革命力量遭到摧残的时候，面对这种局势和氛围，怎么能写出"花绕身边风徐来，清新空气开我怀"的诗句呢？"二·一七"事件是111师的一次反动，当时，常师长虽然生病，但他还是师长，也没有离开111师。对于"二·一七"之后111师的一系列倒行逆施，他是有责任的。对我个人来说，也有很大的教训。我对党的地下工作斗争特点认识不

够，缺乏在复杂多变的环境中既积极开展工作又能长期隐蔽的经验，对 111
师内部两种力量搏斗的残酷性认识不足，关键时刻当断不断，反受其乱，致
使敌人乘机下了毒手，使组织遭到破坏，我被扣押，一些同志被害，损失是
极其严重的。

被扣押后的囚徒生活。两次协助部队从日寇包围圈中突围。
于学忠说："什么共产党，我看他（万毅）不像！"

孙焕彩扣押我后，过了三天，通知我随副师长刘宗颜去 111 师后方驻地
五莲山老君堂。当时随我去的是我的勤务员贺庆祥（离休前在广西南宁工
作），负责照料我的生活。在后方驻地有专人看守我，但允许我走动，看书，
听留声机。刘宗颜有时还让我陪他。不久，刘骑马摔伤，就派 662 团 2 营营
长阎普率部来五莲山老君堂，把我押回张家石旺看管。阎普是常师长的老部
下，常任团长时，他任常团第 12 连连长。他为人心地宽厚，对我照顾得还
好。大约 6、7 月在张家石旺被看管期间，我曾利用空隙给鲁苏战区总司令于
学忠和政务处长郭维城各写过一封信，申诉我无辜被扣的问题，托一个卖纸
烟的人捎去。但是后来听郭维城说，他没有收到此信。我在 111 师被扣押 9
个月，这期间我一直未见到常师长，他也没有派人传给我任何消息。

1941 年 11 月间，111 师突然派 662 团 1 营押送我去总部。当时我还往
好处想，以为于学忠和郭维城收到了我的信，可能是找我去谈谈，哪知去后
是正式监禁我。行前，陶景奎曾派人来索要我那架心爱的望远镜。望远镜是
我个人购买的，察看阵地、瞭望敌情极为便利，伴随我南征北战，我爱之如
自己的眼睛。我对来人说："这是我个人的，不给！"他缓和了口气说："万旅
长，价拨不行吗？"我气愤地说："你干脆死了这份心，你回去告诉他，如果
非逼着要，我宁肯砸碎了也不给！"

到了总部，于学忠的副官长陈伯符对我说："于总让你去特务营第 4 连，
于老板心眼好，别说你，真正的共产党他都没有杀过，放心吧。"我住的增
山后监狱，房子是利用牛棚改装的。我住一间，隔壁是被扣押的八路军代表
彭亮。没过几天，彭亮就和哨兵吵了起来，他大声责问："我是 115 师友军的
代表，到你们 111 师做联络工作，你们凭什么捆我，押我？"这时，我才知
道彭亮是共产党人。

1942年2月初，日军调动了两万余人，向临朐、潍坊一带进行全面"扫荡"，驻沂水七区圈里的鲁苏战区总部遭日军突然包围。2月7日，于学忠见51军救援部队迟迟不到，被迫率总部机关和警卫部队，由圈里突围。这天夜里，突然闯进几个人，把我房间的蜡烛拿走了。这时隔壁传来彭亮的大呼声："你们要……？"后来便听不到声音了。第二天行军途中，我看到看守监狱的一个班长穿着彭亮的大衣，知道敌人已将彭亮杀害。看押我的孙排长告诉我，彭亮是被堵上嘴后，拉到院子里用刺刀捅死的。彭亮就这样为中国革命事业献出了年轻的生命。

2月8日，战区总部在台（儿庄）潍（县）公路旁的圆河村再次遭日军包围，激战半日，于学忠仅带一部分骑兵冲了出去。整个总部机关和警卫部队，拥挤在圆河村小圩子里一筹莫展，由总部参谋长王静轩指挥。黄昏，日军步步紧逼，在西南方向逼得更凶猛。夜里，他们又四面点起篝火。看来日军似乎要等待别的部队到来后再发起进攻。远远望去，一团团篝火似一簇簇鬼火忽隐忽现，偶尔传来敌人的吆喝声，双方对峙着。已是下半夜两点多钟，依然没有动静。犹豫不决乃指挥官之大忌，此时再不果断突围，待天亮就没有机会了。想到这里，我再也按捺不住，便问第4连连长金万普："部队为什么现在还不突围？"金说："好像在等王参谋长的命令，不知要等到何年何日？"我一听更急了，说："你能不能带我去见王参谋长？"他说："行啊！"金万普也没有请示特务营长，径直带我去见王静轩。我在东北讲武堂第9期学习时，王是第二总队总队长，师生情谊不错，危难中相见，王对我十分客气，我顾不得客套，便单刀直入地问："老师，情况怎样，为什么还不走啊？"他说："现在情况不明，等情报。"我说："还等什么情报，敌人就在旁边点篝火，待天亮就走不脱了。"王又说："可现在没有向导。"我说："这一带我熟，老师若信得过我万毅，我为你们带路！"王颇为激动地说："那好！那好！"随即命令金万普："转告你们营长，让他率队跟万旅长走，万旅长路线熟。"我回去和金万普商量了一下，打开地图，选择离小窑近的地方穿过台潍路。兵法云："出其不意，攻其不备。"这里离日军近，又是汉奸头子"万仙会"于经武的防区，敌人的指挥部设在小窑村，日军对于经武是放心的，他们不会想到我们能从这里悄悄溜出去。我沿着这条路带部队通过台潍路，天明时脱离了敌包围圈，进入日莒公路以北的山区。这里是国民党专员张里元的防区。天亮时，后卫部队与日军有轻度交火，没有受什么损失，整个突围行动十分成功。两天后，王静轩率总部机关官兵，继续越过日莒公路南进，安全抵达甲子山区 111 师防地。而我重新沦为囚徒，随总部特务营（欠一个连）留在日莒公路以北，仍由第 4 连看守我，驻于家风台。

　　2 月中旬，日军第二期"扫荡"开始，主力在沂水山区分进合击，另一部跟踪追赶于学忠总部。农历正月初四早晨，我所住的农家的房东是个屠夫，正在杀猪。突然于家风台的东北方向枪声大作，接着正东方向也响起枪声。在日军突如其来的袭击下，缺乏实战经验的特务营营长米如云慌了手脚，只顾往村西方向跑，部队也一窝蜂般地往村外窜。看守我的排长拉起我就跑，还一边嚷嚷："旅长，快跑！"我们冲过于家风台村西的河滩，日军的机关枪已经跟着屁股猛扫过来。营长米如云吓坏了，他又胖又笨，两个勤务兵架着都跨不上战马。这时有两个连跟着冲了出来。我对米营长说："咱们得抓紧收拢队伍、恢复建制，否则敌人再追上来，我们就没法跑了。"他一迭连声地说："那好，请你帮忙。"我帮助整理了第 4 连。连长金万普已带几个人临阵脱逃。我对中尉排长张政训说："你赶快组织各班恢复建制。"又对米营长说："你赶快让部队抢占驼儿山，控制制高点。"米如云这时也镇静下来，忙着收拢部队、放出警戒，从早到晚，整整忙了一天，除金万普等人外，部队（3 个连）全部收拢，很快转移出去，傍晚下了驼儿山，进到中坪头村。

　　那个临阵脱逃的金万普，以后到北平参加了傅作义的部队，解放战争后期，随傅部接受了北平和平改编。1956 年，在中共中央统战部主持召开的纪念西安事变 20 周年大会上，金万普谎称是他在西安事变时捉到蒋介石的。事实并不是这样，他只是临时参加了捉蒋行动，而首先发现并捉到蒋介石的是一位下士叫陈志孝。陈捉到蒋后交给了孙铭九。在这次会上我认出了金万普。我对统战部副部长于毅夫同志说："这不是临阵脱逃的金万普吗？怎么是他捉的蒋介石呢？！"

　　从 1942 年春至 1942 年 7 月，战事比较平静。我在情况危急时，协助总部和特务营脱险，特务营的官兵对我的临危不惧和精神品格有了较深的了解，改变了对我的态度，伙食改善了，看守也不那么紧了，一些官兵还主动接近我。有一次，米如云从日莒公路南出差回来，高兴地对我说："于总司令讲了，万毅对这一带地形熟，又有作战经验，有情况多找他研究。于总还说：'什么共产党，我看他不像。'"米如云是清封老毅军米镇标的孙子，于学忠早年投身毅军，就在米镇标手下当差，所以这个米如云是于学忠的亲信，颇有些来头。他说的话是真是假，我不得而知。他本人对我很好，以后改善了对我的待遇却是事实。他在小河边给我单独找了间房子，白天哨兵离我较远，我可以在村子里走走，勤务员贺庆祥跟着我。后又让我搬到一位老乡家。房东是个老头，中农，儿子是贩纸烟的。我们相处得很好。1连长单郁文，有点近视，人特别聪明，很有正义感。2连长侯宜禄是山东人。我会吹口琴，他们两人也爱吹口琴，他们常来和我一块合吹口琴，还古今中外地随便交谈。处于软禁中的我，被剥夺了指挥权，有兵不能带，有仗不能打，空怀抗日报国志，却无报国之门，十分孤寂苦闷，也愿意和他们在一起，并把这视为一大乐趣，日子就这样打发过去了。

蒋介石密电，要将我"就地秘密处决"。于学忠坚持"明正典刑"。公开审判中我愤怒驳斥强加的"三条罪状"

1942年7月中旬，于学忠突然派骑兵将我从日莒公路北中坪头村特务营接回战区总部。鲁苏战区总部自上次圆河村突围后，一直驻在甲子山区111师防区。

接受以往总是把事情想得过好的教训，对这次接我回去，我做了几种判断。一是从好的方面想，猜想于总部驻在常师长那里，常师长有可能借机向于学忠提出建议，让我回去，起码可以恢复我的自由。二是从坏处着想，即我的案子拖得时间太长，这样不明不白地拖下去总不是办法。上头对我可能该用就用，不用就杀掉。三是于让我去总部可能出于安全考虑，因为把我放在总部前方看押他们比较放心。其实，我还是往好处想得太多了。到总部后才知道，他们已经决定要对我进行公开审判，准备枪毙。

正如郭维城在1942年"八·三"事变之后8月9日第一次与我会面时，向我讲的那样，他说：

"老万哪，多亏了于老板啦，不然你就活不到今天了。蒋介石来电报，指名说万毅通敌、叛国，应予秘密处决，具报。于学忠看了电报之后，嘟囔着说：'秘密处决？俺当兵二十多年，还没有干过这样缺德的事！'周复以反驳的口气问道：'那你对总裁的电谕不想执行吗？'于回答说：'我没有说不执行嘛，我是说要明正典刑。'于是决定对你进行军法会审。之后再枪决。这样，才留出了时间，使你得以越狱逃出。"

郭维城同志这番话，说明了我当时是如何得到越狱出走的机会的，同时也说明了当时形势的严峻。于学忠坚持对我不采取"秘密处决"，而主张"明正典刑"，是有他自己的考虑的。首先，他考虑的是他在鲁苏战区部队中的威信，因为秘密杀人将影响他的威信；第二，他考虑万毅与张学良将军的历史关系，若秘密杀了万毅，有朝一日见到张将军时他不好交代。当然，这些都是后来我自己做的分析、判断。

于学忠是忠于张学良的，他同蒋介石貌合神离，1944 年终于被蒋剥夺了兵权，任命为国民党中央政府军事参议院副院长。1949 年蒋介石胁迫他去台湾，他躲在四川乡间没有走。新中国成立后，于学忠作为爱国民主人士，受到中国共产党和人民政府的照顾和信任，被选为第一届全国人大代表和国防委员会委员。50 年代初，于学忠的老母病故，我和吕正操同志曾去他家吊唁。谈话间于学忠说起当年蒋介石要秘密处决我的事，虽然他不可能反对蒋介石的指示，但是他的拖延是起了作用的。1952 年有一天，我去周恩来总理那里开会。总理对我说："万毅呀，于学忠说，他没有杀你，还是他的一功哩！"

7 月下旬，对我进行了军法会审。我到了于总部军事法庭，首席军法官是鲁苏战区军法副分监李文元（分监是周复），111 师军法处长侯小鲁参加。这两个家伙盛气凌人，摆出一副威严的样子。一开庭，李文元便宣布说："奉中央指示，今天审判你万毅以下几条罪行：一是通日本帝国主义；二是'双十二'事件的从犯；三是奸党嫌疑（指通共）。"我一听便知道敌人要对我下毒手了。这三条罪状，哪一条定下来都能置我于死地。我对国民党当局的黑暗统治恨透了，便打定主意借公开审判之机怒斥这群混账东西。李文元刚说完，我就厉声抗辩道：说我通敌，你有什么证据，你不觉得亏心吗？抗战以来，我率部和鬼子打仗几十次，你说哪次战斗结果是通敌取得的？你这样污辱我，怎么对得起那些跟我一起参加战斗的官兵？他们有些人的尸骨就留在荒郊野地，有些人残疾终生，你这样讲，还有没有良心？

李文元被我驳得张口结舌，脸涨得像块猪肝，气急败坏地一拍桌子："罪状上有这一条，我不能不问！"我反驳道："照这样说来，你是奉上峰的旨意来问我的，可以不怪罪你。可你身为主审官，总得想一想，好好查查我是怎么跟鬼子作战的吧！"

李文元自知理亏，不再纠缠第一条了，又开始问第二条："'双十二'事变，张学良劫持领袖，他是主犯，你是从犯。"我反驳道："'双十二'事变促成全民族抗战，是功是过后人自会评说。至于说到劫持领袖，我当时不过是一个小小的团长，岂有资格参与决策？咱们于总司令当年已是人所共知的第51军军长，甘肃省政府主席。请问，我是个团长，若算从犯，那么于总司令该算什么？"

李文元同样无言以对，只得接着问第三条："你是奸党嫌疑！"我大笑一声，反唇相讥："你有什么证人，尽快找来，我愿与他当面对质！"他说："用不着找什么证人。八路军到处贴标语，撒传单，为你鸣冤叫屈！他们要营救你这不是很明显吗？"我反驳说："能这样推论吗？我遵从张汉卿公的教诲：抗日救国，披甲还乡。共产党、八路军他们贴标语、撒传单，那是他们的行动，不是我的行动，要杀我万毅，何必做这种罪名罗织？"

这一番辩论，弄得审判席上的军官们十分尴尬。8月2日上午，第二次审问又在我的抗辩声中草草收场，最后只宣布审判终结，没有宣布具体罪状。

第十章 "八·二"越狱。"八·三"事变。111 师前进路上的一个新的转折点

"军法会审"结束。郭维城两次探监。我不能坐以待毙，越狱成功

所谓的"军法会审"结束了。我回来后反复思索，断定他们这不过是履行个手续，罪状依然是那三条，审判与否都不会改变。现在，我只有想办法越狱，才能逃脱虎口。而越狱的决心，在郭维城两次来探监谈话后，更加坚定了。

大约是在 6 月间，郭维城从公路南来到中坪头村特务营驻地，同米如云谈话后，来到关押我的监房，同我谈了一次。郭当时是于学忠总部的政务处长。他对我说了几点：一，东北军现在所剩无几了，在鲁苏战区，57 军连番号都没有了，部队在敌后天天都在削弱着，这怎么能行！二，要搞个局面，没有军队不行。胶东的赵保元、张景月就是靠军队。张里元实际也只有三个旅，不就是凭这三个旅成了滨北专员嘛！三，对共产党只能利用，不能打。他同我谈这些话时，他还没有党的关系，显然他也不知道我已是秘密共产党员。他走后，米如云交给我一支小手枪，说是郭让转给我"自卫"用的。但是，后来我擦枪时才发现，这枪没有撞针。

8 月 2 日晚饭后，郭维城带着半个西瓜来牢房看我。他边吃西瓜边对我小声地说了以下内容：一，常师长的病已宣布不治，生命维持不了几天了。二，常师长给我（指郭）写了个东西，他去世后要把队伍交给我（指郭），我拿到队伍后，要实行张汉卿公的《八大主张》。三，得手后，我将派手枪兵来接你（指我）出去，你帮我掌握部队。郭还问我 111 师哪些人可靠等。我尽力作了简要回答。我还说："我已离开部队一年半，人们的思想变化很

大，不能用一年半以前的观点来看现在。"郭还问了对赵开云的看法。我说："他为人老实，不会坏事，我被关在商水监狱时他还来看过我。"郭又问我对他的行动前途估计如何？我说："军队使用好了很有用，但若弄不好就可能出大乱子。"最后，郭说："为了副司令（指张学良），粉身碎骨在所不惜！"说完，他即离去。他此时的精神显得很疲惫，也很紧张。

据后来得知，8月2日，常恩多在自己病情严重、两个肺叶已经烂掉、打针服药均无效的情况下，找到郭维城，表示了在去世后由郭接收这个部队，并交给了郭维城一张手书条子，上面写道："务要追随郭维城，贯彻张汉公主张，以达到杀敌锄奸之大欲。本师官兵须知。常恩多八·二。"郭维城是在这种情况下来找我的，他也许感到，如果举事我还是有些用处的。送走郭维城以后，我考虑再三，觉得郭的行动太冒险，成功概率太小。再说，自己的死期也就是这两三天的事，审不审，都是那几条罪状，都是要处决的。如果等郭维城举事，谁知道要等到什么时候？这样等下去，等于坐以待毙。郭维城长期在于总部工作，同111师没有直接历史渊源，常师长又久卧病榻，现已病入膏肓，对部队的号召力难免减弱。仅凭他的一纸空文，在他病逝后郭维城就能掌握住部队吗？另外，我也想到，郭维城是要将111师拉出国民党部队的战斗序列，中央和山东分局有没有这方面的指示？我是党员，不能在没有得到党的指示的前提下采取这样大的行动，盲目跟着别人跑。

正是基于上述种种考虑，促使我下决心立即越狱。

越狱之心是早就有了的，因此，也悄悄地作了些准备。首先是暗暗地观察了监狱周围的地形地物。前几天，因为拉痢，到营长那里取药，还发现他屋里挂着一张警戒图，上面标着警戒方向主要是西、南，估计那是游击区，从监狱逃往西、南方距游击区最近。向北是黄墩，驻的是朱信斋部。向南是纸坊、石场，驻着111师。向东是日照，那是日伪军老窝。看来只有往西方向逃才能脱险。

天黑以后，我点上小蜡烛，然后佯装上厕所，一会儿去一次，哨兵以为我拉痢，也没有在意。到11点钟左右，我又假装上厕所悄悄来到监狱的墙脚，沿马道登上围墙，将事先准备好的绳子系在木楔上，再将木楔插进围墙的石缝里，顺着下垂的绳子，一步步下到围墙外的地面上。观察了一下周围，没有任何异样的动静，定了定神，辨别了方向，就沿着沙滩、小河，两步并成一步，一口气就跑出十多里。这时一条河横在面前，河水没膝，我刚悄悄蹚过河，一上岸，就发现岸边架着几支枪，有三个人睡在旁边，睡得正酣。突然，发现左前方百余米处有一哨兵打火抽烟，身边还带着一条狗，"汪汪"地吠了几声，把我吓了一跳，一时进退两难。我心一横，干脆大大方方向西北走去。哨兵以为是自己人起来解手，也没过问。我直穿而过，急忙钻进了玉米地。这时东方已泛起了鱼肚白，远远传来军号声，我侧耳细听，号响处是粮山口，那是朱信斋部的地盘。我赶紧折向正西方，8 月 3 日凌晨就到了马鬐窑东山。由于体力不支，我几次都不想走了，每次又都紧咬牙关坚持下来。我翻过马鬐窑东山后，碰到个放牛娃，我问村里有没有驻军队？他说："没有，哪家的队伍都没有。"我这才放胆进村，找到村长。当时我戴眼镜，胸前挎望远镜，军裤上虽有涉水的痕迹，但穿戴整齐，不像是落荒而逃的人。我对村长说："我是于学忠总部的高级参议，有件秘密工作，要找八路军长官谈谈，你知道他驻地，找个人把我送过去，顺便给我弄点吃的来。"村长满口答应下来。一会儿他给我端来面条，又找来个领路的老乡，牵着一头小毛驴。

吃过饭后，我骑上小毛驴，在那老乡的引导下，午后来到陡山子村。这里驻的是八路军山东纵队 2 旅 6 团 3 营第 9 连。连长问了我一下情况，便派了个战士扛着枪在前面给我带路，送我到团里去。第 6 团团部驻车峪。到车峪后 6 团政委王建青出来迎接我。当我告诉他自己是万毅时，他十分惊奇和激动。代理团长毛会义同志忙着给我备饭，安排住处。我告诉他们自己有要事要向山东分局汇报，他们让我不要着急，既来之，则安之，暂且好好休息，解除疲劳，他们自会向山东分局报告。我心里踏实了，病痛、劳累、困乏一齐袭来，倒头便呼呼睡去了。我一觉醒来，已是 3 日夜间，第 2 旅旅部派来接我的四个骑兵已经到了。我在骑兵们的保护下来到十字路旅部。旅长孙继先和政治部主任孔繁彬接待了我。他们招待我吃了顿西瓜，又送我匆匆上路，因为谷牧已派骑兵来接我了。8 月 4 日拂晓赶到三界首，谷牧已先期到达此地等我。我大难不死，脱离虎口，此时此刻与谷牧同志相见，觉得分外激动和亲切。谷牧也是高兴极了。他问了我一些出走的情况，我简单讲了一下，便急冲冲地说："这些都无关紧要，关键是有件大事必须及时告诉你，赶快报告上级，111 师要出事儿了。"并向他讲了我本人对要发生的事件的看法以及我不能等在那里参加的原因。谷牧说："万毅同志，你就在这里休息吧，不要接着去分局了，如果到了那里，这个那个的都来看你，你就无法休息了。你现在最重要的是休息好。你谈的情况我回去后马上向分局汇报。"4日,我在三界首休息,除谷牧外,这时谁也不知道我究竟到了何处。

在三界首呆了一天多。5日傍晚,中共中央山东分局来了紧急通知,要我立刻赶到分局驻地。到了分局才知道,8月5日,张苏平派曹成镒到山东分局汇报111师"八·三"举事情况。山东分局开会研究这一突发事件,原在111师工作的王维平(王振乾)也到会。这次会上,我第一次见到了山东分局书记朱瑞。出席会议的还有115师政委罗荣桓,以及陈光、黎玉、谷牧等领导同志。大家见我到来,都很高兴。我被反动派逮捕后,山东分局曾多方设法营救,并上报中共中央书记处。现在大家见我安全归来,兴奋之情自不待言。情况紧急,大家顾不上客套,立即着手研究"八·三"事件。除了曹成镒汇报情况外,115师的情报科长也作了补充,我也汇报了自己了解的有关情况,并谈了初步看法。大家认为,111师原来是支很友好的部队。从1941年"二·一七"事件,反动分子的活动猖獗起来,与我八路军闹起了磨擦。现在的问题是如何使部队稳定下来。罗荣桓同志在会上指出:"既然已经发动了,我们就要帮助他们。过去这个部队有我们党的工作,与八路军一贯是友好的。但是一年半的反共实践对官兵们的影响也不能低估,即或一时成功了,也还会有变化。请万毅、王维平同志立即回去。"黎玉同志说:"万毅、王维平同志回去后,能抓就一把抓,一把抓不到就抓一把。"会上决定,凡过去从东北军撤出的同志,都尽可能安排调回到这支部队,以加强对这个队伍的掌握。罗荣桓同志还说:"主要靠同志们做工作,我们(指分局的同志)只能从外部帮助。57军独立旅现在有很大发展,对111师会有影响,请他们来些部队支援。听说管松涛带着两个连正在途中,很快就能到达。""要尽量说服常师长,不要改变部队的番号、称号,震动不要太大,尽快使部队镇定下来。"罗荣桓同志讲完后,朱瑞、黎玉先后发言,表示同意罗的意见,并作了些补充。

为了把情况进一步弄清,朱瑞同志提议带上我和王维平,向111师驻地靠近,见机行事。8月6日,我们从分局所在地朱樊来到了十字路。途中休息时,朱瑞同志让秘书毛鹏云给大家买来西瓜,请大家吃西瓜。大家一边吃着一边天南地北地聊天。我突然听到朱瑞同志问王维平同志:"常恩多是不是党员?"这时王维平反问朱瑞:"您是分局书记,您不知道他是不是党员,我怎么能知道?"他们之间的这段对话使我记忆很深。到达十字路以后,我们先是等候 57 军独立旅部队到来。这时,关靖寰派 333 旅教导队的杜荣民带上他的教导队来了,666 团排长李墨林也来了。于是,111 师的情况我们大体搞清楚了。

常恩多当机立断。"八·三"事变后局面混乱。常恩多逝世。中共中央山东分局协助整理稳定 111 师

原来事情是这样的:我越狱逃走后,第二天即 8 月 3 日早饭前,哨兵才发现,整个战区总部像炸了锅一样。我是蒋介石急电催促处决的"要犯",突然逃跑,使国特分子们急得像热锅上的蚂蚁,于学忠也觉得无法向老蒋交代。于学忠听说郭维城曾于 8 月 2 日下午去监狱探视过我,当即传郭问话。他问郭维城:"你昨天去见万毅,给他谈了些什么?"郭说:"我就说常师长病更重了。"于说:"你说这些干什么,万毅跑了。怨不得中央说,对他要么重用,要么就杀掉。"这时,正巧总部政治部主任周复来见于,郭维城搪塞了一下,即匆忙离开总部,连军帽也没有戴,迅速奔往 111 师驻地纸坊。郭维城来到常恩多病榻边,报告了我出走的消息。并对常说:"万毅跑了,我也得跑。不然,他们马上就会派人来追问我。"常沉吟了一会说:"那么现在就干吧,不用等我死了。"他马上叫来他的随从副官刘唱凯,通知陶景奎参谋长、刘宗颜副师长、刘晋武旅长(这时孙焕彩赴后方领弹药未回)和各团团长来师长处聆听讲话。陶、刘、刘来到后即被拘留,送工兵营看押。常令各团长一切行动听郭处长的,并留下 662 团团长孙立基协助指挥部队。同时宣告 111 师改称"东北挺进军",4 个团扩编为 4 个师。并公告"四大主张":(一)拥护三民主义、国民政府蒋委员长,反对以三民主义名义破坏东北军。(二)实行建国纲领。(三)联合一切抗日部队一致对外。(四)坚持抗敌锄奸。

3 日晚 11 时,郭维城、孙立基根据常师长的指示,开始向各团、营打电话,下达战斗命令:令 662 团 2 营阎普营长率部包围作恶多端的李延修和厉保元等反动地主武装;令该团 3 营韩希孟营长从东面包围、监视战区总部驻地李家彩和一溜彩;令 666 团关靖寰团长派两个营从西面包围战区总部并缴总部特务营和自动步枪连的武装。至 4 日黎明时分,于总部和地主武装被缴械。

8月5日，中共中央山东分局给中共中央和北方局的电报中对此次事变原因曾作以下分析：（一）目的是保存东北军团体。重提杀敌锄奸是雪"九·二二"后遭受挫折之愤。（二）对重庆接济失望，又受敌"扫荡"威胁，自身生存日益困难。（三）常本人病深难救，内部矛盾激化。（四）郭维城对常的策动。郭是主谋者和推动者。

电报也指出了这次举事的缺点：（一）宣布的四项政治主张和实际行动相悖，尤其以武力解决于学忠总部和软禁于更是错误的。（二）抛弃国军番号而另组东北挺进军，不能团结大部非东北籍的官兵。（三）举事出于常郭二人，缺少上层军官的支持，下面也不听指挥。

后来，解方同志告诉我，"八·三"事变后，远在延安的党中央不知底里，毛主席召见了在延安的两位东北军党员干部解方和贾陶，毛主席问常恩多是什么人？111师情况怎么样？解方和贾陶——回答后，毛主席说："啊！这是东北军孙铭九式的少壮派反蒋抗日。"

正如中共山东分局会议所预料的，由于缺乏政治思想基础和组织准备，"八·三"事变后，部队立即出现混乱局面。

8月6日凌晨，661团团长孙维嵩率先带走了他的那个团，并写信煽动665团团长张绍骞、666团团长关靖寰说："我们不听老师长的话就这一次了。"

8月6日晚，665团（欠一个营）在两个营长率领下未等团长张绍骞回团，就将部队集合起来准备拉走。张得知后立即赶到2营，企图说服大家。他刚开口说："老师长不是要带咱们投八路……"话音未落，一个预先埋伏在碉堡里的特务分子就用机枪扫射过来，张连中六弹身亡。2、3营全部叛逃。

8月7日，331旅参谋主任潘明山率旅部及662团叛逃，途中被团长孙立基追回了第2营。战区总司令于学忠也趁3营营长韩希孟叛逃之机，戴上草帽，穿上蓑衣，化装成一个老农民，逃往公路北去，恢复了他的指挥。

8月7日晚，关押陶景奎、刘宗颜、刘晋武等要犯的工兵营哗变，并护送陶、刘、刘等北逃。

666团2、3营及1营第3连也相继叛逃。

从8月6日起，111师即陷入极大的混乱之中。开始参加行动的部队有七八千人，此时剩下约2000人，师部剩有警卫连、骑兵连、手枪排、干3队；331旅除1个营外全部跑光；333旅665团剩一个机枪连和一个教导队，666团剩有团部直属的不足3个连和第1营（欠一个连）；总部特务团所属一个营部和两个连。战斗部队总计有 15 个连、4 个排。火器有平射炮 2 门，迫击炮 4 门，重机枪 12 挺，轻机枪 60 挺，步枪 1000 余支。

原来，常恩多与郭维城是想把部队拉出来，单独活动，另立局面。在部队面临全面瓦解的形势下，8 月 8 日，陶景奎、刘宗颜、刘晋武率逃到公路北的所有部队向 111 师驻地反扑，常恩多不得已遂下令向我根据地开进。

在向根据地开进途中，常恩多于 8 月 9 日凌晨去世。他临终前写有一封"上委座书"，申述他对蒋介石掩护贪污、压榨善良、纵奸不办、任用自私自利之徒、扶持贪污腐化势力等五点不满，故"电陈委座，痛除恶习，否则民族将沦于国民党领导之下，是所悲耳！"

"八·三"事件发生后，中共中央书记处发给山东分局并渝（重庆）周（恩来）的指示中称："常恩多事件是国民党军队内部的变化，我们不要发表任何文件及言论。国民党对常师的处理，我们也不要反对。如有国民党人询问，我们应表示不赞成常师的态度。"另，毛泽东致朱瑞的电报称："目前已至恢复国共谈判时期，山东方面凡可避免的国共磨擦，均须避免。常恩多事件，我们不应牵涉在内。你们报道了他们的新闻是不适当的。"盟军中国战区参谋长史迪威将军的顾问戴维斯曾就此事询问周恩来，周恩来否认我军攻击于学忠，说明这是"于部内部叛变"。

8 月 9 日，111 师中拥护常师长的近 2000 人和鲁苏战区总部数百人（为行文方便以下简称 111 师）进入根据地后，受到当地人民群众热烈欢迎和慰劳。山东分局书记朱瑞和 115 师政委罗荣桓，分别给校以上军官做了形势报告，给了他们以很大的鼓励。八路军和地方的许多剧团、宣传队，也先后到 111 师进行慰问演出，活跃了部队的情绪。

原 57 军出去的干部刘杰等同志组建的独立旅闻讯后，由管松涛、江潮带了两个连前来接应。老朋友们相见倍感亲切。独立旅的成长壮大也给了 111 师这支部队很大的鼓舞。

8 月 9 日，山东分局书记朱瑞根据中央指示精神，建议郭维城取消东北挺进军番号，恢复 111 师番号，以团结抗战口号代替"八大主张"、"四项主张"，同时没有同意郭维城提出的在根据地内划出一块地区推行中间路线的要求。郭维城接受了朱瑞的建议，并及时通报了我，还在 111 师高干中做了传达。9 日，山东分局派我回到该师。

一个月后，9 月 9 日，山东分局在给中央和北方局的电报中详细报告了

"八·三"事件后的情况。电报说:"八·三"事变为少数上层激于义愤而出之冒险行动,中下层对之缺乏了解,事变后局势极为混乱,逃亡严重,现剩下 2000 人。"在此情况下,我方针为:迅速协助友军整理稳定尚存部队,迅速控制山区防止叛部卷土重来"。

从 8 月 10 日起到 19 日止,八路军为掩护友军进行了第一次甲子山战役(111 师同时参战),击退了叛军的进攻,安定了军心。

9 月 9 日电报指出:友军南移后,部分下层怀疑此举是投降八路,经解释后旋即平消。特别是在反顽战斗胜利后,部队情绪显见高涨。现该师经我说服,已取消东北挺进军番号,恢复旧番号。师长由万毅代,郭维城任副师长兼政治部主任,王振乾(即王维平)任政治部副主任。万在部队有信仰……,郭为热血的大东北主义者,前曾在上海少共闸北区委负责过工作团工作,似无深刻成见,不钻牛角。

电报还介绍了原 111 师两名团长孙立基和关靖寰以及团营干部等简况:

孙立基为进步军官,关靖寰也为一善良军官,团营干部或为进步分子,或为战斗中有功者。下层及士兵生活已获改善,管理也开始民主,故渐趋安定。

电报说:山东分局对 111 师的巩固整理工作建议三点,即团结上层,改造干部,教育士兵。提出"诚心诚意协助其巩固与发展",争取其为非八路化的外围军(保持其名义、制度及立场)。因当初拒绝了郭维城想单独建立一中间性政权的要求,乃商定以我根据地朱梅以北,相底以东,碑廓以西,坪上以南地区为其整理及活动地区。原 111 师驻地北山区,政权由滨海民主政府接收,他们今后的物资供应及兵员补充由滨海区行政专员公署负责。分局正以一切办法保证其给养开支,尽量设法为其建立单独的兵工、被服等厂和提供文化方面的设施。在取得他们同意后,还进行了电台的改装,另行配备了电台及报务人员。为协助其部队工作,又将原从东北军出来的干部约七八十人,陆续调回到 111 师。

常恩多逝世后,郭维城提议秘不发表,一切文件仍用常师长署名,万毅、郭维城任副师长。这种做法一直延续到 1942 年 12 月 12 日我在干部会上被选举为师长时止。

事变部队保持了原两个旅(331 旅、333 旅)3 个团(662 团、665 团、666 团)的架子,总部来的两个连编为独立团。孙立基任 331 旅旅长,关靖寰任 333 旅旅长，于文清任师参谋长。部队整理及活动地区远离敌伪顽三方，环境较好。

三次甲子山反顽战斗。粉碎日寇秋季"扫荡"。111 师不断接受新的战斗考验

"八·三"事变后，111 师（为与事变前有所区别，该部被称为新 111 师）进入滨海抗日根据地不久，还未来得及整训，就连续在甲子山区参加了三次反顽战斗。

甲子山区位于日（照）莒（县）边界、日莒公路以南，在滨海根据地中心，是我军向日莒公路以北发展的咽喉要地。这里原为 111 师的防地。"八·三"之后，逃往日莒公路以北的叛军，惊魂稍定，即纠集残部，在原 333 旅旅长刘晋武指挥下，乘八路军主力尚未集中，于 8 月 9 日至 13 日，占领了黄墩、浮棚山、纸坊等地，加修工事，积极备战。面对这一形势，朱瑞与罗荣桓、陈光、黎玉等领导同志研究决定，调 115 师教 2 旅 6 团、山东纵队 2 旅、57 军独立旅 1 团等部与新 111 师一起进行讨叛战役。8 月 14 日参战各部队到达指定位置后展开攻击。8 月 18 日叛军不支，分路向北逃窜。是役，毙、伤叛军 500 余人，俘数百人，缴获平射炮 1 门，轻机枪 5 挺。这是甲子山第一次反顽战役。

叛军溃逃时，孙焕彩正率 662 团 1 营、665 团 1 营从安徽阜阳回来（在此之前 665 团 1 营从四川万县到阜阳归建）赶到莒北。这时，他接到于学忠任命他为 111 师师长的命令，接着便率部在日莒公路以北的街头、徐家沟、黄庄一带收容残部，组成顽军 111 师。整编就绪后，孙焕彩于 1942 年 10 月，与叛军朱信斋、日照县保安团李延修等顽部配合，集中兵力越过日莒公路，再次疯狂扑向甲子山区。八路军山东军区帮助新 111 师组织第二次甲子山讨叛战役，后因日伪军"扫荡"，为避免两面作战，新 111 师撤离甲子山区。

孙焕彩控制了甲子山区的石场、纸坊、刘家东山一线，在所占地区征集民夫、修复圩寨，横征暴敛，无恶不作。广大人民群众强烈要求我军讨伐叛军，拯民于水火之中。山东分局向中共中央请示，中央批复：111 师叛军如继续向我进犯，在有理有利的情况下，可予以反击。山东分局和山东军政委员会遂决定集中优势兵力，趁海陵、郯城战役之间隙，于 1942 年 12 月 17 日

发起甲子山第三次反顽战役。参战部队除新 111 师外，有 115 师教 5 旅、教 2 旅第 3 团、山东军区第 2 旅 5、6 团等，以数倍于叛军的兵力向甲子山敌人展开进攻。敌人凭碉堡顽抗，我军屡攻难下。22 日后，改用炸药包爆破和坑道作业，收到明显效果。至 27 日，叛军粮弹耗尽，伤亡增多，待援无望，士气大落。28 日，叛军 333 旅 1200 余人由张家石旺向北突围，我军沿途截击，毙、俘甚多。29 日，孙焕彩率叛军主力，分由纸坊、石场、刘家东山向德靖山方向突围，遭我各部队截击尾追，几至溃不成军。叛军逃到日莒公路以北，在街头、黄庄、徐家沟一带休整，从此不敢南窥甲子山区。此役历时 12 天，毙、伤叛军千余，俘 331 旅参谋主任任家麟以下 1137 人，缴获武器弹药甚多。

新 111 师在共产党、八路军和根据地人民群众亲切关怀和大力支持下，经过三次甲子山反顽战役，打跑了孙焕彩，作为我党的一支外围军，协助八路军收复了滨海地区的战略要地甲子山区。

在第二、三次甲子山反顽战斗之间，新 111 师还参加了 1942 年反日寇秋季"扫荡"。1942 年 9 月，秋收尚未结束，日寇就扬言要大"扫荡"滨海区两个月，并通过特务机关将其"扫荡"滨海区的假作战计划送到我军，同时，临沂日寇 2000 余人向沭河以东我滨海区进犯，以迷惑我军。另一方面，敌又秘密将第 23、59 师团，第 5、6 混成旅团等部主力，迅速集结于沂蒙区周围之临沂、蒙阴、沂水、莒县等地，待机行动。我山东党、政、军领导机关驻在滨海区，机关庞大，行动不便。山东分局决定，除家属隐蔽外，山东军区和山东省战工会（即省政府）等机关都要转移到后方，即跳到鲁中区。我和郭维城、于文清、王振乾同志共同商定，采取紧急疏散措施，留我和王振乾带新 111 师部队在滨海区腹地坚持斗争；郭维城、于文清带独立团和警卫营一部掩护机关跳出去。10 月下旬，接到山东军区命令：新 111 师主力配合抗大上干队，在板泉崖、黑林镇及柘汪一带坚决阻止北犯之敌；独立团及警卫营 3 连一部掩护师部机关及辎重等，急随山东军区机关转移到沂蒙山区。1942 年 10 月 26 日，日军纠集临沂、蒙阴、沂水三地兵力约 1.2 万人，分 12 路，以南墙峪为中心，构成直径约 35 公里的包围圈，对我实行突然合击。当敌对南墙峪合围圈初步构成时，鲁中第 2 军分区后勤部、抗大上干队、新 111 师独立团和警卫营第 3 连等和民兵、群众共 8000 余人陷入敌合围之中。

新111师副师长郭维城查明情况，决定抢占有利地形南墙峪制高点悬崮顶。悬崮顶是一孤立的山头，山上有一块突起的石头顶，面积约1公顷，山形东西狭长。新111师刚攀上悬崮顶，抗大一分校副校长袁仲贤率上干队，鲁中第2军分区后勤部张玉华政委率警卫排也登上悬崮顶。27日，日军以密集炮火和7架飞机对悬崮顶进行狂轰滥炸，并从北东两面发起进攻，受挫后又从西侧进攻。新111师独立团和警卫营3连越战越勇，战斗紧张时，独立团机关干部和勤杂人员也投入战斗。血战竟日，击退日军一次又一次进攻，胜利坚守住了阵地。黄昏，独立团分两路突围。一路由独立团团长侯宜禄率领，向北猛突，遭日军截击，侯团长不幸牺牲，政治处主任秦霜、副团长宿殿奎率部猛烈冲杀，终于突出重围。另一路由郭维城率领，几经拼杀，突围未成。这时敌人到处明火为号，层层包围封锁，情况十分危急，幸得一老乡主动为部队带路，部队才连夜冲过悬崮顶鞍部、西墙峪、虎存顶等，胜利到达坦埠以北地区。悬崮顶血战，新111师独立团打得十分出色，受到鲁中军区的表扬、慰劳和山东军区通报嘉奖。

从新111师到滨海支队，经过整顿，终于成为党领导下的一支人民武装

1943年1月27日，山东党政军民各界人士及新111师官兵在山东滨海区莒南县朱梅村，为常恩多师长举行了隆重的发丧仪式，我担任主祭人。山东军区和滨海区的党政军机关和领导送了花圈、挽联或挽幛，参加凭吊的各界人士络绎不绝，吊唁活动持续数日。发丧仪式后，我们将常恩多师长的灵柩隐蔽浮厝起来，以防敌人和叛军将他的遗体毁坏。

这次悼念抗日爱国将领常师长的活动，对新111师官兵起到了巨大的教育和鼓舞作用。后来，师里专门编辑出版了《常故师长纪念册》，刊登了郭维城、王振乾和我等一些同志的纪念文章，以及发丧仪式上的一些挽联。该纪念册由陆万美和刘祖荫同志主编，由大众日报社承印，分发到苏、鲁、皖各抗日民主根据地和八路军、新四军机关及部队，产生了一定的影响。

甲子山三次讨叛战役结束，新111师开往莒南县朱梅村为中心的茅墩一带整训，开始了把这支旧军队改造成为一支人民武装的过程。

新111师广大官兵有炽热的爱国热情，英勇善战，但毕竟是从旧营垒里

冲杀出来，长期受国民党军队的宣传，事变前有一年半的反共历史，保留着一些旧军队的习气。主要是：在一些干部中残留着东北军的"正统观念"，想走中间路线，另立门户等等；军官出身于正规的东北讲武堂，学了成套的典、范、令，受单一首长制和单纯军事观点影响，对"党的集体领导下的首长分工负责制"等民主集中制一时尚难接受；部队成分比较复杂，对国民党政训人员和特务机关素有恶感，但对革命军队的政治工作制度亦有某些误解或抵触。此外，部队中还存在着一股叛逃活动的暗流，孙焕彩还不时派人来进行策反活动。

一天下午，666团第1连连长张振山，悄悄地把他的亲信老炊事员徐贵亭叫到屋里说："我想把这个连拉回去（指回叛军），临走要把八路派来的指导员捆走，你要拉拢些较近乎的人一齐干，你可千万要替我保密呀！"这位老炊事员一出屋就直奔团部，报告了团副指导员翟仲禹同志（当时团、营、连三级政工干部均称"指导员"，前面分别冠以团、营、连字样以示区别）。张振山发现苗头不对，就一个人逃走了。不久，该团第3连又有个姓郑的班长组织了几名战士，企图拖枪逃跑，但是依靠进步士兵对共产党、八路军的坚决拥护，这一干人犯终于被揭露逮捕，主犯经公审后被处决。针对这种情况，对部队进行了反叛逃教育。对揭露张振山的老炊事员徐贵亭，师部给予嘉奖，并在师部油印小报《挺进报》上刊载他的事迹，号召部队以他为榜样，抵制叛逃。我还向部队提出："不打人，不骂人，吃得饱，穿得暖，官兵友爱，团结抗战。"我向部队公开说："我要求的事项，我自己首先做到，并接受大家监督。如果我违反了，那么，枪在你们手里，你们随时都可向我开枪！"

1943年初，山东分局决定，将新111师改建成我党领导的一支人民武装，并提出三点具体措施：一，要求该师改建成为我党绝对领导下的人民武装。在现时，为了团结抗战，扩大统一战线影响，对外仍用友军111师的番号。二，自上而下建立党的各级组织，实行党的一元化领导。三，建立政治工作制度，开展政治教育，提高军队的政治素质。

山东分局提出的诚心诚意帮助新111师的巩固和发展，为新111师拨正了航向。我党及时建立了以万毅为书记，王振乾、李欣、王翀、秦霜、常克为委员的工委会。发展了刘唱凯、彭景文、宋景龙、孙学仁等十多位同志入党。

对上层的团结方面，分局领导做了很多工作，如与郭维城恳切谈话，让他兼任政治部主任，后来又安排他担任山东省战时工作委员会委员，在政治上对他很信任。在整训期间，鉴于两个旅部事情不多，我向朱瑞提出将两个旅部撤销，人员另行安排。朱说："你们要开个会商量，不要个人作决定。"经过商议，大家一致同意将 331 旅旅部改为后勤部，333 旅旅部改为干校，孙立基改任后勤部长，关靖寰改任干校校长。由于经过充分协商，大家都愉快接受。孙立基后来还担任了山东省参议会的参议员。干校和抗大一分校合并后，关靖寰改任一分校副教育长。对这些安排，有关人员都很满意。

这些工作是山东分局领导直接做的。由于对领导层的工作做得充分，一切工作进行起来就比较顺利。

对中层干部的教育改造，主要是通过办干校轮训。工委派政治部陆万美副主任和抗大一分校调来的李林协助关靖寰工作。关对他们的合作感到满意。

教育战士主要靠建立自上而下的政治工作。

新 111 师过去曾有过国民党政训处（后改称政治部），但他们搞的是特务政治，在官兵中没有什么好影响，官兵称他们是"白吃饱"，基层也没有政工人员。我们派到各级的政工人员，都称为指导员。这些指导员有不同的来源，少数是原在 111 师工作过的，也有早从 112 师出来在八路军工作一段的，还有从抗大和八路军来的。政治干部的来源不同，就会有不同的认识。绝大多数指导员工作主动，也能适应新的环境，搞好和官兵们的关系，但是也有个别人看不惯这支旧部队，不愿干。王振乾副主任在领导和协调这些来自四面八方的政工干部方面做得很好，和军事一把手行动上也很合拍。

随着各团、营党支部的建立，工委主要是抓党的工作，遂改称总支委员会，万毅、王振乾分任正副书记，李欣、秦霜、王翀、吴云、常克等先后担任过委员。各团均成立了党的支部。在此前后，山东分局陆续将在 57 军工作过的我党党员干部 70 余人派回来，其中有李欣、翟仲禹、李复炎、尤深、秦盾、邱兢等。另从抗大一分校、青年干校、山东军区宣传队及各野战部队抽调了一大批优秀政工干部，充实全师各级骨干。他们有的受过正规的军政训练，有的有基层军政工作经验，有些还是土地革命战争时期参加工作的老同志。总起来说，都是经过精选的干部，派来之前有的还经过山东军区组织部长梁必业同志亲自谈话。后来，山东军区为帮助我师加强基层工作，又派来了一批党员老战士和战斗骨干，充实到战斗班里，同时还进行了我党我军光荣传统、"三大纪律八项注意"及民主教育，强调政工人员多深入下层，和干部战士交朋友，打成一片。比如666团机炮连指导员林钧同志，一到机炮连，就劝说连长崔凤祥带头废除连部"小灶"。各连在指导员的带动下也都废除了小灶。后来全师各连都成立了经济委员会，实行经济公开，士兵监督经济开支，连长也不再吃空额、喝兵血，连队伙食大大改善，加之实行官兵平等，这一切都受到了广大士兵的拥护。连队里文化工作开始活跃起来，赌博现象消灭了，靠赌博赚钱的兵虿子绝迹了。还加强了群众纪律的检查。

通过到边缘区活动保卫夏收，提高了部队"为谁当兵为谁打仗"的觉悟，知道了当兵为人民，不是为了"四块零八分"（旧军队士兵每月饷银）。部队里政治学习的风气开始建立。666团彭景文团长是个学习模范，过去抽大烟的不良嗜好戒除了，入党给了他新的生命，他如饥似渴吸收新知识，主动找指导员，对连队干部逐个进行分析、排队，打完一仗还向干部做战斗经验总结。这在旧军队是从未有过的。

这支部队在根据地革命政治气氛影响下，一天天进步。过去群众眼里的反共反人民的顽军，慢慢变成了"七路半"，意思是说，只差那么半步，就是"八路"了。还出现了地方妇救会帮助动员旧111师的逃兵归队的事。

1943年"八一"建军16周年，115师在蛟龙湾举行庆祝建军节活动，新111师官兵前去参观了军史展览，和八路军一起接受了分列式检阅。

成立滨北军分区时，新111师领导参加了军政委员会，师团两级领导也参加了地县两级党委会。新111师驻在以罗家凤台为中心的五莲山区，一边执行任务，一边继续整训。

为了使政治工作更加走上正轨，师政治部王振乾副主任，组织全师政工干部学习八路军政治工作条例，结合部队实际，总结了前一段建立政治工作的经验，并制订了在部队中发展党组织的计划。

接着，各团开办了积极分子训练班，选调连队中的优秀战士参加轮训，用中国共产党的党纲来武装他们，然后发展他们入党。这种训练班两周一期，各团政治主任亲自授课，收到了很好的效果。连队进入了党的大发展时期。

解放区的大生产运动和拥政爱民运动，对部队产生很大的影响。新111师官兵在这两大运动中受到了深刻的教育，劳动观念和群众观念都有所提高，推动部队更加走向革命化。这支部队原本是大地主大资产阶级的雇佣军，谁给钱就给谁打仗，当兵就是为了升官发财，所谓"千里做官，为的吃穿"，"大炮一响，黄金万两"。与此相反，八路军来自人民，属于人民，为了人民，所以他们生活不脱离群众，当兵不脱离生产，打仗为了人民，他们是工人农民的子弟兵，他们既是一支战斗队，又是一支工作队和生产队。

1944年春天，山东军区后勤部召开后勤工作会议，罗荣桓政委出席了会议。经研究决定，把新111师原来的薪饷制改为供给制，官兵不分等级，一律每人每天一斤二两粮、三钱油、五钱盐、一斤半菜，每月三元钱的生活津贴。要求部队自己种粮、种菜、搞副业生产，基本上做到半自给。新111师后勤部副部长李鸿德出席了这次会议。罗政委问李鸿德，这样改对部队有没有影响。李说："没有什么影响。战士原来是四元零八分，但官兵有区别。现在官兵平等，一律三元钱，战士当然没有意见。干部经过这么长时间的教育，思想觉悟有了很大提高，工资虽然减少了，但一切（指个人的衣、食、住、行、学习等生活的必需品）都由公家包了，伙食上对干部又有所照顾，分小灶、中灶，干部们更不会有什么意见了。"从薪金制到供给制是个不小的变化，它牵涉到所有的军官，也意味着从雇佣军到人民军队的重大转折。在这个转变中，没有引起波动，说明"为人民服务"在干部的思想中已扎下根了。另一方面，由于后勤工作同志的努力，为新111师由薪金制向供给制过渡做好了充分的物质准备，他们的功劳是不可埋没的。

1944年春节期间，在滨北地区开展了轰轰烈烈的拥政爱民拥军优属运动。新111师有些战士来自滨海地区，他们的家属和八路军家属一样得到当地党政群组织的优待照顾。根据地人民在共产党领导进行的"二五减租，分半减息"中得到好处，踊跃动员自己的子弟参军。这些参军青年，披红骑马，来到了新111师。广大官兵目睹了这一切，深受感动。在师的拥政爱民大会上，与会官兵第一次振臂高呼："中国共产党万岁！""永远跟着共产党走！"

到滨北后，为开辟根据地，消灭敌伪有生力量，打了一些仗。有的是配合八路军打的，有的是单独打的。有胜利的，个别也有受挫的。新111师在配合友军作战中，学习了他们英勇顽强的战斗作风和机动灵活的战略战术。

在进行政治整训的同时，也进行了军事训练，掌握射击、投弹、刺杀、爆破等四大技术和分队战术。武器装备也有某些改变，如将迫击炮改为平射

（打炮楼用），以及黄色炸药的装配等。这支部队第一次学会了使用炸药。打落花前那仗，我们出现了杜胜那样的青年爆破手，他被选送出席了山东军区的英模大会，军区首长授予他战斗英雄称号。

在山东分局和山东军区领导下，这支部队，经过了两年多不平凡的历程，"非八路化的外围军"这个旧形式，已经不再能适应新形势发展的需要了。

这时，国际反法西斯战争节节胜利，日本帝国主义败局已定，山东的抗战形势有更大的发展，于学忠率东北军于 1943 年 7 月撤出了山东，再用 111 师这个番号，不仅无益，反而有害。为此，山东分局和山东军区及时地做出决定，授予这支部队以八路军山东军区滨海支队的新番号，并派山东军区政治部主任萧华代表分局和军区到新 111 师正式宣布这一决定。

1944 年 10 月 20 日，一个金风送爽的日子，在罗家凤台的干部大会上，萧华主任向大家表示祝贺，并宣布任命我为滨海军区副司令员兼滨海支队支队长，王振乾任支队政治委员兼政治部主任（郭维城同志这时调山东行政委员会工作），彭景文任副支队长，管松涛任参谋长，阎普任副参谋长，李欣任政治部副主任。原辖独立团改为 25 团，666 团改为 26 团，662 团改为 27 团。萧华还作了为建设一支青年党军而奋斗的讲话，通过新旧两种军队的对比，详细阐述了党军的建军宗旨、党军的性质、特征及其光荣使命。广大官兵聆听这个喜讯后，莫不欢欣鼓舞，感到无上光荣。

新 111 师从此结束了它曲折的历程，跨入了新的建设阶段。

第十一章　讨逆反顽，迎接抗日战争的最后胜利

诸（城）胶（县）边战斗中负伤。罗荣桓司令员派骑兵送药。
罗生特医生说："万毅同志，你的伤，很快就会好的，
但伤愈后要留下两个酒窝"

部队改编为八路军滨海支队，官兵的情绪振奋，都想用打胜仗来表示庆贺，纷纷向上级请求战斗任务。在这种情况下，我们接受了与滨海军区1分区一起，到日照、诸城公路以北开辟新区的任务，在诸城与胶县之间的藏马山地区，负责保障滨海地区与胶东地区的交通联系。这时的滨海支队约有2000余人。部队刚刚进驻藏马山区一个月，就开始了讨逆战斗。

1944年11月23日晨，支队部和26团开进封家小庄，刚刚吃过早饭，伪军李永平部，翻过横山，向小庄压过来。接到情况报告，我立即来到村东边，从望远镜里观测到，敌人打着小太阳旗，正从山上下来。这个伪军李永平部队，是经过日军训练的，在这一带修了不少碉堡，有点战斗力。我立即指挥部队，把一挺九二式重机枪迅速架起来，准备给从山上下来企图过河的敌人以迎头痛击。枪架好后，发现正面是一片蒿草，影响视线。我说："时间来不及了，不要移动了，由我来观察弹着点，下达射击口令。"我看到敌人散兵移动的方向，赋予射限，即下达："三发点射！"口令一出，重机枪响处，敌人应声倒下。我很高兴，连声说："好，打得好，就这打！"我站在那里，只顾观察弹着点，忽视了隐蔽，一颗子弹飞来，从我的右腮打进，左腮穿出，牙也打掉了，血流满面，伤势很重。我立即被抬了下来，但是头脑还很清醒。26团继续战斗，我下来时还记得向干部交代，前几天，西安事变时的那个孙铭九，在济南当了伪军，派了一个叫谭远志的人来我处做瓦解工作。我告诉干部，把那个人好好看住，不要让他趁战斗混乱时跑了。说话

困难了，我还写了一个字条：先抓起来，等我回来再与他算账！这次战斗 26 团 3 连指导员李复炎（共产党员）带领战士在村外迎击敌人，将敌人击退。在战斗中他也负重伤，在与我一起后送途中，因失血过多牺牲了。

我从阵地上下来，转送到滨海支队后方，体温急剧上升，达到 40 度。随行医生缺少药品，有点束手无策，担心会感染破伤风。正在这时，山东军区罗荣桓司令员兼政委，派骑兵送来了一支破伤风血清，医生马上给我注射。接着，我的体温也降了下来。罗政委在接到我负伤的电报后，担心我的伤情恶化，在极为困难的条件下，把有限的极为珍贵的破伤风血清，派骑兵从百里之外星夜赶路送来，挽救了我的生命。接着，罗政委又派来华支援抗日战争的奥地利医生罗生特，越过封锁线，来到我的住处，为我检查伤情，进行治疗。罗生特检查后告诉我，这次负伤，也算是不幸中的大幸，打进下颌的子弹，稍微偏上或是偏下，都会有十分严重的后果。他仔细检查了我的伤势，通过翻译风趣地对我说："万毅同志，请放心，你的伤很快就会好的，但你被打掉的七个半牙的牙根要一一拔掉，再装上假牙，不会妨碍你吃饭，也不会影响你的容貌，相反，你会变得比以前更加漂亮，因为你的脸上会出现因这次负伤而产生的一对酒窝。"一席话，把在场的同志都逗乐了。这是我第一次见到罗生特大夫。这个黄头发、蓝眼睛、高个子、大鼻子的外国大夫给我留下了十分深刻的印象。没想到，从那以后，我们在一起相处了较长的两段时间。一段是我这次负伤后的 1945 年年初，我的伤口尚未愈合，罗政委派骑兵把我接到山东军区，同时请罗生特大夫就近给我治伤，接着又一起经

1949 年 4 月，国际共产主义战士罗生特医生应第四野战军政委罗荣桓邀请到天津疗养，罗生特（右一）、罗荣桓（左二）、万毅（左一）在天津塘沽港合影留念。

历反"扫荡"，相处近两个月，建立了深厚的友谊。

另一段是解放战争时期，罗生特曾在我们东北民主联军第一纵队（38 军前身）当卫生部长，纵队召开的欢迎大会刚结束，罗生特大夫立即开展工作。他经常深入病房、前线，不顾个人安危抢救伤员。在四平攻坚战期间，罗大夫一直往返于东丰、海龙一带的医院和卫生所，抢救危重伤员。对手术难度较大的伤员，他总是亲自上手术台。罗大夫处理重伤员十分谨慎，只要伤员尚未脱离危险，他就不离开。每一批伤员来到，他都要在全部处理完后才去休息，有时忙得顾不上吃饭、顾不上喝水。从四平撤围后，一纵到辽源（原西安）县休整。罗大夫利用这段时间在海龙举办了一个短期卫生训练班，培训了一批医疗卫生骨干。他亲自任教，并运用救治伤员的机会，边操作边向医务人员讲授战伤处理的原则和自己的经验。他强调分秒必争，决不能延误对伤员的治疗。在治疗过程中，他特别强调无菌观念，熟练掌握战伤处理的四大技术，特别是对骨折的固定，更要一丝不苟，以减少伤员的残废和死亡。纵队还召开了卫生工作会议，罗大夫主持会议。对战伤救治、阶梯治疗和伤员后送，急救工作和各级卫生保障工作，都进行了总结，又对有功的卫生工作人员进行了表彰奖励。此段时间，我们纵队的卫生工作真是搞得井井有条。这使我更深切地感受到他崇高的医德和精湛的医术。罗大夫不顾个人安危，以极其负责的态度救治伤病员的精神，总是引起我难忘的思念。

1949 年，罗生特准备回国，罗荣桓元帅想挽留他，但他出国已逾十年，思乡心切。当年 4 月，我曾陪罗帅与罗生特在塘沽合影留念，让我万万没想到，这次相聚竟然是我们最后一次见面！1952 年，在赴以色列探亲时，年仅 49 岁的罗生特大夫，不幸因心肌梗塞而英年早逝……

1945 年初，我被转送到公路南滨海军区卫生部附属所继续治疗。我的伤口还没有完全愈合，敌人又要"扫荡"了，附属所要作较长时间远距离转移。指导员来找我商量，打算让我到山东分局和山东军区去，随机关行动会更安全些。我不同意这个安排。敌人"扫荡"司空见惯，算不了什么。我的伤口虽然没有全好，但两条腿还能走路。分局和军区的警卫部队，保卫机关和首长已经够吃力的了，我没有必要再去增加他们的负担。指导员听了我这番话，还是继续向我做说服工作。正在争执中，军区骑兵来了，拿着罗政委的信，来接我到军区去一起行动。指导员这时笑着说："咱们这场谈判，罗政委给裁决了。"面对罗政委一次又一次的亲切关怀，我激动的心情久久不能平静。

组织讨逆战役。罗荣桓要我指挥四个主力团，内有一批著名的红军战将，心里不免有些嘀咕

1945 年春天，我伤愈出院，回到滨海军区工作。

5 月间，有一天，罗荣桓政委找我去谈话，他说："有一个任务要你去执行，你考虑一下再答复。"

他讲得很严肃认真。我听了这个任务，着实地想了一阵子，最后还是下决心接受了。

这个任务就是，要组织滨海 6 团、13 团，鲁中的 1 团、12 团，共 4 个主力团，联合展开一次对伪军张步云、吕孝先的讨伐战役。这 4 个团有两个是红军部队的老底子，另两个团中有大批红军干部，领导干部如孙继先、梁兴初、贺东生、江拥辉、钟明才等，都是红军中的著名战将，在长征中建立过功勋。我这么一个刚刚从国民党部队过来的新手，这么一个大战役，能指挥得了吗？弄不好，个人受点损失不算什么，给部队带来危害，那还了得！可是再一想，这次组织上把这样的重任交给我，也是对我的极大信任。另外，能和老红军部队的战将在一起行动，不懂了就多问，也是个学习的好机会嘛。我对罗政委说："我顶多指挥过两个团，指挥四个团我不敢。"罗政委说："要培养高级指挥员，你总得锻炼嘛。"于是，我下了决心，勇敢地接受这任务。山东军区任命我为战役指挥员，梁兴初、孙继先为副指挥，开始了这次战役行动。

张步云部是执行国民党的所谓"曲线救国"方针而投敌叛国的伪军，号称率兵 1.3 万之众，盘踞于诸城南北地区，为虎作伥，无恶不作，人民对这些民族败类恨之入骨，纷纷要求八路军予以严惩，救民众于水火。时值抗日战争胜利前夕，为巩固和扩大解放区——战略反攻基地，消灭日伪有生力量，山东分局和山东军区遂决定于 6 月底开展对张步云逆部的攻势。

部队行动那天，正逢下暴雨，夜过潍河，官兵们的被服装具全都湿透了。大家在泥泞中行进，但是情绪非常高涨。我和指挥员们部署，由 13 团和 12 团主攻丁家沙窝和大双庙之敌。6 团包围相州，预备打援。团长贺东生由于没有担任主攻任务，作为总预备队，憋了一肚子气。看到他们那种求战热情，我自己也很受教育。这次战斗中的主动性和积极性，是国民党部队所

根本不具备的。部队冒雨过了潍河，奔向敌人后方悦乐镇，山洪又汹涌地倾泄下来，在这种情况下，我军突然出现在敌人面前，打得敌人措手不及。13团在各种火器的掩护下，炸药包开路，连续猛攻，很快突进大双庙圩内，解决了张步云第1旅。这时，12团也拿下了丁家沙窝。6团本来是监视相州敌人，准备打援。但12团、13团一突破，贺东生立即活跃起来，并且主动包围了相州，组织突破，很快拿下了相州，围歼了张步云的第3旅。这一仗，我共毙、俘伪张部旅长以下1500余人。部队打这样的胜仗，全靠红军的老传统，敢打敢拼积极主动，并不单单靠指挥正确。部队消灭了敌人，梁兴初又主动担负起政治委员的责任，带领部队做群众工作，开仓分粮，把张步云搜刮群众的麦子分给饥饿的百姓。这些行动使我不仅分享了胜利的快乐，也从中学习了老红军的好思想和好作风。

消灭了张步云伪军两个旅之后，根据山东军区赋予的作战任务，孙继先带1团、12团转向景芝方向发展。我和梁兴初带6团、13团继续东进，展开消灭这一带最后一个顽固的汉奸吕孝先伪军之战。吕孝先是诸城伪保安团长，共有600余人，和鬼子拉得很紧，吕孝先的一个弟弟就在鬼子机关做事。吕率其主力一部据守埠头，一部据守昌城。7月底，6团将埠头严密包围。3营营长杜秀章组织火力掩护，连续爆破鹿砦铁丝网，并俘敌军30余人。北门连续六次爆破未果，第七次战士以刺刀插入寨子大门缝，挂上炸药包，才把围墙炸开，突击队一拥而进，把敌人压缩在东南角几个大院内，部队喊话，要敌人缴枪投降。吕孝先派副官出来搞假投降，表示要接受改编，他要求缓一两天，把部队整理一下。这本是诡计，他们是想等鬼子来增援，梁兴初和贺东生对这一阴谋洞若观火，说："根本不要理他们那一套，我们该干什么就干什么。"当部队突进敌人据点时，果然吕孝先在部署突围。这一仗，彻底端了吕孝先的老窝，歼敌600余人。战斗结束不久，日寇从诸城方向来了。他们是来支援解救吕孝先的，但是来晚了。那天早晨，日军从东南方向来，与部队接上火，我们准备转移。保卫科来人说："吕孝先赖着不肯走！"我一听火了："汉奸还想干什么，等鬼子来救？不走，就枪毙他！"在旁边的梁兴初听了，对我说："副司令员同志，还没出布告，不能枪毙呀！"梁兴初的提醒很对，于是我说："对，他不走，把他拖到马上也要拉走。"后来，正式报了军区，经过批准，开群众大会公审，才将他枪毙。这件事情，也是对我的一次深刻的政策教育。

轻信敌人，出了纰漏，向军区请求处分。罗荣桓严肃恳切的批评

消灭了张步云的1、3旅和吕孝先部，接着我和梁兴初同志带6团、13团往胶县方向前进，准备打铺上。这里有伪军张洪飞部1000多人，在张的部队中，有我地下工作人员。当部队靠近时，我敌军工作组长韩文一出来联系，说张洪飞请求与部队领导面谈，我同意了。韩即将张洪飞带来见我们。事先我没有同梁兴初、贺东生等交谈，征求他们对谈判的意见，也没有分析和准备如何答复张洪飞可能提出的问题。因此，与张洪飞见面时，梁兴初、贺东生在座，都没有表示什么意见。张洪飞谈的问题似乎很简单，第一表示接受改编；第二要求我军不要太逼近铺上，给他两天时间，容他做好下属的工作。我没有深思熟虑，也没有再问一下在座几位领导的意见，就一口答应下来。张洪飞走后，贺东生提出：不能完全相信张洪飞，应该把部队逼拢过去。我没有同意。他又建议，以一部分部队埋伏在通往胶县的路上，以防张洪飞连夜带队伍逃往胶县。我说，这样做会给张洪飞以口实，说我们不信任他。这样对仍在那里的我们的秘密工作人员也不利。

我这种宋襄公式的"仁义"，使自己上了当，犯了一次丧失战机的错误。当天夜里，张洪飞果然逃跑了，把队伍拉到了胶县城。幸亏贺东生早有戒备，派有警戒部队，发现后，及时追击，把被张洪飞裹走的我军地下工作人员救回。然而，敌人却跑进了胶县城里。

事发之后，我的心像灌了铅一样沉重。回到山东军区，我当面向罗荣桓政委汇报了事情的经过，并请求军区给我以应得的处分。罗政委在全面肯定了这次讨逆战役的胜利之后，对我进行了恳切的批评教育。他说："给你一个处分解决什么问题，吃一堑长一智，找找犯错误的根源嘛！"

当我检讨说，我的见解太迂腐了时，罗荣桓打断我的话说："迂腐，这还只是事情的表象。张洪飞这种人，在他没有把队伍交出来之前，他还是敌人嘛！你怎么可以轻易相信他呢？"接着，他启发我从事情的本质方面找找原因，总结出有用的经验教训来。

当我说我犯错误是由于自己骄傲了的时候，罗荣桓指出："这还不够，还应该想想是从什么时候开始骄傲起来的，为什么会在那个时候骄傲起来？"

我一时答不上来，只是涨红了脸，摇了摇头。

看到我这种窘态，罗荣桓语气温和地帮助我分析了出毛病的具体原因。当讨伐张步云的战役开始时，由于还没做出什么成绩，思想上存在患得患失的弱点，怕搞不好，态度还是谨慎的，有事能及时向上级请示报告，对下也能发扬民主，集中正确意见，从而也就获得了指挥上的成功。但是，取得一定胜利后，把广大指战员英勇牺牲和老红军战将们运用战争的艺术取得的成果，不知不觉地算到了自己聪明才智的账上，盲目自信，骄傲起来，以为自己可以作出正确决策，对不同意见听不进去了。这样自然不能不出问题，放走了张洪飞也就不奇怪了。罗荣桓严肃地对我说："这是你思想上主观唯心主义作怪，也是小资产阶级个人主义的表现，工作上稍有成绩就忘乎所以了！"

听着他切中要害的批评和诚挚的教诲，我心里豁然一亮，觉得又多懂了一些革命道理，同时也深深感到内疚，由于自己的失误，给革命事业造成了损失，辜负了党组织对自己的培养和信任。我郑重地向罗政委表示，一定要从这次错误中认真吸取经验教训。

听了我的检讨和决心之后，罗荣桓从座位上站起来，走到窗前，极目阳光灿烂的万里晴空，深情地说："无产阶级目光远大，最大公无私，因为他要解放全人类，拥有全世界。他的属性里是不该有一丝一毫骄傲的啊！"

几十年来，这些铿锵的语言，经常回响在我的耳边，净化我的灵魂，策励我不断前进。

在中共第七次全国代表大会上当选为中央候补委员。报纸上登错了名字。梁兴初说："你好好干，也是大有希望的。"

这期间，还有一段小小的插曲，就是在党的第七次全国代表大会上我当选为中央候补委员的事。

那时候，敌后根据地交通很不方便，新闻信息往来有时是很迟缓的。1945年6月中共第七次全国代表大会胜利闭幕，直到7月份，我们打下丁家沙窝、大双庙和相州，消灭了张步云两个旅之后，一天中午，我和梁兴初在一座农院的树荫下正准备吃午饭，见到刊登中共第七次全国代表大会闭幕消息的《大众日报》，上面有新当选的中央委员和候补委员的名单。梁兴初津津有味地，逐个地念着名字。当念到候补委员时，其中有一个是"万镱"。

梁兴初情不自禁地大声说："老万，你看中央委员里还有姓万的，你好好干，也是大有希望的！"我当时觉得梁兴初是兴之所至，带有开玩笑性质，并没有在意。

没想到，大约到了9月初，《大众日报》上登了"更正启事"，说那个"万镒"是"万毅"之误，并向"万毅"同志致敬。那时候，报社收新华社的电讯稿，从电报数码翻译成汉字，容易产生差错。但《大众日报》证实是我当选为中央候补委员的消息，使我感到十分突然。后来，组织上也正式传达了我当选中央候补委员的事。滨海支队还为我当选专门召开了庆祝会。因为，这的确不仅仅是我个人的光荣，而且也是整个滨海支队的光荣。会后，我想了很多很多。自己这样一个从旧军队里过来的人，今天得到党和人民这样高的荣誉，说明党对自己的信任和寄予很大的期望。回顾抗战以来，虽然自己经历了一些大大小小的战斗，有些是打了胜仗，但失利的时候也不少，自己对抗战并没有做出突出的贡献。就是有些成绩，那也都是部队官兵以生命和鲜血为代价换来的。我指挥水平有限，有时还有失误。如果说自己所带的这支部队，从一支雇佣的旧军队走上了人民军队的行列，并经过脱胎换骨，逐步成为一支真正的人民子弟兵队伍，这也都是党领导的结果，是由于党的培养和教育以及进入这支部队的大批共产党员艰苦卓绝地进行工作、有的甚至付出了血的代价的结果，是根据地广大人民群众无私支援的结果。如果说功绩，这应归功于党和人民群众。我自己在这样一个行列中接受党的培养和教育，逐步成长进步，只是受惠者之一。我在部队中与群众的联系也不是很广泛，因此我当选为中央候补委员只能说明是党对自己的信任，是党对这支部队的信任和寄予的期望。我只有更加努力学习，增强党性，继续完成好党所交给的各项任务，才能不辜负党的培养和期许。同时，我也想到，中央候补委员的荣誉只能说明自己的过去，它并不代表自己的将来，不经努力学习，不经刻苦实践和自我改造，这个荣誉本身不会使自己自然地增长智慧和提高党性。因此，我决心以更高的标准严格要求，把党给予的荣誉作为今后前进道路上新的起点，永远谦虚谨慎，戒骄戒躁，只有这样，才能使自己为党和人民更好地做更多的工作。

第十二章　抗日战争胜利。奉命挺进东北，"打回老家去"的多年梦想终于实现

朱总司令第二号命令：原东北军吕正操、张学思、万毅等部，向东北进发。罗政委谆谆教诲：准备迎接更为艰苦的斗争

1945 年 8 月，我正在胶县前线，组织指挥滨海支队打张洪飞，突然接到山东军区电报，要我和滨海支队政委王振乾一起，立即赶到莒南大店山东军区驻地，接受任务。

一到军区，罗荣桓政委当即接见了我们。他首先给我们看了党中央的电报，讲述了当前形势。

1945 年 8 月 8 日，苏联宣布对日作战。9 日，百余万苏军从北、东、西三个方向进攻侵占中国东北的日本关东军。同日，毛泽东主席发表《对日寇的最后一战》的声明，指出："对日战争已处在最后阶段，最后地战胜日本侵略者及其一切走狗的时间已经到来。在这种情况下，中国人民的一切抗日力量应举行全国规模的反攻，密切而有效地配合苏联及其他同盟国作战。八路军、新四军及其他人民军队，应在一切可能条件下，对于一切不愿投降的侵略者及其走狗实行广泛的进攻，歼灭这些敌人的力量，夺取其武器和资财，猛烈地扩大解放区，缩小沦陷区。"

罗政委给我看了朱德总司令于 8 月 11 日发布的延安总部第二号命令，为配合苏联红军进入中国境内作战，并准备接受日、"满"敌伪军投降，要求原东北军各部立即向东北进发，其中第三项明确指令："原东北军万毅所部，由山东，河北现地，向辽宁进发。"

8 月 20 日，毛泽东主席又为中央军委起草了给山东分局、平原分局、冀鲁豫分局并告冀察晋分局的电报，电文如下：

红军占领东北，国民党力图争夺东北。我方除李运昌率三个大团深入辽宁，冀东冀察两区各有一部深入热河之外，中央决定从山东调两个团（万毅支队在内），冀鲁豫调一个团，冀中调一个团，共四个团，归万毅率领开赴东三省。山东之两团限电到十天内准备完毕，即行出发，经河北会合冀鲁豫及冀中之两团，开至热河边境待命。每团官兵不得少于一千五百。必须明确宣布去东三省之任务（乘红军占领东北期间和国民党争夺东北）。必须配备必要之地方工作干部。三处所集中之东北干部亦望交万毅带去。必须有良好之纪律。配备及出动情形望告。另由陕甘宁边区配备一个团，晋绥军区配备三个团，中央配备一个干部团，共五个团，由吕正操、林枫率领开东三省。以上告知万毅，但勿在报上发表。

8月29日，中央又指示："山东干部与部队如能由海道进入东三省活动，则越快越好。"

罗政委亲切地对我们说："这次你们去东北，要你们把一部分武器留在山东。这是中央决定的。这样做，一是为了便于轻装迅速前进；二是为了支持在山东坚持战斗的部队。日本人在东北丢下很多武器，你们到那里可以设法补充。一定要打通干部的思想。"

罗政委还说："到了东北，首要的任务是在那里站住脚，扎下根，依靠自己的力量，在广大农村开辟工作，要做好进行艰苦斗争的思想准备，不要以为抗战胜利了，便粗心大意。要给干部讲清楚，到东北去，不要留恋大城市，你们不是去享福的，要准备打仗。蒋介石是要打内战的，千万不要存在任何侥幸心理，不要抱和平幻想。"

罗政委又说："你们滨海支队的底子是东北军，比较熟悉东北的民情风俗，到东北去扎根比较方便。但是，现在部队里绝大部分是山东人了，东北人只有百把人了吧！你们还可以把原在东北军111师工作的干部集合起来，带到东北去发挥作用。"

罗政委再三叮嘱说："到东北后要依靠群众，使自己发展壮大。一定要教育部队尊重当地群众的风俗习惯，密切联系群众，宣传党的政策，建立起巩固的根据地。你们到了那里，要发扬人民子弟兵的光荣传统。东北人民还没有见过八路军，八路军是什么样子，主要看你们的了，这是关系到我们能不能在东北立足的大问题，你们一定要把部队带好。这次去东北的有好几个不同根据地的部队，要搞好与兄弟部队的团结。还有苏联红军，他们和我们不是一个国家，风俗习惯不同，也要注意团结，不要发生问题……最重要的是你们自己本身要团结好。"

此后不久，确定我们从海路去东北，罗政委考虑我们到东北后困难一定不少，在山东经济也不宽裕的情况下，交代省财政厅长艾楚南给我们准备了几十两黄金，带上应用。

罗政委虽然在病中，他还是像妈妈送闺女出嫁一样，对于可能遇到的每一个问题，都替我们设想到了，交代我们怎样做。他还和我们一起研究了部队从哪里上船渡海，在海上遇到蒋介石舰艇怎样应付，登陆后怎样与上级取得联系，等等。

面对着这一切，我真是思绪万千。抗日战争最后胜利了，多少年来打回老家去的梦想终于就要实现了。我们的故乡，在日寇统治下十多年，人们该是怎样的生活状况？那里的一草一木，固然都使我日日夜夜萦绕心怀，可是，看看当前的局势，听听罗政委的教诲，我知道，我们的面前，的确并不是平平安安万事大吉的景象。我们面临的将是一场新的更为严峻的斗争！

组建"东北挺进纵队"。率部从黄县栾家口子乘渔船渡海。风浪中颠簸一天一夜，几经周折，终于在兴城县钓鱼台上岸，踏上了东北大地

按照中央的指示，山东军区立即组建了东北挺进纵队，任命我为司令员，周赤萍为政治委员，关靖寰为参谋长，王振乾为政治部主任。下辖1、2两个支队。1支队由原滨海支队改建，共1800余人，支队长彭景文，政治委员李欣，原所辖之25、26、27团，依次改为1、2、3大队。2支队是由胶东军区特务营和滨海、鲁中军区各抽调的3个连组成，亦编为1、2、3大队。支队长为管松涛，政治委员黄明清，共1200余人。两个支队连同纵队直属机关部队共3100余人。

纵队组成后。从9月2日起，由原驻地向胶东黄县进发。为巩固部队，开进前，只在一部分领导干部中讲清挺进东北的行动目标，对部队只说是去胶东平度、黄县一带执行增援任务。行军途中，大队以上干部边走边做基层干部的思想工作，让他们首先理解挺进东北的重大意义，克服和平厌战思

想，以及不愿离山东家乡的思想，使部队保持饱满的政治情绪。

9月份的天气，早晚已经相当凉了。战士们都背上了新发的棉上衣，沿着公路向黄县进发。

9月21日，我在平度见到了胶东军区司令员许世友。他拨给我们刚刚在平度战斗中过来的400名解放战士，补充了部队。随后，我又到莱阳，见到了胶东区党委书记兼胶东军区政委林浩。他说收到山东军区电报后，已告军区副司令员袁仲贤和行署主任曹漫之，委托他们到烟台为部队渡海作各种准备工作。接着，我又持林浩的信，到达烟台，见到了袁仲贤和曹漫之。他们已为部队渡海做了大量的组织工作，已收集了渔船三四十只。曹漫之为我请了一位上年纪的俄文翻译，以便遇到苏军时打交道。他还为我准备了一套便衣。为了行动隐蔽，按照山东军区意见，我临时改名为苏持平。

9月23日，我从烟台来到部队渡海启航的港口黄县栾家口子，察看了那里的码头和集合好的船只，会见了船上的工作人员。然后，我又回到黄县，落实渡海的部署。

我们预定按1、2支队顺序，从栾家口子启航渡海，在山海关到锦州一线沿岸，选一登陆地点。1支队行动前，由我带一个连先行，探明路线，选好登陆地点，再根据我的电报，后续部队跟进。由周赤萍、关靖寰和王振乾主持后续部队行动。2支队长管松涛、政委黄明清在黄县，陆续集中部队。

随我行动的是2大队第4连。侦察参谋杨仲民，两位侦察员和电台报务人员、管理员、翻译等数人，组成了指挥机构。同我们一起渡海的还有胶东地委级干部吕明仁、抗大一分校教员孙光。他们和我们同乘一艘装有摩托的机动渔船。后边拖了一只大木船，上面载着一整套地区各级党政干部约百余人，他们是根据中央的指示由山东支援东北的干部。

9月24日晨，船启航。开头还算顺利，渔船划过蓝色的大海向前行进，四顾茫茫，不像在陆地上随时都可知道走出多远。下午，太阳将要沉落的时候，海上刮起了大风，浪涛汹涌，船身颠簸。恰在这时，船的副机又出了毛病，行进速度放慢。我们只好靠在附近一个叫小龙岛的礁石旁进行检修。为了避免在强风下发生危险，决定解开拖绳，让后面那只木船自行操纵向北海岸行驶。

夜幕已经降临。船上的人员都在忙碌地检修机器。我站在驾驶台，望着茫茫的大海，心潮起伏，恰似滚滚波涛，不能平静。从1931年九一八事变之后，我随着张学良的东北军，节节败退，离开东北，辗转关内，在枪林弹雨中，同日寇搏斗，也同国民党顽固派搏斗，一晃，整整是 14 年了。这 14 年中，东北军虽有双十二事变、保卫武汉等壮举，但也有打内战、屠杀人民的耻辱。东北军或被拆，或被编，受尽蒋氏的凌辱，其后有的投蒋，有的走向革命，四分五裂。就我们 111 师来说，也只是在投入革命怀抱后才真正壮大起来，才一个个活得像个中国人。14 年了，我的青春年华，也都是这样度过的。如今，很快就要回到故乡了，故乡是个什么样子？迎接我们的未来的日子又是什么呢？

到夜里 12 点多钟，副机已经修好，船重新启动起来。先是去寻找那只大木船，木船已走远，没有找到，又怕油料不多，驶不到北岸码头，所以决定不找，继续向登陆地点行进。后来我们得知，那只木船开到了旅顺，被苏军收容上岸，他们同大连市委取得了联系。

9 月 25 日天亮后，远远地望见了菊花岛，船长告诉我，离兴城县城不远有个登陆点，可以上岸。11 时左右，我们在兴城县钓鱼台上岸。侦察参谋杨仲民上岸察看了一番，回来报告说，那里除有少数苏军外，就是我冀东第 16 军分区的部队了。据此情况，我即命令架起电台，与后续部队沟通联络。关靖寰参谋长、王振乾主任接电后，立即组织 1 支队行动。

9 月 28 日，1 支队大部人员安全抵达兴城。其余部队，在渡海过程中，有的被大风又刮回港口，有的在途中岛屿暂避，大部分人员在 10 月 1 日下午才到达兴城的钓鱼台，小部分人员在旅大、老铁山一带登陆，很快全都在兴城集结。部队稍事休整，士气都很高涨。

9 月 27 日，没有等挺进纵队全部到达，我就化装穿上便衣，和警卫员一起，坐了一辆小驴拉的胶轮车进沈阳。因为当时有中苏友好同盟条约的限制，我们穿军装苏军是不让进的。我躺在小驴车上装病人，枪支都压在苇席底下，驴车便"笃、笃、笃"地向沈阳城里进发了。

在沈阳向中共中央东北局领导人彭真、陈云等，汇报东北挺进纵队开进情况。接受清剿土匪、安定社会、建立根据地的任务

躺在驴车上，听着小驴跑起来"笃、笃、笃"的有节奏的声音，望着这一带熟悉的土地，湛蓝的天空，思绪又不免起伏起来。我们经过千辛万苦，

度过了 14 年艰苦的岁月，虽然终于回来了，并且是作为胜利者回来的，可是，摆在我们面前的，依旧是十分复杂的局面，甚至连军装都不能公开穿，我们的未来又将会怎样呢？

驴车顺利地进城，来到小南门的大帅府。这里是中共中央东北局的驻地。东北局书记彭真和陈云、伍修权、叶季壮都早已等在里面。我向他们汇报了东北挺进纵队的组建和渡海的情况，然后便迫不及待地站起来请示交给挺进纵队的行动任务。

陈云同志静静地听完我的汇报，沉思着。他摆摆手，让我坐下来。彭真同志慢慢地向我介绍了东北的整个局势。他说，蒋介石正借助美国力量，加紧向东北运兵，同我们抢占地盘。我们已向中央发电，提出要求国民党在东北停战停运。毛泽东主席正在重庆与蒋介石谈判，东北问题自然也是一个重要内容。目前，在东北的苏军既承认我们，也愿意将政权交给我们，但是，公开场合，他们还只能以国民党为对手，同他们打交道。因此，将来国民党派员到东北来接收，我们可能要退出沈阳和一些大城市。我们正在同苏军谈判交涉，争取他们改变局面。

陈云同志则是具体交代我，率领部队到辽吉两省交界 8 个县范围内活动。按照中央当时指示东北要"肃清反动武装，发动群众，收缴武器资财，发展部队，接收城市"的精神，去清剿土匪，安定社会，建立根据地。陈云同志还让我调出一个连队，交给孙光，让他带着去他的家乡佳木斯一带，开展统战工作，创建根据地。我想了想，决定将 1 支队 2 大队的 4 连（即随我渡海的那个连）调给他。陈云同志笑着说："这就算你的第 3 支队吧！"

这次谈话，几位领导人还谈到，日本帝国主义投降后，东北是在苏军的控制之下。现在，国民党蒋介石要来抢夺胜利果实，我们则是要努力保卫人民的胜利果实。东北挺进纵队面临的将是一个非常艰巨的任务。你们必须抓紧时间，肃清土匪，安定社会，为大部队的到来创造一个较好的环境。

临别前，我提出，为了行动方便，请东北局给我开一张"护照"。伍修权同志当即用俄文写了一张"通行证"，彭真在上面签了字，然后交给我。于是。我拿着这张"护照"，离开大帅府，在我的故乡土地上，开始了新的战斗。

根据中共中央 1945 年 10 月 31 日的决定，进入东北的部队与东北人民自卫军（原东北抗日联军）统一组成东北人民自治军。林彪为总司令，彭真为第一政治委员，罗荣桓为第二政治委员，吕正操、李运昌、周保中分别为第一、第二、第三副司令，萧劲光任第四副司令兼参谋长，程子华为副政治委员，伍修权为第二参谋长。我们东北挺进纵队改为东北人民自治军第7纵队，并兼辽吉军区。我为第7纵队兼辽吉军区司令员。

第十三章　清剿匪患，站稳脚跟，为随后粉碎国民党正规军进攻奠定基础

兵分两路，在辽吉边境及中长路一带清剿土匪，创建根据地

根据中共中央东北局交给的任务，10月初我们纵队兵分两路：已经到达沈阳市郊平罗堡、道义屯一带的1支队为右路，由纵队直接掌握，沿沈吉线，经抚顺，进驻清原，接受补充，在辽吉边境（8个县）发动群众，清剿土匪，建立根据地；2支队为左路，先进军铁岭、法库，继沿中长路，向长春方向前进。

由于东北形势不稳，局面还很混乱，一些日伪豢养的野心家、投机分子，都认为时机来了，便乘机拉帮结伙，组织武装，与国民党派来的特务勾结起来，利用一部分伪满兵和警察，拉起了一股股的所谓"地下军"，形成了大小不一的一批批政治土匪。他们中有的接受国民党的"加委"、"收编"，有的占领县城，据守交通要道，公然围攻我军，气焰十分嚣张。我们要想站稳脚跟，稳定社会秩序，准备迎击国民党正规军的进犯，必须首先消灭这些匪患。

老百姓对这些土匪、伪军，十分厌恶和痛恨。他们糟蹋和欺压群众，比起日本人有过之而无不及。群众见我们到来，都发自内心地欢迎。我和部队在平罗堡时，一家房东见到我，拉着手说："盼星星，盼月亮，可把你们盼来了，你们一来，把那些黑警察解决掉，我们就不用缴'出荷粮'了。也不怕再当'经济犯'了（日伪统治时，规定东北人只准吃粗粮，若吃大米、白面被查出，就要被判为经济犯），不用再受这些二鬼子、土匪恶霸的气了！"我看这个房东家徒四壁，粮囤里找不到一粒大米、一把白面，心里明白他说的"盼星星，盼月亮"的含义。我到部队驻的几处房东家看看，家家都是一

贫如洗。农民是这样，工人也同样穷苦。我们来到抚顺，住在葛布街矿工家里，看到工人穷得连炕席都没有。他们得知我们是八路军时，各家把仅有的小米一把把地凑起来，交给炊事班给我们做饭吃。纵队宣传科长李唯一，把这些所见所闻，加以综合，写成材料，向部队进行宣传教育，使大家明白，如果蒋介石来了，工农群众还得过这样水深火热的生活。我们应该英勇作战，把土匪肃清，使社会安定，群众才能发动起来，我们的后续部队也才能进得来，才能有力量阻止蒋介石派兵来东北抢夺人民的胜利果实。这些实实在在的教育，使一些原来存有抗战胜利后该过太平日子，不愿再去艰苦战斗的同志，思想有了转变。部队渡海前，在胶东补充来的 400 多名解放战士，经过教育，觉悟也有很大提高。他们大都出身贫苦。亲眼见闻和部队教育，使他们强烈的阶级情感被激发起来，都表示要为穷人的翻身解放战斗。这些战士不少后来都成了部队的战斗骨干。

由于我们在渡海前将武器装备大都留给了山东军民，手中武器缺乏。经与苏军交涉，1 支队接受东大营日本军火仓库，部队随即全部换上了日本崭新的 99 式步枪，每个班还装备一挺 86 式轻机枪，每个机枪连都装备了 4 挺 92 式重机枪。干部战士摸着乌黑发亮的钢枪，情绪特别高涨，有的说："比起在山东来，可阔气多了！"大家决心用这样好的装备，多打胜仗，保卫人民抗战的胜利果实。

1 支队向清原方向前进。一位苏军警备司令看我脚上那双旧军鞋，提出能否走到吉林的疑问

部队换装后，进行了短暂的休整和训练，纵队召集 1 支队连以上干部开会，由我作动员。10 月 6 日，1 支队便按照指定路线，向清原方向前进。

1 支队有 1000 多人，打着红旗，斗志昂扬地沿着大路行进。行至距沈阳东约 50 公里处的荒地沟时，发现有国民党地下军 300 余人，他们经常在附近烧杀抢掠群众。纵队遂决定由 2 大队翟仲禹、包敏率部夜袭该敌。战斗于 10 月 9 日夜打响，经一夜战斗，将敌大部歼灭，少数敌人逃至辉山，也被 2 大队追击歼灭。这次战斗，大队长翟仲禹负伤，但歼敌 300 余人，缴获甚丰，部队的情绪十分高涨。

1 支队战后在温水泉休整了两天，10 月 11 日继续向抚顺方向前进。离抚

顺不远，先头部队被苏军警备司令带人拦住。我闻讯后立即赶上前去交涉，我拿出那张有彭真同志签字的俄文"护照"给他看，他才相信我们是共产党的队伍。他打量着我身上的服装，特别是那双已经穿旧了有点开口的布鞋，便开玩笑地说："就凭将军你这双鞋子，能走到吉林？"我笑着回答说："这你可以放心，没有鞋，光脚，我也能走到。"说完，我们便都会心地笑了起来。

1 支队在抚顺停了一天，因与苏军交涉不到火车，便继续徒步行进。到了营盘、南杂木站，才登上了火车，到达清原。10 月下旬，吉林市委书记袁任远，派市委委员王效明到清原来，要求部队到吉林支援他们开展工作。经请示东北局，同意我们进驻吉林。

10 月 30 日前后，我们从清原出发向吉林方向前进，途经海龙县山城镇时，同驻军 24 旅部队联系，得知梅河口车站有国民党地下军赵小胡子匪军 300 余人（主要是铁路警察），纵队决定由 1 支队组织消灭这股匪徒。

1 支队派出 1 大队、3 大队，于 11 月 2 日晚，从山城镇乘火车出发，在离梅河口前一站的黑山头下车，兵分三路，徒步前进。1 大队长刘准，教导员王哲、3 大队长王乾元、教导员张致善分别率领部队，从东、南、西三面包围了梅河口，肃清外围后，直插敌指挥部和主力集结地的铁路职工宿舍。战斗于午夜打响，敌人凭借水泥碉堡和坚固的建筑物进行顽抗。拂晓后，1 大队架炮对敌工事轰击，随即发起猛攻，终将 300 余敌人全部歼灭，活捉了赵小胡子，缴获了一批枪支弹药，解放了梅河口。

11 月 4 日，又接到山东军区派出的刘西元支队在通化遭国民党地下军围攻的消息，我即电令 1 支队火速前往解围。1 支队立即乘火车奔通化，火车行至骆驼岭，坡高路陡，车头燃煤力量不足，拉不上去，战士们就下火车，推车前进。至次日上午 10 时许，部队进入通化。敌人见大部队到来，慌忙逃窜，1 支队乘势追击，直追到满堂沟，歼敌一部。接着又分数路向头道崴子、二道江等地，继续清剿残匪，共歼敌 300 余人，俘敌 50 余人。

11 月 12 日，1 支队乘火车返回梅河口，在海龙、磐石解除了伪政权武装，派出王大伦、朱光烈分任两县县长。军威所及，濛江、东丰、柳河等县的国民党地下军不攻自破，四处逃散。在这种情势下，纵队及时派出了刘瑞华任濛江县长，在东丰、柳河等地也建立了人民政权。

11 月下旬，1 支队除留 1 大队驻磐石外，其余两个大队到桦甸县剿灭股匪残余势力，攻占桦甸、老金场，接管了夹皮沟金矿，派出干部维护老金场秩序。

紧接着，纵直和 1 支队等进到吉林附近的南口前车站下车。但苏军不准我们进入市区。他们说："我们（苏军）要遵守与中国政府签订的协议。你们在城外活动我们不干涉，进城不能允许。只有国民党政府才是我们交涉的对手。"面对这种情况，我与市委同志考虑，我们先控制城郊与交通线也好，苏军撤走，城市还是我们的。

在同苏军交涉的过程中，总的感觉他们还是友好的。苏军司令曾一再表示，除部队进城不能同意外，其他方面都可以给予协助。如他们同意我们穿便衣进城采购等，当然，这与王效明同志和当地的党组织做了大量的工作有密切关系。

2 支队沿中长路向长春方向前进。应铁岭苏军之请，歼灭法库国民党"先遣第 3 军"，击毙敌军长张志学

10 月初开始，2 支队按预定计划沿中长路徒步向长春方向前进。沿途经过村镇，都及时向群众宣传我党我军的政策。群众听到我们是八路军，是为肃清土匪、帮助他们翻身解放而来的，都欢欣异常。许多青年人要求参军，特别是一些原来从山东逃荒要饭到东北来的人，此刻见到我们从山东来的部队，都像见了亲人一般，格外亲热。支队经过研究决定，各连均可吸收一些当地的青年入伍，但必须严格政治审查，不能让坏人混入。

2 支队于 10 月 10 日进驻铁岭，解除了伪满派出所的武装，并缴获了日本军马场的十余匹军马。正当准备建立铁岭县政权的时候，国民党"先遣第 3 军"1500 余人，在军长张志学的带领下，袭击了驻法库的苏军，并盘踞在该地，为非作歹。苏军一个排来到铁岭，请求 2 支队支援，一起攻打法库，消灭那个"先遣第 3 军"。支队当即表示同意，于 10 月 15 日奔袭法库。1、3大队为一梯队，由东北和西南几个方向同时向法库守敌发起进攻，2 大队为二梯队，随时准备支援一梯队战斗，或打击外逃之敌。

3 大队 8 连 1 排长刘宝平率 3 班作尖刀班，由法库西北角隐蔽接敌。3班长赵永江不愧是鲁中军区有名的战斗英雄。这次他独自摸上城头，搞掉哨兵，打开了城门。经审俘得知敌伪县政府就在附近一个大院，随即率全班潜入大院，从东西厢房里活捉了敌保安团长和伪县长，并叫保安团长电话命令

部属投降。

敌保安团大部投降，只有约一个连的兵力趁乱向城西制高点二龙山逃窜，占据了宝塔院墙，负隅顽抗。8连战士紧追不放。3班长赵永江在喊话劝降无效后，甩出两颗手榴弹，随即冲上前去，不幸中弹牺牲。战士们气红了眼，高喊着为英雄报仇的口号，奋勇冲杀，终于全歼了敌人。

1大队2连的进展也很迅速。7班长带领全班隐蔽接敌至上墙下，听到敌人哨兵正在向他们的副旅长报告："敌人打进来了！"7班长当即跳墙，跳进敌人正在集合的院中，抓住土匪副旅长，逼他下令匪众缴枪。匪副旅长在枪口威逼下，只好命令院内的敌人缴械投降。

3连也于拂晓打进了法库北山，控制了制高点。1连在大队长宋文洪带领下，同敌人展开巷战。日军、伪满警察、宪兵和蒙古土匪共约七八百人，被包围在三个大套院内顽抗。1连几次冲锋都没有奏效。大队教导员王丕礼在向支队领导汇报了1连战况后，只带了两个通信员，穿过弹雨，也到1连阵地上去了。宋、王两位大队领导研究了敌情，根据当时所处地形，决定用火攻。他们让人找来煤油和被子，用杆子挑起来，点燃房屋。火势一起，敌人慌忙夺门逃跑，大队轻、重机枪火力封锁，敌人纷纷倒下，死伤惨重，仅逃出百余人，其余只好束手就擒。

在法库战斗中，2支队将敌军长张志学击毙，俘敌旅长王东初以下800余人，缴轻机枪15挺，长短枪700余支。

10月17日，2支队1、3大队乘火车返回铁岭，受到驻铁岭附近苏军的热烈欢迎。苏军赠送给我们50挺92式重机枪。2支队的装备由此大大改善。

与此同时，2支队2大队则奉命向康平前进，在他们的威慑下，康平伪匪300余人，打着小白旗前来投降，除一部分补入部队外，其余均遣散回家。

2大队装扮警察控制长春市，后撤出。马林诺夫斯基元帅大发脾气

长春曾是伪满洲国的"新京"，伪满皇帝溥仪在这里当了十几年的傀儡。苏军进军东北，马林诺夫斯基元帅和他的司令部设在长春。后来，国民党的接收大员熊式辉、蒋经国也来到长春。应我党长春地下党市委的要求，纵队

报东北局批准，派2支队的2大队潜入市里装扮警察，以保卫地下党组织，控制长春局势；2支队的1、3大队开进至长春西南范家屯一带，监视机场，待机歼灭国民党从关内来的空运部队。

2大队趁夜潜入长春市，全部换上了事先预备好的黑色警察服，从大队长到士兵一律佩戴警衔。进城后的第三天，按计划缴了长春伪警察局两个中队的枪，接下了他们的全部岗哨。部队集中在伪满洲中央银行大楼。

2大队装扮警察时间不长，便被国民党"东北行营"官员发觉。国民党政府外交部长王世杰等人从莫斯科参加外长会议回来，途经长春，他的住处也有我们派的警卫。有一天，国民党的官员在门口与警卫争吵起来。由于我们的警卫人员全是山东口音，态度生硬，警官佩带的是匣子枪而不是指挥刀，再加上门口还架着机枪，他们便判断这些人都是从山东过来的八路军，不是当地的警察，便向苏军提出交涉，要我们全部撤出长春。

苏、美、英三国外长会议曾决定，苏军进驻东北后，长春、沈阳、哈尔滨等大城市，都由苏军交与国民党部队接收，因此苏军限期要我们的部队撤出。在此情况下，我们只好撤出长春。

在2大队奉命潜入长春市，化装警察执行任务期间，我也接到东北局电报，要我速到长春，当面接受周保中将军交代的任务。我立即乘一辆卡车，带一个警卫班，由吉林附近的南口前车站赶往长春。车到长春，先遇到苏军警卫，我们说明奉命要见周保中，没有多少阻挡，很快到了周保中住处。晚上，周保中回来，我见到了他。

周保中是东北抗日联军的领导人之一，抗日战争胜利前，他率部队在苏联远东边疆地区坚持斗争，有苏军独立步兵旅旅长的职务。我早就听到他的大名，此刻，只见他穿着一身苏军军装，人很热情，也很实在。他说："听到你来了，很高兴。我实在太忙了，没有马上回来看你。这里，苏军有事找我，延安来的干部也找我，一大批干部都等着安排，所以白天没有时间。这里是我睡觉的地方，你先住下，咱们慢慢地谈。"我焦急地问他到底是什么任务？他说，任务比较简单，但也很麻烦。东北局交代的任务是：组织部队准备打国民党的空运部队。国民党东北接收大员熊式辉，为了抢占东北，准备空运部队。我们就是要想办法不让他们着陆，或是在着陆过程中将其消灭。

第二天，周保中派了个苏军少校来，带我去机场看地形。大约周保中向他介绍我是个部队的长官，所以少校对我很客气。他通过翻译告诉我，要打空运部队，有几个位置应当看看。他以他的军事眼光和作战经验，为我选了四五个有利对空作战的位置。他还十分同情中国革命，讲起毛泽东、朱德，把大拇指竖起来。

在从机场回来的路上，碰到了2大队的教导员范天恩。他谈到2大队来长春执行任务的情况，我和他简单交谈了一下如何扬长避短，执行好目前的特殊任务。

晚上，回到住处，吃过晚饭，等了很久，才见周保中回来，我本想汇报一下看地形的情况，然后研究如何部署部队。但是，看来他的情绪不大好。他说："算了吧，咱们这个任务，苏军不同意！"原来他把打国民党空运部队的设想向马林诺夫斯基一讲，马林诺夫斯基便大发了一通脾气，说："你们要干什么？我们的谈判对手是蒋介石的国民党政府，你们要在这里打他的空运部队，你们把苏军放在什么位置上！"马林诺夫斯基还忿忿地要撤周保中旅长的职务，不准周保中再穿苏军军装。

我一听，心里很着急，倒是周保中又安慰我，要我再等几天，再想想别的办法。

在这里，经周保中介绍，我见到了东满军区副政委张启龙，以及贺庆积、白栋才等同志，还有司令部、政治部的其他同志。因为这时，我已被任命为东满军区副司令员。

我还见到了长春市市长刘居英。我与他在山东时就认识，渡海以后，他随部队向东开进时我们又见过。他告诉我，在这里当市长，苏军给他出了许多难题，维持市里的治安秩序，苏军大小事都来找他。我们有一个警察被国民党的特务杀害了，我们的人就组织了一次游行示威，声讨国民党特务的罪行。哪想到这事惹怒了苏军卫戍司令，他质问说："你们这是向谁示威呀！"他不能理解，我们这是在发动群众，让人们懂得，日本鬼子被打败了，但是还有国民党的特务、土匪，他们还在捣乱。

在长春等了几天，看来打国民党空运部队的任务无法执行了，我便离开长春，回到部队去了。

从这件事可以看出，苏军根据中苏友好同盟条约进军东北，他们必须同国民党政府打交道。国民党蒋介石则是利用一切机会，想办法抢占东北。他们还利用土匪、特务和所谓的"地下军"，在其正规军到达之前，千方百计地搞破坏。有些时候，则是钻苏军不熟悉我国情况的空子，来阻碍和破坏共产党。

还有一件事很能说明问题。我离长春不久到吉林市去参加周保中召开的一次会议。刚刚坐定，一名苏军闯了进来，他带的翻译指着我说："你是土匪，苏军命令枪毙你。"幸而周保中以领导身份加以制止，才使我幸免于难。事后查明，那个翻译是国民党特务。另有一次。我坐火车去哈尔滨开会。车过马鞍山时，站上的一个调度员，突然发出一个车头，企图用来冲撞我们坐的守车，制造血案。事后查明，这也是国民党特务干的。

从这些事实中可以看到，国民党的特务们当时是何等嚣张，而当时的斗争局面又是何等复杂。

按周保中将军指令，智取双阳大队。纵队实力加强，全纵达 8000 余人

2 支队 2 大队撤出长春后，东北人民自治军副司令兼东满军区司令员周保中将军，派人将 2 大队的和平大队长和范天恩教导员叫到他的住处，当面交代他们协助解决双阳大队的任务。双阳大队有 600 余人，表面上归我们领导，实际领导成分不纯，敌视我方派去的视察工作人员，已被国民党控制，成了国民党的"地下军"，随时有叛逃的可能。故我们决定解除其武装，但最好不要动武。周保中派军区组织部长张伯春和周保中的两个老警卫员与 2 大队一起前往。

2 大队接受任务后，召开总支委员会作了专门研究，既要避免采取武力，又要随时做好战斗准备。他们以到南方剿匪途经双阳为名，白天行军，晚间来到双阳，住在镇东南郊的一所学校里。第二天，双阳大队全体人员进入学校操场集合。2 大队按照事先安排，已分散布置在各个教室，四周架好了机枪。周保中司令员的两个警卫员先把双阳大队的杨大队长调走，和平大队长宣布说，因为你们大队中出了坏人，根据周保中司令员的命令要进行整编，愿留者留下，愿走者发给路费遣送回家。与此同时，范天恩教导员在另一处召集双阳大队排以上干部开会，将该大队的李参谋、郭连附两个国民党的坏家伙抓起来。原拟要双阳大队的徐政委宣布周保中司令员关于改编的命令，但这个徐政委拖延时间，不肯宣布。范天恩考虑时间拖久了有变，便跳上台

去自行宣布命令，并强令排以上干部当场放下武器。由于 2 大队周围布置周密，那些军官见无机可乘，只好乖乖地放下武器。至此，2 大队没有费一枪一弹，顺利地解决了这个国民党"地下军"。反动分子李参谋和郭连附被就地枪决。

纵队在这个阶段行动中，一面剿匪一面扩兵，实力大大加强。1、2 两个支队于 12 月上旬分别在驻地进行改编。1 支队 3 个大队整编为 1、2 两个团。1 团由 1 大队和 3 大队的两个连组成，2 团由 2 大队及 3 大队的两个连组成。2 支队 3 个大队合编成 4、5 两团，1、3 大队为 4 团，原 2 大队称 5 团。全纵队人数约 8000 余人。

12 月 28 日，改编后的 2 支队 4、5 团，又开赴怀德县追剿国民党"地下军"。进军途中，在孙禄屯与敌遭遇。2 支队先敌开火，勇猛突击，毙、伤、俘敌 800 余人。继于 1946 年 1 月 1 日攻克怀德县，歼守敌 500 余。在怀德县召开群众大会，将罪大恶极的土匪头子公审枪决。接着又马不停蹄地奔向伊通以北的景家台，截歼国民党西调之"铁石部队"。5 团 1 营 1、2 连乘汽车向景家台开进，3 连和 2 营在后面步行跟进。1、2 连到达景家台即发起冲击，占领了大半个村子。土匪见我方兵力不多，反复向 1、2 连阵地冲击。正在相持不下之际，3 连又转乘汽车赶到，从景家台西南山上投入战斗。这里正是敌人重兵集结之处。3 连官兵不畏强敌，与敌人展开肉搏，给敌以重创。1、2 连从村中向外扩展，占领全村，敌仓皇逃跑。2 营赶到时，天已黄昏，由于敌我兵力悬殊，未能形成全歼，仅俘敌 800 余人。

但是，此时天寒地冻，气温已降到零下二三十度，部队又缺乏防寒措施，一些从关内来的战士没有防冻经验，致在此次战斗中，因冻伤亡者占阵亡人数的三分之一。我作为一个东北籍的指挥员，没有预计到这一点，是有责任的。每念至此，深感内疚。

2 支队在景家台战斗后，开赴双阳一带休整。5 团则开赴伊通县。县委同志介绍，双阳、烟筒山、大孤山一带土匪猖獗，人民不得安宁，政府无法开展工作，请求部队剿匪。部队去后，对匪情不清，开始只捉到二十几人。后来研究对策，派人到土匪活动地区调查，得知土匪头子外号"滚地雷"，吸大烟，土匪接触都用黑话暗语，大部分人骑马，行动迅速。根据这些情况，我们采取了军事上威慑，政治上瓦解的办法，迫使敌人同意与我们谈判。精明强干的指导员毕世会同大老王（会讲黑话）、小齐等人与敌人见面。"滚地雷"带着随从来到伊通。谈判后，"滚地雷"派副官把队伍集合带到伊通，住进县城地主大院内。与此同时，我1营、2营对地主大院实行包围，很快迫使敌人投降，共缴获枪械100多件、战马70多匹。此时正值元宵节，城内军民跳起大秧歌，欢庆胜利。东北民主联军萧劲光副司令员来伊通检查工作，特别表扬5团这次剿匪任务完成得好。

东北人民自治军7纵队改称为东北民主联军7纵队。数月转战，人员扩展到14000余，战斗力大为提高

我离开长春时，天气非常冷，坐在汽车上，穿着皮大衣，围着毛毯，还冷得发抖。周赤萍到吉林接我，顺便办别的事。我们两个人又坐到他的汽车上，那是一辆缴获的美国造别克吉普车，一路还算顺利地到达磐石纵队部。在这里过了1946年的元旦。

1946年1月14日，东北人民自治军奉命改称东北民主联军，我们纵队改称为东北民主联军第7纵队。原1支队改称为19旅，下辖三个团：原1团为55团；2团为56团；由24旅编给我纵队的69团为57团。原2支队改称为20旅，原4、5团合编为58团；由辽宁省军区拨给我纵队的保安3旅改编为59团；60团由西安县（现辽源市）保安团组成。

东北挺进纵队，由山东到东北后的数月里，连续转战于南起沈阳，北至吉林、长春，东起通化，西至法库等广大地区，克服了天寒地冻，缺衣少食，武器弹药缺乏等多种困难，经历大小战斗27次，取得毙、伤匪1787名，俘匪3935名的重大战果，解放了辽吉两省交界处的广大地区，派出干部参加或协助地方建立民主政权。在连续行军作战中，部队始终坚持宣传群众、发动群众的工作，扩大了我党我军的政治影响，许多青年踊跃参军，部队实力不断增长，由初到东北时的3500余人，到改称为东北民主联军7纵队时，已发展到14000余人，武器装备也大有改善。经过不断的战斗锻炼，挺进纵队的军事素质，后勤保障，特别是政治工作能力得到极大提高。挺进纵队的战斗，基本上完成了中共中央东北局给予的任务，剿灭了指定地区的匪患，站稳了脚跟，安定了后方，为随后粉碎国民党正规军的进攻，创造了条件，奠定了基础。

第十四章　艰苦奋战，有计划地挫败国民党的进攻

东满分局会议，传达中央关于建立巩固的东北根据地的指示。开始执行阻击国民党军队进犯南满的任务

大约是 1946 年 1 月中旬，中共中央东满分局书记林枫，在海龙县召集有关同志，传达了中共中央于 1945 年 12 月 28 日发出的关于建立巩固的东北根据地的指示，以及东北局据此指示做出的有关部署。参加会议的有东满分局的委员周保中、陈正人（东满军区政委）、张启龙（东满军区副政委）、白栋才（组织部长）、贺庆积和我（均为东满军区副司令员），萧劲光同志也参加了会议。会上，除了传达党中央和东北局指示外，还作了讨论，就如何贯彻建立东北根据地的方针、政策，以及实际步骤，都进行了认真的具体的研究。大家深深感到，这一指示十分重要。当时到东北的干部，普遍有一种留恋大城市的思想，以为我们先于国民党到达东北，又有苏军协助，便可轻易地取得胜利。中央指出："干部中一切不经过自己艰苦奋斗、流血流汗，而依靠意外便利、侥幸取胜的心理，必须扫除干净。"事实正是如此，此后迎接我们的是一个又一个艰苦的战斗，没有什么轻易取得的胜利。我们不得不让开大城市，让开交通干线，去占领中、小城市和广大农村，从事艰苦的工作和战斗。

会后，原本准备在磐石过春节，可是 2 月 2 日，又接到东北局电报，令我率部队迅速朝辽阳方向前进，到那里接受新的作战任务。当时能带走的部队有 19 旅的 55 团、57 团和 20 旅的 58 团。到达辽阳后，接受的任务是立即组织构成以辽阳为核心的防御阵地，以阻止已经进占沈阳的国民党部队向南满推进。这时的国民党军队按照原来的中苏协定，从苏军手中接收了沈阳。苏军是在这之后的 3 月间撤走的。我们的部队早已撤出沈阳，东北局也撤到

了本溪。

与我们一起在辽阳配置防御的还有 4 纵队，程世才与我搭班子，组成了防御指挥部，程为司令员，我为政治委员。

但是，不久任务改变，调我纵队开赴抚顺。东北局亦到达抚顺。19 旅在抚顺附近待命，并且负责抚顺警卫。

这时，东北局在抚顺召开军事会议。我军进入东北后与国民党正规军头一个著名的战斗——秀水河子战斗刚刚结束。彭真主持会议，总结经验，并且决定在抚顺太子河以北，滴台、棒锤山一线，侧击国民党正规军第 52 军——赵公武的部队。

莲岛湾伏击，消灭千余敌人。
19 旅过早发动攻击，形成击溃战

来到抚顺，在开军事会议前后，3 月 5 日，我第一次见到了林彪。那天，带我去见林彪的是李作鹏。李作鹏当时是民主联军总部的参谋处长，在山东时我们就比较熟悉。我们一路说笑着，来到了林彪的住处。林彪住在一个日本矿主的房子里，日本式的摆设，有些古董。见面时，林彪很客气，寒暄问候，询问了一下部队的情况，士气如何，等等。一起会见的还有山东来的几位参谋，队列处长王槐琛拿着部队编制的资料。

会见后，我返回部队。过了一两天，李作鹏来传达林彪的作战意图。有消息说，国民党 52 军可能从沈阳出发进占抚顺。林彪准备在敌行军途中消灭它一部分。不久，林彪又找我，当面确定由我负责组织此次作战，并提出了具体作战要求。同时行动的还有 3 纵队，司令员是曾克林，政委是罗舜初。3 纵队配置在浑河南岸，准备随时夹击敌人。给我的兵力有梁兴初的第 1 师，独 3 旅和我原来带的 19 旅。兵力不算小。

3 月 21 日，部队即按部署迅速进入伏击地点。当时我是指挥，梁兴初是副指挥。我们商定在敌人行军纵队中选择两个点突破。确定 19 旅的 55 团、57 团和 20 旅的 58 团，以及 1 师的 3 个团的兵力为主要突击力量。1 师伏击位置在肥牛屯，19 旅在滴台附近（独 3 旅未到战场）。战斗结果，肥牛屯打得好，消灭千余敌人。19 旅由于离 1 师远了点，没有形成合力。在敌人还未完全进入伏击圈时，就过早地发起了攻击，把敌人打得离开了行军纵队，形成了击溃战。1960年左右，第一次写东北野战军战史，提到这次作战时，林彪曾说："嘴巴张大了！"

我认为他的批评是有道理的。对于运动战以及同装备这样强的敌人作战，这还是我有史以来的头一次。对毛主席的集中力量打歼灭战的思想，过去我听到一些老红军讲过。在山东时，梁兴初、梁必业等老同志，也讲过几次反"围剿"的经验。但是，真正同装备强，当时士气也不低的敌人较量，的确还是初次，缺乏经验。我布置两支部队各打一段的打法，多少还有一点旧军队的作战模式。这是我在旧军队里学得的那一套。在山东打伪军，打张步云时，多少学着用过一点红军的战法，但是那时的敌人是一击则溃，和眼前的敌人情况是大不一样的。

这次被称为莲岛湾作战的行动，实际只战斗了一天，部队就撤出了。林彪要我们准备接受新的战斗任务。

我带着部队，撤出战斗，过柴河。3月底的南满，河上的"桃花水"都下来了。架桥过河，直奔昌图的八面城。当面的敌人是新1军和71军。我们于4月15日夜在金山堡、大洼、六家子一带，同敌人打了一仗。55团的3营和旅部警卫营打的六家子，当晚就把敌人一个加强连吃掉了，我3营营长张福全在战斗中英勇牺牲。次日，大约是4月16日早晨，我们又参加了吃掉敌71军87师的战斗。参加这次战斗的有1师，还有从苏北来的新四军的3师，即后来的2纵队。在这里，我遇到了洪学智同志，他是这次战斗指挥部的成员，指挥部成员还有邓华等人。

19旅在这次战斗中，在向指定位置行进的时候，在泉头车站附近与敌新6军一部遭遇，处境不利。我3师7旅发现这一情况，主动从侧翼攻击敌人，将敌击退。7旅是3师中的老部队，很能作战，指挥也很强。旅长是彭明治，政委是郭成柱，副旅长是王东保。由于他们帮助我们摆脱敌人，到达预定地点的时间就晚了些。为此，林彪在会上批评彭明治，说他是"单打一条火线"。我当时站起来说明情况："7旅所以迟到，是因为支援我们，没有他们的支援，我们可能比他们还要迟到。总司令批评彭明治，彭是冤枉的。"林彪当时没有说什么，但是后来还是坚持对彭的批评。

这件事给我的印象很深。我们这个部队所以能够战胜敌人，除了它的宗旨之外，在它的作风上，无条件地支援友邻部队，也是很重要的因素。国民党的军队不是这样，他们是没有自己的任务绝不沾边，你那里炮响你的，我不管你的事。这也是国民党失败的因素之一。而我们党的部队就不是这样，彭明治主动支援我们，但是他从没跟我讲过。后来，在四平街防御战时，我们两支部队是并肩撤下来的。他们是按照林彪 5 月 18 日的命令开上去支援我们左翼的。他们仓促进入阵地，连土工作业工具都没有，就在山头上硬顶着。我到他们那里看了一下，彭明治不在，见到了王东保。他们那种临危不乱、指挥镇定、官兵团结、艰苦奋战的精神，充分体现了老红军部队的作风，使我很敬佩。

参加被称为"中国的马德里"的四平街保卫战。苦战月余。历史将会公允地评价这次世人瞩目的战役

我军在金山堡，大洼歼敌 87 师大部之后，杜聿明以 7 个美械化师向四平正面进攻，企图打通中长路，进而直取哈尔滨。

四平位于东北中部平原长（春）沈（阳）铁路的中段，是交通枢纽之一，在军事上处于很重要的战略地位。

为了阻止蒋军向北进犯，1946 年 3 月 17 日，我 56 团曾与保 1 旅等兄弟部队一起解放了四平。但是，蒋介石为了夺取更多的战略要点，以迫使我党在谈判中承认他诸多无理要求，便令新 1 军加紧北犯，妄图早日占领四平。对此，毛主席、党中央指示东北我军，要坚决控制四平地区，坚决歼灭来犯之敌。

正是在这一形势下，开始了四平街保卫战。金山堡和大洼战斗刚刚结束，那天早晨，林彪找到我，当面交代任务。他说："现在正面敌人继续沿铁路向四平推进，你带上你的部队，立刻出发，以最快的速度赶到四平，参加四平保卫战。"他也没有讲更多的话。我们打了一夜的仗，没有休息，吃了一顿早饭，就朝四平方向前进。只走了一天多，就赶到了四平街。时间是 4 月 17 日。我们刚到，前面部队 56 团就打响了。

我们的位置是四平火车站以东地带，在那里构筑工事，派出警戒。我 19 旅接受的是四平以东轧湖泡至塔子山一带的任务。56 团在铁路东轧湖泡至 202.2 高地一线防御；55 团在折马背至 331.5 高地一线防御；20 旅 58 团在小河西至塔子山一线防御；旅指挥部设在河夹信子，纵队指挥部在下三台子。

铁路以西是马仁兴的保 1 旅。他们是早些时候与 56 团一起进入这一带

进行防御的。

我到了 56 团，听了团长、政委的汇报，决定 56 团归还 19 旅建制，并向西靠一靠，在它的左翼，以 55 团予以加强。他们占领了一段有起伏的制高点，地名是"折马背"。这样，就展开了两个团，组成防御体系。

我们正面的敌人是国民党的新 1 军，美械化的正规部队，是抗日战争中的滇缅远征军，有很强的战斗力。17 日，当敌新 1 军进至四平以南牤牛哨、庙沟和泉眼车站后，英勇的四平保卫战就开始了。18 日，敌人展开正面进攻，是试探性的进攻，接近了我们的主阵地。两个团按照预定作战部署，战斗了一天，把进攻的敌人击退了。之所以说他们是试探性的，是因为他们的火炮发挥得还不充分，步兵扑到阵地前面，吃了点亏，就不大敢再接近了。我们抓到俘虏讯问，为什么冒冒失失就扑来了？他们说，他们知道我们的武器装备不行，认为火力构不成对他们的威胁。是的，我们的火炮不如他们的多，但是他们没有料到我们的轻武器还是很强的。我们的部队已经完全换上了日本制造的 99 式步枪、轻机枪和 92 式重机枪，依托既射阵地，火力展开得很好。所以敌人冒冒失失地来了，就遭到了很大杀伤。其实，我们的火炮力量也有加强。我们有几门山炮，数量较多的是迫击炮。在海龙还缴获过几门野炮，给山东运去了两个连的大炮，剩下的维修好了，在保卫四平街战斗中，还是发挥了作用的。这样，再加上我们强有力的思想政治工作，高昂的士气，守卫四平是可以坚持的。

从 4 月 18 日开始，骄横的敌人依仗其美式装备的优势，以每小时 2000 余发炮弹的密集火力，向我各团阵地实施昼夜轮番轰击。虽然敌人的炮火把我大部分工事摧毁，交通壕、堑壕被填平，但我英勇的战士在"坚决保卫四平，不让敌人前进一步"的口号激励下，顽强阻击敌人，打退了敌一次又一次的进攻。战斗一直持续了四天，敌人还是只能从望远镜里看到四平这座英雄的城市。22 日，敌人又以两个营的兵力向我 56 团防守的核心工事—小高地实施竟日猛攻。敌先以飞机大炮向我阵地狂轰滥炸，顿时，四平上空硝烟弥漫，弹片横飞。随后，敌兵分两路向我攻击。一路 300 多人，嚎叫着扑向我 56 团 1 连阵地，在我 1 连英勇打击下，死伤百余，其余狼狈逃回。另一路 400 多人，涌向我 56 团 3 连坚守的 202.2 高地。这时，3 连已连续击退了敌人的三次冲锋，伤亡过半，大部分失去了工事依托，弹药也剩下不多了。在这关键时刻，3 连党支部向全连发出了"誓与阵地共存亡"的战斗号召，得到了全连同志的一致响应。共产党员表示："哪里最危险，哪里就有共产党员！""只要还有一个人，就要坚决守住阵地！"战士们也向党支部表示决心："人在阵地在，只要还有一口气，就决不让敌人爬上来！"英雄们是这样说的，也是这样做的。共产党员、班长腾少宣，在战斗中全身5处负伤仍坚持指挥战斗，直到向敌人投出最后一枚手榴弹，英勇牺牲。年仅17岁的共产党员彭振山，在同敌人肉搏时，两眼负伤流血，但他仍用两手掐死了一个敌人。当敌人突破我2排阵地后，连长、指导员就率仅有的兵力向敌人冲去。他们以压倒一切敌人的英雄气概，与数量占优势的敌人展开了白刃战。经反复激烈的冲杀，敌人死的死，伤的伤，剩下的连滚带爬地溃退回去。阵地被我夺回后，大家看到在2排阵地上是一幅英勇壮烈的图景：每一位烈士身旁都有好几具敌尸，每一位烈士身上都有好几处刀伤，有的还用两手紧紧地掐着敌人不放……

敌人不仅在我56团阵地前碰得头破血流，而且在向我55团、58团阵地进攻时，也被打得弃尸遍野，狼狈败退。23日至26日，敌人虽然又向我旅发动了十几次进攻，但除了扔下大批尸体外，什么也没有得到。由于敌人连续九天的进攻毫无进展，伤亡惨重，遂就地构筑工事，以待后援。于是，从27日起，敌我双方便暂时对峙起来。我们抓住这一有利时机，调整部署，加修工事，改善了后勤供应。同时，对部队进一步进行战斗动员，大力宣扬英雄模范事迹。连队也积极开展了阵地文娱活动，修起了地堡式的俱乐部，并贴上了对联。上联是"粘住敌人，消灭敌人"，下联是"保卫民主，保卫胜利"，横联是"瞄准射击"四个大字。在此期间，部队还主动进行阵前出击。白天开展"冷枪冷炮"活动，夜间派出小分队袭击敌人。敌人无可奈何，只得龟缩在工事里等待援兵的到来。

4月下旬，北满我军相继解放了长春、哈尔滨等城市。同时，四平人民在战火中情绪高涨，积极支前，还分区组织慰问，从而更加增添了我军指战员杀敌的勇气，坚定了胜利的信心。

5月14日，援敌新6军及第71军88师先后赶到四平地区，使进攻四平之敌的总兵力达到10个整师。于是，敌人又开始了新的更为疯狂的进攻。

5月15日拂晓，敌人在飞机大炮的掩护下，向我全线发起了攻击。开始，敌向我阵地上进行了猛烈的炮轰，然后，成营成团的进行集团冲锋。仅在我55团4连一个排的防御阵地上，敌竟以十倍于我的兵力连续攻击十多次。一个小小山头落炮弹数百发，工事被打平了，最后只剩下排长田光儒等七名同志仍然英勇地打击敌人。当敌人又一次涌到该排阵地前沿时，排长率领大家跃出堑壕，端着刺刀，杀向敌群。在我英勇打击下，敌人丢下十几具尸体，滚了回去。16 日，战斗更加激烈。敌 50 师在进攻我塔子山高地时，除了以密集的炮火向我阵地轰击外，还出动 20 多架飞机向我轰炸扫射，并用大量的坦克掩护步兵疯狂地向我冲击。但是，我英雄的指战员冒着敌人猛烈的火力，顽强地抗击着敌人的进攻。守卫在该高地上的 58 团 1 营的战士们，在团、营干部直接指挥下，连续打退敌人四次冲锋。当敌人第五次冲到他们阵地前的时候，子弹和手榴弹都打完了。这时，团参谋长隋庆友、教导员刘加昌以及连、排干部率领战士以刺刀、枪托、铁锹与敌人展开了激烈的搏斗。刺刀拼弯了，就用枪托砸，枪托砸断了，就用铁锹砍。经过一天血战，他们连续打退敌人 12 次冲锋，毙敌 600 余名。在激烈的反击战中，隋庆友、刘加昌同志英勇牺牲。此后，58 团将塔子山防务交给 7 旅，该团 1 营奉命到哈福阻击敌人，一天后撤回。

17 日，敌新 6 军占我四平以东的西丰和哈福。18 日，敌新 1 军 50 师等部全力向我 331.5 高地和塔子山猛攻，并以一个团的兵力向我侧翼迂回。经反复激烈拼搏与争夺，我又杀伤了大量的敌人。

由于敌人突破了我四平以东的友军防线，对我全线防御极为不利，为迅速摆脱被动地位，保存主力，待机歼敌，19 旅奉命于 18 日傍晚撤出战斗，向北转移。至此，历时 31 天的四平保卫战结束。

四平战斗开始，林彪并没有提出要持久作战。但是，当时要求一定要顶住敌人，要守住这个阵地，不能让敌人畅行无阻。我们开始就是接受林彪的这个简单的防御作战命令。什么四平是"第二个马德里"呀，要同敌人在这里"决战"呀，那是后来一步步提出来的。作为野战军，我们是按照防御作战的要求来同敌人战斗的。关于这场保卫战，后来有些不同意见。我没有参加东北局关于"四平保卫战"、"四平要成为马德里"的讨论，事后也没有参加东北局关于"四平保卫战"的总结。但是，根据我对当时情况的了解，觉得四平这一仗还是应该打的。

从 4 月 18 日敌人正面进攻开始，整整一个月，到 5 月 18 日撤出阵地，在 31 天里，敌人没有能够从我们的主阵地上突破。随着敌人进攻火力的逐步增强，我们的防御工事也逐步加强。从野战工事，逐步到加盖钢板（就近的油脂化工厂有钢板，我们就把它拿来加盖到野战工事上），提高了抗击火炮和一般火力的能力，始终拒敌人于主阵地之外。我们付出了血的代价，敌人也没有在这里得到什么好处。

我记得当时曾传达过东总（东北民主联军总部的简称）首长林彪等对四平保卫战作战部队的奖励，表扬这个部队在现有的装备和阵地设施下，能迟滞敌人前进，给予敌人以杀伤和消耗，英勇顽强，不怕牺牲，不叫苦，完成防御作战，是有成绩的。另外，能经受住这样一场阵地防御作战的锻炼，对部队来说，也是很难得的。特别是在战斗作风上，不依赖上级，不伸手要装备，都是值得赞许的。

关于这次作战，当时我根本没有考虑这个仗该打不该打。上级指挥员下了决心，作为战术单位，就是如何想方设法把这场战斗进行到胜利或者进行到最后撤出战斗。要在这个范围内考虑问题，多想办法。四平这一仗，用的兵力并不多，第一线就是两个旅，直接防御的兵力不超过四个团。到最后撤离，也不能说是很被动的。当时东北战场上，北满始终是头等重要的。从整个态势讲，我们在东北对国民党作战，是属于外线作战。外线作战有一个主导方向，那就是北满。北满背靠苏联，无后顾之忧。在兵力部署上，两边是黄克诚的 3 师之 7、8、10 旅和独立旅共 4 个旅，主力都在铁路两侧。东边稍微偏一点，但地形也是可以依托的。只要把北满控制住，对未来作战，策应南满作战，或在四平以南这个地区运动作战，都是很有利的。自从 3 月 17 日我们占据了四平（56 团和其他部队协同，消灭了日伪残余势力，控制了四平），如果我们不守住它，敌人就可以畅行无阻地进到长春，那以后的北满形势就会大不一样了。那时长春还不在我们手里，有国民党的所谓"地下军"的"铁石部队"上万人，熊式辉的总部也设在长春。如果四平从一开始就让开，使敌人长驱直入，恐怕对我们不利，那会使"地下军"与北上的敌人合到一起，增加敌人力量。我们采取了在四平阻击敌人，使两处敌人不能合在一起，而且 6 纵队在长春把敌人消灭了。在四平的防御中，如果仅仅采取运动防御，或者是警戒性的防御，那是达不到上述目的的。只有运用比较持久的防御作战方法，才能拖住敌人，给敌人以杀伤，挫败敌人气焰，使我后方部队能够保卫住刚刚解放的长春、哈尔滨、齐齐哈尔等地。至于从对部队锻炼来说，对提高部队的战术、技术，锻炼部队的战斗作风等等，也是有很大好处的。

一般说来，防御作战有以下几种情况：第一种是配合战场的发展进程，给予进攻的敌人一定的杀伤之后转入进攻。这对整个战役来说，是最理想的前途。第二种是迟滞敌人，给予敌人一定的杀伤和削弱之后，离开战场。第三种情况，就是被迫转移了。在我们给敌人以杀伤，但还没有达到使我们进攻部队消灭敌人，或因敌人兵力增加，或作战方向的改变，使我们处于不利地位，这就要转移、撤退，否则会造成重大损失，甚至被敌消灭。这种情况就是被迫撤退。

四平保卫战，最后可以算是被迫撤退。我认为，当时林彪部署四平防御作战，也是设想在我们的正面，即四平以南的开原、铁岭、昌图方向，选择一个地方以运动方式消灭敌人。但是限于兵力，这种机会很少。黄克诚的7旅、8旅、10旅、独立旅，山东的1师、2师都在我们的右翼，南满的3纵、4纵也都在东丰、西丰出现过。显然，力量还是控制在翼侧，企图利用四平这个点来吸引敌人，然后调动侧翼部队在运动中消灭敌人，作战的目的并不仅仅是"保卫四平"。只是后来没有形成作战的机会，没有形成这种局面。当敌人从梅河口向我们的左翼逼近时，我们有可能被包围。在这种情况下，当机立断地不同敌人在我们预想战场以外的地方进行运动作战，而是撤出阵地，这是一种"被迫撤退"。但是，这不是仓皇脱离阵地。这与抗日战争时期，国民党的南京撤退完全不一样。那次是防御部队没有完全脱离阵地，或者脱离了阵地又陷于被敌包围之中，被敌人消灭了。而四平的撤退是很从容的，这是因为，一方面对进攻的敌人侧翼进行了牵制，使敌人进攻得不快。在这种情况下撤退，只要组织得好，再经过一段运动，还是可以变被动为主动的。我们撤离时，彭明治的7旅已经站到我们的左翼了。我们撤下来，到达小丰满时，遭到了敌人的一次炮火拦截，但是部队还是有秩序地按照预定指挥，离开了松花江区域。有一个团因遭敌人炮火追击，江桥折断了，就转移到小丰满的上游，在群众支援下，完整地撤到了江东。总的说来，没有什么重大损失。有些所谓纪实文学，说四平撤退后，这个部队"丧失了战斗力"，根本不符合事实。林彪在总结这次四平作战时说，这是"硬着头皮打的"。当时，他的指挥位置在公主岭，作战过程中还召集部队的政治工作人员开过一次会。据到会人员传达他的讲话说，对保卫四平的部队是比较满意的，认为在敌人猛烈炮击下，在敌人反复进攻中，部队顶住了，不叫苦，不要求补充，圆满完成了作战任务，对部队进行了赞许和嘉勉。我们从四平撤下时，是李作鹏（东北民主联军作战处长）拿着命令来部队传达撤退的，没有用电报，也没有用骑兵通信员。他来后，就跟着我们撤，一直撤到敦化。在那里总结作战经验，他也参加了。我们纵队没有感到伤元气或丧失了战斗力。正相反，总结经验之后，我们更清醒了，在战术技术，战斗作风，指挥思想，以及防御中的政治工作等方面，都有了新的认识和提高。

总之，不论这次"四平保卫战"是不是"第二个马德里"，它的实实在在的情况如何，作用如何，历史将会给予公允正确的评价。

第十五章 "三下江南","四保临江",南北配合,死打硬拼,把敌人嚣张气焰打下去

新站、拉法之战后,部队整训,1纵队(后改称38军)组成,任命我为司令员

四平保卫战之后,我军按照中央的战略指示,大踏步转移。杜聿明判断我们已经"溃不成军",气焰更加嚣张,对我部队紧追不舍,将其部队尽力向东延伸,企图切断我东路交通。6月上旬我1师、2师在新站、拉法一带,回过头来,对冒进的敌人88师263团狠狠一击,歼灭全团和264团的一个营,敌人方才迟缓了进攻速度。他们已占领四平、长春和吉林等城市,包袱越背越重的国民党军迫于当时的舆论压力,不得不于1946年6月6日与我签订东北停战协定。

解放战争期间,时任东北民主联军第一纵队司令员(1947年春)

我军抓住这一有利时机,深入农村,分兵剿匪,发动群众,建立根据地,同时进行政治和军事整训,扩充主力部队。北满组建了1、2、6三个野战纵队和七个独立师。

东北民主联军1纵队是8月3日在敦化组成的。由山东过来的1师(师长梁兴初、政委梁必业)、2师(师长罗华生、政委刘兴元)和东北民主联军7纵队19旅及20旅58团组成第3师(师长彭景文、政委黄一平)。这样,由以上三个师组成了第1纵队(1948年11月第1纵队改称第38军),我被任命为纵队司令员,李作鹏任副司令员兼参

谋长，梁兴初任副司令员兼1师师长，周赤萍任纵队副政委。这期间，在中共中央东北局会议上，决定成立东北行政委员会，我被任命为委员。

1947年初夏，万毅（左二）任东北民主联军第一纵队政委，与司令员
李天佑（左三）、副司令员兼参谋长李作鹏（席地而坐者）讨论作战方案。

部队整编，一纵队的领导同志，原来在山东时期就比较熟悉，在东北又并肩战斗了一段，我深知，他们都是久经战斗锻炼的老红军，都有丰富的经验和辉煌的经历。我也知道自己的指挥能力并不怎样高明。东北局之所以要这样安排，可能是考虑我是东北人，打回老家来了，有一定的影响。从个人来看，这是党对自己的信任。正如罗荣桓政委所说的："你这个人还可以培养。虽然按红军的战斗思想和战斗作风要求，胜任你的工作会有一定的差距，但你还有培养前途。"这是我在到东北后，又一次见到罗荣桓政委，并向他提出自己指挥一个纵队有顾虑时，他这样对我说的。他还强调说："组织这样决定，你就服从组织决定，自己知道自己不行这是个好事，这样对自己就会高标准严要求，组织上感觉你还是可以培养的。"

同林彪的两次谈话。他提出："硬拼战"的打法，要求一定要跟敌人死打硬拼，不惜牺牲，先把敌人的嚣张气焰打下去！

四平保卫战之后，林彪曾先后两次找我单独谈过话。

从在抚顺我第一次见到他，直到后来双城会议，他对我是信任的。他当时的作战思想和作战指挥，也都是正确的。莲岛湾那一仗，让我指挥梁兴初的1师，虽然打得不够理想，但是他从来也没有认为我是"朽木不可雕"。在四平保卫战时，我单独指挥原来那个部队，他没有批评什么，相反有些地方对我们是嘉许的，说这个部队在防御上还行，顶得住，另外就是不向上级叫苦，不要这要那。

四平撤退，来到敦化整编，他先后两次找我谈话，我总的感觉是，他对我是抱着一种希望，希望我提高能力，不断总结自己的作战经验，以期能使他的指挥达到预期的目的。

一次是他叫我到他的住处谈的，好像还在他那里吃了一顿午饭。他问我，东北作战与山东作战有些什么不同特点？我把自己临时想到的一些看法说了一下。我说，山东作战主要是对日作战，实际经常打击的对象是伪军和顽军。敌人的战斗力很差，武器装备还比不上我们，特别是士气更差。这是一点，即作战对象不同。我还说，大规模作战，我只有一次指挥过4个团，再大的规模没有打过。再就是对日本人打仗，也多半不是直接攻坚，不攻它的城堡，除在运动中外，一般遇到强敌，都是绕开它，避免和它决斗。东北作战则不同，国民党军队的装备比我们强，它还处于进攻状态。从自然条件讲，东北的气候冷。山东没有这么冷，冬季被服稍差点也可以顶过去。东北不行，被服不行，不仅人顶不住，连枪都会打不响。从这一点上看，条件不如山东。但是，自然条件对敌人也是一样，当然，敌人的补给手段比我们强。在东北，也有对我们有利的一面，比如，冬季行动，就没有河川障碍。讲到这里，林彪强调了一句："你这个讲得很对，地形这东西对于我们和敌人是同一条件，也就是说，在军事上，敌我在地形上都是受同等待遇的。你所说的寒冷条件，我们应当给予足够的重视。地形和气候，是敌我作战的共同基础。"他还很详细地询问我，东北是什么时候封地，什么时候封河。我说："我的家在南满。我们家乡讲的是'小雪封地，大雪封河'。哈尔滨一带我没有到过，不清楚是什么情况，沈阳就比我老家冷。'小雪封地，大雪封河'的说法灵不灵，说不准，恐怕只能是赶早不赶晚。"

第二次谈话是在第一次谈话后不久。

四平保卫战之后，显然他一直在思考如何同国民党美式装备的部队作战的问题。他说："国民党军队目前气焰嚣张。虽然南满几次战斗和四平保卫战,给了它一点教训,但是没有把它这种骄横不可一世的嚣张气焰打下去。这对我们以后的作战不利!"他当时针对这种状况,提出了一种打法,叫"硬拼战"。一定要跟敌人死打硬拼,不惜牺牲,先把敌人的嚣张气焰打下去。他问我:"你看我的这种想法,你们实行起来有什么困难?"他是在征求我的意见,但是,显然也是在用他的思想来感染我,说服我。我后来想过,为什么林彪会在这个时候找我谈这个问题?因为别的指挥员都是老红军,熟悉林彪的指挥思想和作风,林彪也熟悉他们。我的情况就不一样了,双方都还不熟悉。有时,我像听故事一样,听过老同志讲林彪打仗的事。他作战,在这个时期是这样打法,在另一个时候又会是另一种打法。国民党来到东北后,还没有遭受到像过去红军给他们的那样的打击。所以,必须要在战场上,首先从气势上把敌人压倒,使它不敢依赖美国的装备和处于优势的地位而嚣张。

林彪的态度很谦虚,讲完了他的想法之后,征询我的意见。我当时表示,这是领导对我的信任。我认为在当时的形势下,先把这样一个处于优势位置的敌人从气势上压倒,把战场的威力发挥到最高度,这是很有必要的。我还讲了历史上明朝名将戚继光打仗有三种打法的主张:一是"算定战",是预先计划好了的,按计划打;二是"舍命战",我说这一种大概就是林彪讲的"硬拼战","狭路相逢勇者胜",遇到遭遇战这种情况,就要用自己的战斗勇气和压倒敌人的气势来战胜敌人,这叫"舍命战",也就是"拼命战";三是"糊涂战",这就是事先没有"算定",遇到情况又不肯"舍命",糊里糊涂地打,必然要吃败仗。我说:"听了林总的想法,结合当前的形势看,我觉得很有针对性。我一定按照林总的这一指示,把打'硬拼战'的思想在1纵队的广大指战员中讲深讲透。"

林彪在东北全军中提出"硬拼战"这种作战思想,酝酿过程中就找我谈,这是对我的一种信任,甚至可以说是一种器重。他给我谈的非常实际,也很适合我的情况。四平保卫战,陷在那个阵地上,我只有那样打,这里并没有我多少高明之处。在此之前,我没打过大仗。这次谈话,是对我军事素养的教育,也是对我军事指挥作风和战斗作风的一种提高。回部队后,我同李作鹏一起,蹲在房东的土炕上,回忆林彪的谈话,我说,他记,一句句地整理出来。第二天,便在纵队指挥干部中作了传达,接着还展开了讨论。后来,我又根据大家讨论的意见,写了一篇有关"硬拼战"的学习体会,以后，又写过有关"四组一队"的学习体会，都刊登在东总参谋处出版的一张小报上。

总之，两次谈话，我的心情都很愉快，获益很深。这是我很难忘却的一段经历。

"三下江南"，与南满我军配合，南打北拉，北打南拉，形成对敌夹击态势。战局迅速转变，由被敌人追着跑，变为我军追着敌人跑

在东北我军休整和扩编的时候，东北国民党军也利用休战时机加紧增调和增补部队。到 1946 年 9 月底，他们已有正规军 25 万余人，地方军 15 万人。为实现其独占东北的狂妄野心，敌人 8 月进攻热河，10 月攻我安东，12 月底则采取"南攻北守，先南后北"的方针，凭借松花江对我北满部队进行防守，对南满我临江地区则以 10 万之众大举进犯，妄图首先控制南满，切断我东北与华北的联系，尔后进攻北满，夺占全东北。

这时，我南满解放区仅剩下长白山麓的临江、濛江、抚松、长白四县。我军 3、4 两个纵队集结在这一狭小地区，处境极为不利。敌若阴谋得逞，就可掉头专心进攻北满，东北局势就将发生对我严重不利的变化。

据此，东总首长遵照中央军委和毛泽东主席的指示，决定采取南打北拉、北打南拉、南北满密切配合、集中兵力各个歼敌的方针，命令北满部队南渡松花江，策应和支援南满作战，变敌人的"南攻北守"为我军的"南北夹攻"，求得在运动中消灭敌军几个师，以粉碎敌人的进攻计划。

敌人对临江的第一次进犯，是从 1946 年 12 月 17 日开始的。它纠集了约 6 个师的兵力，在郑洞国指挥下，由西而东向我临江地区发动进攻。为牵制南满敌人，北满我军 1、2、6 纵队和 3 个独立师并 3 个炮兵团，于 1947 年 1 月上旬，奉命南渡松花江，进行"一下江南"的作战。

江南守敌凭江据险，分散守备，有利于我军集中兵力，"以大吃小"。东总在部署向长春、吉林一线守敌展开攻势时，选择了地处松花江畔，与九台、德惠两县城成鼎足之势的其塔木镇为围点目标，主力则部署在其塔木附近准备打援。

围点任务交给我们 1 纵以后，我和李作鹏副司令员商量决定，令 3 师围

攻其塔木,1 师部署在其塔木西南的吴家岗子、张麻子沟、卡路一带,2 师部署在其塔木以南的张家屯子、黄家窝棚一带,阻击可能由吉林、乌拉街方向增援之敌。我纵队侧翼有 2 纵、6 纵等友军策应配合,随时打援。

我纵各师受命后,于 1 月 5 日由榆树县以南之秀水甸子一带越过松花江。3 师往其塔木急进。这正是一年中最冷的季节,气温降至零下 40 度,积雪深达膝盖。在敌占区作战,住没有热炕,吃的是冻干粮,条件十分艰苦。但官兵们知道有仗可打,憋了半年多的劲儿一下迸发出来,决心在作战中多抓俘虏多缴枪,多杀敌人多立功。

经过连夜急行军,3 师于 6 日凌晨到达其塔木,将敌完全包围。1、2 师也按时到达了指定位置。

其塔木是松花江南 500 多户的一个镇子,南通吉林,北达德惠,西距九台县城 55 公里,是国民党军据守吉林、长春的重要外围江防据点。守敌约 700 余人,附有山炮、迫击炮各两门。敌占领镇子后,沿镇挖有 2 米多深的壕沟,并遍设鹿砦、铁丝网,街道巷口及外围筑有大小地堡 120 多个,全都用水泼成冰壳,并用交通沟连接,易守难攻。

我 3 师以 8 团配属山炮 4 门、战防炮 1 门,由正南实施主要突击;9 团 1 营附迫击炮两门在东南、东北方向助攻,该团主力则负责九台方向的打援,7 团为师预备队。

攻击部队经勘察地形和战斗准备,于 1 月 6 日按计划正式发起进攻。突击连 1 连在连长吴彩民、指导员金士庆率领下勇猛突击,遇敌堡机枪射击受阻。连长光荣牺牲。指导员及时用"为连长报仇"的口号鼓舞部队,继续冲击,攻占村边一大院。敌五次疯狂反扑,均被击退,但该连仅剩下 30 余人,无力进展。

我们在纵队指挥部听到 3 师战况报告,担心他们攻得不狠,难以引德惠、九台敌人出来增援,遂命该师调整部署,猛烈攻击。

3 师遂以 8 团 3 连在 1 连右侧投入战斗,攻占敌两栋房屋,并和 1 连一起击退敌人数次反扑。

与此同时,8 团又以 2 营在镇西发起进攻,但终因敌火力封锁,未能突破前沿。9 团在东南方向实施佯攻的两个连队也进展不大。

我正为能否引蛇出洞焦虑,和副司令员李作鹏一起趴在指挥部一张小炕桌上研究敌情,副司令员兼 1 师师长梁兴初和政委梁必业兴冲冲策马而来,进门就向我们报告：敌准备兵分三路出来增援。这是 1 师侦察队长吴道坤带领侦察员在九台至其塔木的公路上截听敌人的求援电话得知的消息。敌团长训斥营长要坚持和镇静，通报部队东自吉林区乌拉街，南自九台，西自德惠，将于下午分三路驰援。九台一路由 113 团团长亲自率领，当晚在芦家屯宿营，第二天中午赶到其塔木。

我们听后大喜。李作鹏对我说："来了这么多，咱们怎么打？"我说："来得多一点好，咱们好有选择地打它。当年李世民打洛阳时，好多路都来了，李世民说你来多少我都收拾了。今天咱们也来者不拒。"

我们当即看着地图作了简单研究，断定敌人凭借装甲、汽车，十有八九沿公路来援，因此决定在公路两侧组织伏击。具体伏击地点由梁兴初、梁必业立即去现地勘察决定，伏击部队连夜进入阵地。我又向他们嘱咐了防寒、隐蔽等一些注意事项，便让他们立即返回部队。后来，西由德惠出来增援的敌新 1 军 50 师 150 团，在焦家岭即被我 6 纵 16 师消灭。

天黑前，梁兴初带各团指挥员登上一座高山勘察地形，看到张麻子沟、卡路一带十里以内地势较低，四周丘陵起伏，环抱成一盆地。张麻子沟村东二里有 100 米高馒头形双顶山，极易发扬火力，且接近公路，他们遂决定在张麻子沟、卡路间的盆地布置袋形阵地。令 1 团进至张麻子沟、卡路以东二三里的王家崴子，2 团进至以北三四里的地方，3 团进至以西四五里的地方隐蔽；另以 1 团 2、3 连加两个重机枪排进占双顶山，以师警卫营迎面就公路两旁小山，构筑冰雪阵地埋伏起来。待敌进入口袋后，四面合围，予以聚歼。

1 师各部连夜分头进入阵地，冒着严寒，反穿棉衣，藏身于雪窝之中。为防暴露，严禁生火，指战员只能吃几把冰冷的炒苞米充饥。为防枪机冻结，大家都把枪支紧紧地抱在怀里，机枪射手则脱下大衣包住机枪……

7 日 12 时，敌新 1 军 113 团（欠其塔木守敌一个营）和九台县两个保安中队，在 8 辆装甲车开路下，进入我 1 师伏击阵地。1 师首长当即发出攻击信号，师直的轻重机枪和炮火像暴风骤雨迎头痛击，1 团向西、2 团向南杀了过去，3 团直奔芦家屯，兜住了敌人屁股。经一小时激战，敌大部被歼。残敌多数在敌团长率领下退入张麻子沟，被我 1、2 团紧紧围住；小部分被我 3 团包围在芦家屯；其余的四处溃逃。我乘势猛攻，至下午 5 时，敌全部被歼，敌团长王东篱在逃回九台途中被我 1 团警卫班长刘广义击毙。此战，我 1 师共歼、伤敌军 240 名，俘敌 868 名。

此时东总通报整个战况:从德惠支援的敌新 1 军 50 师 150 团两个营、一个炮兵连和一个保安中队,于 7 日晨在上河湾、焦家岭一带被我 6 纵部队包围,正在围歼之中;由吉林经乌拉街西援的敌新 1 军 112 团也被友军击溃。

当时其塔木围歼战仍在进行。8 日上午,在我 3 师 7、8 两团配合进攻下,其塔木的残敌被压缩在几个大院内。我 3 师调整部署,准备在黄昏时发起总攻。

是日傍晚,守敌得知其增援部队被我阻击歼灭,坚守待援无望,乃于 19 时伪装我军,分散突围。由于我担任九台方向警戒任务的 9 团 2 营麻痹大意,误敌为我,未予追击,敌 200 余人得以向东南方向逃窜。

其塔木战斗打了三天。打得十分英勇,并取得了一定的攻坚经验。但终因敌工事坚固,我兵力使用不当、轻敌等原因,虽毙、伤、俘敌 550 余人,自己也有很大伤亡,基本上打了一个消耗战。但从战役上来讲,由于其塔木未能一举攻克,引敌增援,这才有了张麻子沟、焦家岭等处打援的胜利。因此,其塔木战斗的意义同样是不能低估的①。

我 2 师在完成其塔木阻击任务后,于 1 月 15 日奔袭了通往九台公路上的沐石河据点,全歼守敌保安团两个中队,毙、伤、俘敌 627 名,扩大了我纵战果。

北满我军的一连串胜利,给敌王牌新 1 军等以沉重打击,迫使杜聿明不得不暂时放弃对我南满临江地区的进攻,而抽调 80、88、91 等三个师北上驰援,以图维持北满局势。我军南打北拉的作战意图已经实现。部队遂于 1 月 19 日撤回江北休整。此次作战,1 师完成任务特别出色,受到东总首长明令嘉奖表扬。在全师上报的作战经验总结上,东总首长作了批示,并通报全军。

"二下江南",是 1947 年 2 月下旬开始的。1947 年 1 月 30 日,国民党军集中四个师的兵力二犯我临江地区,遭我南满部队挫败后,便将 91 师从北满调回,于 2 月 13 日集中五个师分三路向临江地区发动第三次进攻。北满

---

① 1947 年 1 月 11 日,中共中央军委在给东北民主联军总部的电报中,表彰了第一纵队在一下江南作战中的战法,评价:"包围其塔木一点引起九台吉林德惠三处之敌无计划的增援,均被我歼灭或击溃。这一经验指出,围城打援是歼灭敌人重要方法之一。利用结冰时期有计划地发动进攻,普遍寻找敌之薄弱据点,采用围城打援方法,大量歼敌,转变敌我态势,甚为必要。"(《毛泽东军事文集》第三卷,军事科学出版社,中央文献出版社 1993 年版,第 612 页)

敌人继续分散守点，并为巩固吉、长地区前哨据点，将新1军30师89团调到城子街，加强守备。

为配合南满我军三保临江，北满我军1、2、6纵及独立1、3师等部奉命第二次南越松花江作战。东总决定以6纵袭击城子街守敌；1纵进至二道嘴子、聂家屯一带准备歼灭由九台出援之敌；以2纵4师向农安、长春方向出击，以牵制敌人；2纵主力则进至德惠东南王家船口、孙家英子、横道沟等地构筑工事，准备阻击德惠出援城子街之敌。

我纵于2月21日过江，直插指定地点，在进到离城子街还有百余里的地方，我们得知，东总直接给2师发了电报，命令他们拂晓前务必赶到城子街背后，以堵截企图逃跑的城子街的敌人。

师长罗华生、政委刘兴元受命后决定抄近路，隐蔽接近敌人。他们带部队，像一支利箭，顶着狂风，冒雪向城子街直射过去。部队情绪十分高涨，踏着四五十厘米深的积雪，9小时急行军百余里，赶在22日拂晓前到达城子街以南指定位置长岭子地域。师令4团2、3营于横道沟、王家房一带迅速占领阵地，组织部队用水泼雪等办法积极构筑工事，担任正面阻击。

天亮后，敌往南逃跑，遭我4团迎头痛击，发现逃往九台的道路被阻，为求生路，便发起疯狂的连续突围。

我2师指战员英勇地阻住了敌南逃的退路，并取得了毙、伤敌89团副团长以下103人，俘敌156人的战绩。

在我2师阻击敌人之际，6纵已直到城子街，将敌团团包围，对逃至后尖厂一带的敌人发起攻击，将敌压回城子街。23日9时半，6纵在炮火支援下，分西南、西北两面向城子街发起总攻。战至下午4时，将敌王牌新1军30师89团全部歼灭。

由于我2师英勇地阻住了敌人，为6纵全歼该敌创造了条件，东总首长给以通令嘉奖，称赞2师："不顾一切疲劳，插到城子街以南，阻击企图突围的敌人，并取得了胜利，城子街敌人全部被歼灭，你们起了很大的作用。"嘉奖令在部队传达后，全纵上下，尤其是2师官兵欢欣鼓舞。

城子街战斗期间，我1纵和2纵的主力在各自的集结地域静候打援的命令。但敌已从失败中学乖了，惧我围城打援，一两个团不敢单独出来增援。我们正等得着急，总部来电命我纵立即出发，前往九台包围敌人。九台系吉长路上一重要据点，有敌新1军一个团和一个保安队驻守。守敌惧我围歼，在我纵到达前即已弃城逃跑。

28日，6纵在独2师配合下乘胜包围了德惠。我1纵和2纵奉命汇集于德惠、长春间的哈拉海、米沙子一带，准备打击长春出援之敌88师。但该敌出城不远即缩回城去，西面农安之敌也弃城逃往长春。

3月1日拂晓，我3师令9团派一个排向长春方向侦察敌情。该团5连3排奉命前进至卡伦西之河溪堡村时，发现一辆吉普车急驰而来，遂疏散隐蔽。吉普车在距该排200米处停车，两个外国人跳下车用望远镜四处窥看，又用照相机准备拍照。一声令下，我3排以迅猛动作扑上前去。敌司机见势不妙，掉头开车就逃，两个外国人被我活捉。经审讯，原来是派到国民党军中充当军事顾问的美军少校柯林士和上尉芮克。他们的身份充分暴露了美国当局所谓"调停"内战的骗局。毛泽东主席在《别了，司徒雷登》一文中，把这件事作为美国帮助蒋介石打内战的一个例证。

我6纵和独2师包围德惠后，德惠守敌向杜聿明连连告急。杜聿明随即抽调新1军30师、38师和71军87师、88师等部，于3月1日分三路向德惠增援。我军又一次实现了南打北拉的作战意图，迫敌对临江地区的第三次进攻计划化为泡影。

由于敌乘车疾进，且兵力集中，不便我各个击破。我军对德惠的第一次总攻未成功，短期内不及组织第二次攻击。东总令6纵和独2师主动撤离德惠，命北满所有过江部队迅速撤回江北，以诱敌深入，寻机于运动中歼敌。我北满部队大部于3月2日冒严寒蹚水过江，二下江南作战遂告胜利结束。

"三下江南"紧接在"二下江南"之后进行。

"二下江南"作战结束，北满我军主动撤回松花江北，使杜聿明骄横嚣张的气焰再度高涨起来。他从沈阳飞抵长春举行记者招待会，得意洋洋地宣布：共军败北，"10天之内，国军保证打到哈尔滨"。同时，他督令新1军30师和38师残部继续向德惠东北大房身、岔路口方向进犯，令71军87师、88师向德惠西北靠山屯地区扩展。敌保安团更是张牙舞爪，冒充主力，扩大番号，虚张声势，以错乱我之判断。

3月7日，敌88师266团分三路过江，北犯我五家站、孟家崴子等地并一度占领。东总令2纵、6纵杀他个回马枪，以2纵围攻该路进犯敌人，另以6纵16师及独立师切断该敌退路。

敌266团发觉我之企图，乃于当日黄昏缩回江南靠山屯。进抵靠山屯以西及西北的 87 师也分路退回农安。

东总令我 1、2、6 纵分路顺势渡江南下，跟踪追歼，于是开始了三下江南作战。我纵从德惠东北向西南追击新 1 军，首先围歼岔路口、大房身一带敌人。2 纵过江后进至达家沟站北、大房身东北一带，监视大房身之敌行动，以配合 1 纵围歼大房身之敌。6 纵沿中长路向德惠挺进，准备打击德惠出援之敌。

但敌已接受以往挨打的教训。当我纵一梯队于 8 日拂晓赶到岔路口时，敌已于 7 日闻风而逃。

我纵过江后马不停蹄，连续追击三天三夜，未能抓住敌人，一些干部战士未免产生急躁情绪。各级干部和政治机关随即向部队宣传解释，鼓励部队不要怕走路，坚信上级指挥，相信走路一定能抓住战机。

此时，2 纵 5 师在 8 日过江后，9 日进至靠山屯附近，发现敌正在南撤，便以迅猛动作在姜家店歼敌 262 团 1 个营，随即将未及逃脱的该敌残部包围于靠山屯。

敌 71 军军长陈明仁为救靠山屯被围部队，急令撤到农安的 87 师和撤到德惠的 88 师主力前去解围。但救援之敌尚未到达，靠山屯之敌 1300 余人便被我 2 纵 5 师全部歼灭。出援之敌得到情报，掉头想逃。10 日夜，总部电令我纵向西急进，断敌向农安的退路，以便会合兄弟部队，将敌聚歼。

此刻，我纵已连续几天几夜行军追击，吃不好，睡不好，十分疲劳。但干部战士一听说前面能抓住敌人主力，个个又来了精神，谁也不甘掉队。各级干部因势利导，要求部队互相帮助，开展赛走路、赛团结活动。

我 1 师向西疾进，11 日夜，前卫在米沙子、中长路附近连打四仗，歼散敌 200 余人。在过中长路时，前卫部队发现公路上有几辆汽车亮着车灯往长春方向开，指导员果断地命令部队隐蔽在公路旁边，待汽车驶近时突然开火，打住了后面四辆，前面三辆仓皇逃脱。俘虏供称那三辆是他们杜长官坐的，他是去德惠代蒋介石颁发奖章的。大家听了，都不大相信。后来听到国民党广播说："杜长官于 11 日晚 7 时半离开德惠，午夜安抵长春。"这才相信了俘虏的话。战士们听到了这个消息，气愤地说："算杜聿明走运，但你跑了今天，跑不了明天！"

3 月 12 日 4 时，我 1 师赶到郭家屯、姜家屯一带，正好与从靠山屯退下来的敌 88 师全部和 87 师一部相撞。1 师 3 团在厉家屯先敌开火，并发起猛攻,歼敌一个连,将敌压缩到郭家屯村内,随即将其团团包围。1师2团则将企图西逃之敌2000余人,截击于郭家屯西南之姜家屯。至此,溃敌88师除先头少数西逃外,大部被我1师截住。

我1师各团经简短准备,于6时20分向被围之敌发起攻击。

2团受命围歼姜家屯之敌。敌在我两面夹击下,最后被压缩在村西北端的两个大院作最后挣扎。我除集中各口径迫击炮、火箭筒向敌急袭射击外,步兵继续挖墙洞往里进攻。同时在阵前开展政治攻势。敌人终于停止了抵抗,在团长蓝松岩率领下全部投降。姜家屯战斗胜利结束,我歼敌263团千余人。战后,蓝松岩十分服气地说:"我抗战时候就是团长,从没有见过像贵军这样神速的。原来我们侦察50里以内没有情况,可是走到这里却被包围了,真是莫名其妙。"当他知道我们是从140里以外凭两条腿走来的时候,连声赞叹:"神速,神速!"

与姜家屯战斗的同时,1师3团和1团1营对郭家屯的战斗也在进行,攻击部队向突围之敌猛打猛冲,全歼残敌于野外。

我1师在姜家屯、郭家屯战斗中,共毙、伤敌810余名,俘敌263团团长以下1193名,缴获大批枪支弹药。1师荣获东总嘉奖。

我3师奉命于12日6时向郭家屯方向前进,助1师作战。先头9团在头道沟与敌88师后勤部队一部遭遇,将敌两个运输连全歼。接着,该团又猛追20余里,于12时将从靠山屯溃逃而来的88师262团2营包围于孟家城子。经审俘得知敌遭我打击,营长已负伤,部队仅剩300余人,士气低落。我9团遂抓紧时机以军事打击结合政治攻势,先后利用俘虏和老百姓三次给敌营长送去劝降信,又让俘虏帮助喊话,致敌营长率部投降。9团荣获东总和纵队通令表扬。

至此,敌88师除少数溃逃农安外,全部被我歼灭。为扩大战果,东总令6纵围攻农安,令我纵和2纵赴农安附近担任打援。

杜聿明为解农安之危,于15日急调热河13军54师,南满之新6军22师,新1军3个师(6个团)增援北满。敌吸取教训,行动谨慎,靠拢前进,我不易各个击破,同时松花江已开始解冻,不利运动作战。为避免与敌决战,3月16日,东总决定放弃农安,主力北移,伺机再战。三下江南作战胜利结束。

不久,敌于3月27日向我临江地区发动的第四次进攻,也被我南满部队于 4 月 3 日前粉碎。

东北我军历时三个多月的三下江南、四保临江作战，给国民党军以沉重打击。作战期间，我军将敌军五大主力之一的新 1 军打成了残废，将 71 军 88 师、13 军 89 师全部消灭，共歼敌 4 万余人。仅我纵就配合兄弟部队进行大小战斗 11 次，歼敌 8292 人。此役大大削弱了东北国民党军的有生力量和机动兵力，打击了敌人的嚣张气焰，迫使它不得不由攻势转为守势；我军则由被动转入了主动。我军在四平撤退时被敌人追着跑的局面掉过个来，成了我军追着敌人跑。东北的战局发生了根本的变化。

双城会议期间，改任 1 纵队政治委员。
林彪说：“你当政委可以不管政治工作，主要是学习打仗。”

1947 年 4 月下旬，“三下江南”战役之后，东北野战军总部在双城召开会议。会议期间，林彪找我谈话，提出要我与松江军区司令员兼代哈尔滨卫戍司令员李天佑对调，他来 1 纵队，我去松江军区。我听后，心情很不愉快。这是我参加八路军后第一次遇到这样不愉快的事。我是旧军队出身，一向是认真服从纪律要求的。作为一个共产党员，也应当服从组织决定。但是，这一次我心情不愉快，讲了价钱，说明党性还是不强的。至今回忆起来还是个遗憾。

我当时的想法是，我是东北人，打回老家来了，应该在第一线作战。到第二线去，生活上安定些，但我感情上接受不了。到松江军区去，主要任务是训练部队，向一线输送兵员。不能说这个任务不重要。但是，从抗日战争开始，我一直在一线战斗，不愿意离开一线作战部队。李天佑是老红军，又在苏联学习过，别人也对我讲过他的情况，但我对他没有更多了解，只在磐石见过一次面。林彪谈话，提出要我与他对调，再加上会外有一些传闻，我听了心里很难过。林彪讲了工作调动的意见之后，我只问了一下，为什么要这样调动，并没有说其他的话。林彪一听，马上不耐烦地说“不用说了”，谈话就此结束。之后，林彪又第二次找我谈话，说：“听说调动你的工作，你的情绪很不好？”我回答说：“说我情绪不好，我承认。但是，总司令应当给我说明为什么要调动。我作为一个军人，应当服从调动，但是，领导上应指出我的缺点和错误在什么地方，到了新的岗位上我才能改正。”林彪说：“有人讲你回去后大发牢骚！”我问：“发什么牢骚？”林彪说：“说你在屋子里唱京剧《霸王别姬》的'力拔山兮,气盖世……'一段;再就是参加会议的人都去照相,你不去照。这两件事说明你在闹情绪,我说的对不对?"我说,我喜欢唱点京剧,但是,林总讲的这一段,我恰恰不会唱。朱瑞同志业余喜爱照相,给大家照相并不是会议的一个项目,我没去参加,有的同志也没有参加。我说:"林总都听到这样一些话了,我就无须多作解释了,最后都会查明的。"林彪说:"我还是跟你商量,你不愿到松江军区去,还可以到齐齐哈尔当步兵学校校长。"我说:"我就不说了。"情绪更加对立。回来后,我自己越想越觉得不合适,虽然只是申诉了几句,但恐怕问题越弄越僵。我想找个正派的同志向林彪反映一下我的真实思想情况。于是,我就找到了梁必业同志。梁在山东时任115师组织部长,后来在教导团当政委,我们经常见面,他为人正派。我对梁说:"上级调动我的工作,我应该服从。但是,我不愿意离开一线。让我留在一线,降职工作也可以。关于唱京剧的事,可能有出入;照相的事,情况你更清楚,你就没去嘛,与闹情绪扯不到一起。希望你向林总解释一下,比我自己去说好。"梁必业同志向林彪转达了我的意见,也作了证明。后来,松江军区和齐齐哈尔都不用去了,让我仍留1纵,改任政治委员。林彪说:"你当政委可以不管政治工作,主要是学习打仗。"

让我学习打仗,向李天佑同志学习,我觉得这话也对。我在国民党部队里最多也只指挥过两个团。莲岛湾一仗,指挥过八九个团,但那一仗打得也不理想。学习打仗,这话我服气。事实上,以后我也真的认真学习了。李天佑来了,我们相处得很好。他是红军中的优秀指挥员之一,我对他一直很尊重。当然有时也有争论,甚至争论得很激烈,不过从没有影响过团结。

第十六章　连续发动强大攻势。辽西会战。东北全境解放

夏季攻势开始。三战四平。连续消灭敌人有生力量。战局朝有利于我的方向扭转

1纵在领导班子调整后，于1947年5月中旬开始向松花江以南地区开进。5月的松花江，碧波滔滔，一泻千里。北满我军主力第1、2纵队和两个独立师于中旬挥师南渡，与东、西、南满及冀热辽军区共28个师、4个炮兵团的部队一起，开始了对东北蒋军的1947年夏季攻势。

这多少应该算是一步险棋。因为敌我力量相比敌仍略占优势，铁路交通也掌握在他们手里，而我方此时已无冬季江河封冻之便，万一失利，北满我军不免要背水一战。但这又是一着好棋。我主动将战场引向国民党占领区，寻歼敌人的有生力量和相机夺取中小城市，将打通南北满的联系，从根本上扭转东北战局，配合关内各战场作战。

攻势的发展比预料的要好。5月17日，北满我军主力攻克怀德，消灭国民党王牌新1军30师90团。18日，于怀德以南大黑林子地区围歼前来增援的敌71军88师和91师大部。继向辽南发展，19日解放公主岭，6月1日克开原，2日克昌图。南满主力也先后攻占草市、山城镇、东丰、梅河口，歼敌60军184师等部，与北满我军胜利会师于四平以南地区。东满、西满及冀热辽军区部队也捷报频传。吉林、长春以南，四平以东广大地区之敌全被肃清，东、西、南、北满连成一片，东北战略要地四平处在我包围之中。

一连串的胜利极大地鼓舞了我军官兵的士气。部队从下到上情绪激昂，纷纷上书请战，要求攻打四平，1纵首长给东总连发几份电报陈述部队情绪，积极要求攻打四平。

东总首长权衡利弊，决定夺取四平这一战略要点，以求彻底切断沈阳和长春间国民党军的联系。决定以第 1 纵队、第 7 纵队 ① 和第 6 纵队 17 师及炮司 5 个炮兵营为四平攻城部队，统由 1 纵司令员李天佑和我指挥；另以 2 纵、3 纵、4 纵、6 纵（缺 17 师）布置在昌图一线，负责打击沈阳的援军；以东满独立师，独 1、2、3 师等 5 个师和两个骑兵师等在四平长春间布防，准备打击长春出援之敌。东总还电令南满 11 师、12 师向抚顺、沈阳前进，相机占领抚顺，配合四平会战。

为隐蔽企图，弄清敌情，1 纵部队在开原时，纵队首长即令各师派出加强的先遣营到四平附近侦察，由师参谋长、副团长率领，各组成 3 个侦察组，以求查明四平守敌兵力、城内外工事及选择突破方向与突破口。又建议总部令 7 纵一部兵力占领和控制四平飞机场，断绝四平敌武器弹药的来源。

经反复侦察，判断四平守敌为 71 军之 87 师和 88 师残部、13 军之 54 师两个团、53 军之榴弹炮营、71 军直属炮兵等部，以及保安第 1、第 2、第 17 团等部队，统由 71 军军长陈明仁指挥。

陈明仁为死守这一战略要点，在原有防御工事的基础上，继续加强工事修筑。在市区内各交通路口、部队驻地、高大建筑物及路西的军部、火车站、天桥、路东的天主教堂等重点地区，突击修筑了许多钢筋水泥防御工事。工事强调只靠面，不靠点和线，万一被突破一点，而不致影响全局。各防御工事又自成体系，均能独立作战。在市郊周围还筑有数十处地堡式的集团据点，遍设铁丝网、地雷、鹿砦、绊脚绳、陷阱、土墙等副防御设备。外围据点与主阵地相距仅二三百米，以交通沟、盖沟贯通。主阵地除以上副防御物，并有深宽各 1 丈的外壕，外壕内斜面积土向上，相距二三十米便有一隐蔽地堡。各阵地内均有发电照明设备，有充足的粮弹器材储备。

陈明仁还采取置之死地而后生的办法，把四平城区划为五个守备区，严令死守。第 1 守备区由 87 师负责，第 2 守备区由 13 军 54 师负责，第 3 守备区由保安 17 团负责，第 4 守备区由 88 师残部、保安 1 团等负责，核心守备区由 71 军军部、军特务团等负责。总指挥部控制三个团的兵力作为预备队。敌军官兵对四平守备十分乐观，自称"共军装备低劣，一无飞机，二少

---

① 据史书记载，四平攻坚战期间，辽吉纵队尚未改称第 7 纵队，故本小节内容中的"7 纵"，均指其前身"辽吉纵队"。

大炮，对铜墙铁壁的四平，必将是一筹莫展"。

1纵首长根据侦察所得情况，决心将攻城部队分为三个作战单位：以1纵第1、2师附炮兵1团的两个营、2团两个营、4团两个连，向四平西南新立屯、海丰屯之敌突击；以7纵独1、独2师附炮兵两个连在四平西北方向突破，独3师攻击外围据点，保证该纵右翼安全；以1纵第3师在城东北角的一面城附近担任助攻，以求抓住路东敌54师，不致抽兵增援路西。6纵17师集结在四平东南角之杜家大城及四家子附近，准备参加纵深战斗，或阻击突围南逃之敌。总攻时间定于6月14日晚20时，计划以三至五天拿下四平。

各攻击部队迅速到达指定位置，积极组织勘察地形，进一步了解敌情，进行攻坚战的技术与战术训练，抓紧器材和弹药准备，仅东总就用火车、汽车、马车自远后方前运炸药3万斤。

各部队政工首长抓紧进行政治思想动员。1纵首长向部队发出战斗动员令，反复强调攻占四平的重大战略意义。纵队党委号召，谁先突破主要阵地，谁先占领敌军指挥所，授予"四平部队"的光荣称号：谁团结得好，纪律严明，授"模范连队"称号。部队纷纷开展杀敌立功和争当先锋、"模范连队"的活动，许多战士在炸药包上、枪杆上贴上"三战四平，再立战功"，"反攻好比翻山顶，顽强通过攻坚关"等标语口号，以表示自己的战斗决心。

与此同时，各部队自6月11日起开始扫清敌外围据点的战斗。11日至12日晚，7纵独3师攻占了四平西郊飞机场，全歼国民党71军运输营和保安团1个营，共600余人，切断了敌空中运输，受到总部通令嘉奖。

13日晚8时20分，1纵2师贺东生师长、刘兴元政委亲自动员，令4团2营以勇猛动作攻下新立屯，并歼敌4个连。继又以炮兵直接瞄准摧毁了敌在新立屯以东的小红窑堡垒。敌为夺回新立屯据点拼命反击，数次进攻均被我击退。新立屯据点的攻占为第二天2师的迅速突破奠定了基础。

然而，这期间部队行动也遇有若干挫折。1师1团因侦察组织不够充分，未按计划拿下海丰屯之敌外围据点，影响到第二天与2师的并肩突击。7纵部队由于攻击方向和战斗任务的一再变化，独2师直至总攻发起时，攻击方向的敌情地形尚未完全查清，只能边打边侦察边组织进攻。

13日晚，我攻城各部冒雨进行接敌动作。敌为破坏我突破准备，从14日16时以后，以飞机18至20架轮番轰炸扫射我炮兵阵地。炮兵部队与敌机斗智斗勇，强行进入阵地，当敌机于 19 时 45 分刚刚飞去，即于 20 时开始 10 分钟试射和 7 分钟效力射。炮兵的猛烈射击振奋了全军。我步兵不顾一切，于 20 时 17 分开始勇猛冲锋。2 师 4 团 1 营首先以 2 连连续爆破 5 次，炸开敌铁丝网，扫清了障碍。3 连在 3 排长史德洪率领下，飞越鹿砦、陷坑，猛扑城垣，仅 10 分钟即登上城墙。1 连也争先恐后，杀上城去。全营突破敌西南角防御阵地，攻进城廓仅用了 28 分钟。随即占领了敌保安 17 团团部大红楼。1 师 1 团也于 15 日 2 时 30 分从屠宰场方向突破。但是，7 纵及 1 纵 3 师的突击均未能奏效，致使敌得以在防御体系内机动，从东北角调 87 师一部前来反击，战斗打得十分激烈。1 师 3 团副团长黄才芳刚向师政委电话报告准备冲击，紧接着的一个电话又报告黄才芳已经牺牲了。一天一夜中，4 团、5 团打退敌 15 次反击，1 师部队打退敌反击也不下 10 次。

由于战斗的残酷，一些连队只剩下七八个人，整编一个班后仍继续战斗。有的连从班到连的干部全部负伤，均连续组织再战，少者 4 次，多者 7 次。有的连连长当排长，排长当班长，另有的连则班长代理连长、指导员。8 连只剩 8 个人，仍坚守住了阵地。

我军对四平之敌的无情打击使敌人大为惊骇。当时的香港《华侨日报》沈阳特讯称："四平街之争夺战愈演愈烈。16 日上午共军以 4 团兵力冲入市区，当与国军发生惨烈白刃战。战况之惨得未曾有，为东北历次战斗所仅见。"

战至 17 日，我军不但粉碎了敌人的屡次反击，又乘胜发展了战果，扩大了突破口面积。1、2 师部队逐渐逼近了 71 军军部。但此时 7 纵及 1 纵 3 师仍在城外，我 1、2 师部队因伤亡严重，攻击能力大为减弱。

东总参谋处长苏静及时建议总部首长调擅长巷战的 6 纵 17 师进城。17 师奉命派 49 团进至海丰屯，接替 1 师 3 团灾破口阵地，并归 1 师指挥；着 50 团接替 2 师 6 团新立屯阵地，并归 2 师指挥；51 团进至灵神庙一带，防敌突围，并作为师预备队。

17 日晚，49 团首先投入市区战斗。3 连连克 17 座地堡，但其他连队均进展不大。

18 日，敌我双方处于胶着状态。

19 日，17 师各团归还建制并全部投入市区战斗，接替 1 纵 1、2 师阵地。该师采取一个营打一条街的办法，分数路很快打到敌核心守备区。

20 日 18 时，17 师向核心守备区之敌发起进攻。49 团 2 营首先由西南角突破，占领伪四平省政府，并继续向中山纪念堂攻击。该营 5 连以掷弹筒平射打入窗内，敌遭严重杀伤，残部被迫缴械，该营占领纪念堂及以东楼房。与此同时，该团 3 营由核心守备区西北突入，向敌军部大楼西北角之数座楼房猛烈攻击，并逐一占领。3 连在英雄指导员刘梅村率领下，以勇猛动作占据军部大楼楼下，敌据楼与我反复争夺十余次。刘梅村下决心改变打法，命令两个通信员冒死到后面扛来两包炸药，将楼炸着。熊熊烈火烧得守敌直往楼下逃窜，均遭歼灭。一部仓皇向东突围，被 50 团截歼。至 21 时，我全部占领核心守备区，生俘陈明仁胞弟、71 军特务团团长陈明信以下 2000 余人。

铁路西战斗于 21 日完全结束。

7 纵从天桥及其以北地区向康德火磨方向突击。守敌利用铁道上横七竖八的机车、车皮和杂物作掩护，并在唯一通往东城的天桥通道上撒一层黄豆，配以密集火力封锁。7 纵部队曾一度突过路东并占领一排房子，但随后即被敌炮火压回，伤亡较大。独 1 师师长马仁兴不幸中流弹牺牲。战后，东北行政委员会决定，把四平市"共荣大街"改名为"仁兴大街"，以纪念这位作战勇敢、年轻优秀的指挥员。

战至 23 日，17 师占领弘仁街，50 团已进至路东万寿街，51 团攻克守敌 54 师师部之集团工事。但由于后续力量不足，又受敌猛烈火力压制，我向敌纵深发展缓慢。此刻，6 纵之 16 师和 18 师已奉总部命令来到四平附近，全部投入四平攻坚战。指挥部决定以 18 师参加 17 师方向的纵深发展，以 16 师在西北并由 7 纵 1 个师配合，从西北向路东突击。

24 日，敌守军在我猛烈攻击下，已退至南马路以东，共荣街以南。71 军军长陈明仁向沈阳杜聿明连连急电哀告："共军突破最后防线，危在旦夕，速来援救。"

杜聿明为解四平之危，调集了全部机动兵力的 9 个主力师，从沈阳、长春地区南北推进，往四平增援。24 日，从长春出援的两个师被阻于陶家屯。沈阳方向出援的七个师分三路沿中长铁路两侧地区向四平攻击前进。这对我军全歼四平守敌十分不利，但也给我在运动中歼敌有生力量造成了时机。

据此，东总首长决定："目前，我军对四平采取佯攻方针，吸打增援。"决定集中九个师迎击沈阳北援之敌。24 日 14 时，1 纵（欠 3 师）奉命南下打援，7 纵纵直和另两个师也协同 2 纵向南打援。四平战斗由 6 纵接替，并由 6 纵首长统一指挥 1 纵 3 师和 7 纵独 3 师，继续进行路东战斗。

25 日，1 纵 3 师攻打东南角守敌坚固支撑点天主教堂。9 团 8 连连长卞献荣亲自率领全连 32 名老战士，在轻重机枪掩护下，连续十几次爆破敌火力点，将天主教堂炸毁并占领。战后，8 连被命名为"四平爆破模范连"。

这时，四平守敌残部被压缩在市东北角之晓东中学、油脂化工厂一带，极力呼叫援兵。蒋经国亲自到沈阳并空投蒋介石的亲笔信，对四平守军进行安抚和鼓励。

27 日，由长春南援之敌新 1 军占领四平东北 60 公里之公主岭。29 日，沈阳北援之敌的先头部队进至四平南 10 公里之牤牛哨，与我形成对峙局面。我军已失去全歼四平守敌之机，遂主动于 30 日晨撤出战斗。至此，历时半个多月的四平攻坚战即告结束。

南下打援的 1 纵主力与兄弟部队密切协同，于 30 日在莲花街歼北援之敌新 6 军新编 14 师一个团，仅 1 师即歼敌 1500 余人。此间，我军又在貂皮屯、威远堡地区击溃敌新编第 22 师和第 169 师。

由于敌采取稳扎稳打，齐头并进的打法，队形密集，我已无隙可乘，遂于 7 月 1 日全部停止进攻，撤出战斗。历时 50 天的夏季攻势以我歼敌 8.2 万余人，攻克城市 36 座，迫敌收缩于中长路四平南北段和北宁路沈阳、山海关段狭长走廊地带的胜利而告结束。

这次四平攻坚战是东北野战军历史上第一次大规模的攻坚战。我军在缺乏大兵团正规战和攻坚战经验的情况下，组织七个师的兵力合力攻城，与敌血战 17 个昼夜，摧毁了敌极力夸耀的"核心工事"，占领了敌军指挥所，消灭了 71 军机关及其特务团全部，将残敌压缩于城东北一隅，虽取得的是一个不完全的胜利，但大大震惊了敌人，动摇了敌企图依托大城市顽抗的决心，在国内外造成了深刻的影响。

我军则从中取得了侦察组织、步炮协同、爆破攻坚、城区巷战等许多宝贵的经验。如 1 纵在其后总结的爆破组、火力组、突击组、支援组、战斗突击队这"四组一队"的攻坚编组方法，6 纵总结的一个营打一条街的打法，7 纵总结的"穿插迂回，分割包围"的战术原则等，都为其后的城市攻坚作战提供了极其有益的经验。

攻坚中，部队的坚毅顽强，死打硬拼的战斗作风得到了极大的考验和锻炼，干部战士真正做到了前仆后继，视死如归。战斗中，仅 1 纵即有 5361 人受伤，1447 名同志献出了宝贵的生命。各级指挥员的指挥水平也得到了提高。从团到师，从师到纵队，各级指挥员都身先士卒，始终和前沿部队战斗在一起。1 纵指挥所竟开设到了距敌油厂大楼 200 米的交通沟里，这是受命在环城 10 公里内反复侦察轰炸我高级指挥机构的敌飞行员做梦也想不到的。

中共中央东北局对这次作战作了充分的肯定，在致各纵指战员书中明确指出："经过十余昼夜的血战，我军摧毁了敌人四平防御体系的大部，歼敌16000 余人。……四平之战大大锻炼了我军的攻坚能力，我军既有逐一摧毁四平现代化堡垒群的能力，也就有把握攻克蒋军在东北的任何防御工事。换言之，蒋军任何防御体系，都无法阻止我军的进攻，也无法挽回蒋军的覆没的命运。"

这次四平攻坚战虽然取得了很大的胜利，但值得记取的教训也很多。我军虽取得歼敌 16000 人的胜利，但我也伤亡了 13000 多人。特别是未能将四平全部攻克，一定程度上使敌人低落的士气得到了恢复。国民党政府提升陈明仁为兵团司令，并颁发青天白日勋章以示嘉奖。

四战四平，战斗 23 小时，歼敌近 2 万，中央电贺冬季攻势伟大胜利。辽沈战役序幕揭开

四战四平，终于将这个战略要点攻克，是 1948 年二三月间的事。这时，距刘邓大军千里跃进大别山为先导的全国规模的战略进攻已经八个多月。人民解放军在全国各战场龙腾虎跃，捷报频传。中原克洛阳，西北收宜川，华东攻胶济，华北打察南，在东北则发动了空前规模的冬季攻势。而蒋军除大别山和淮河以北两个地区尚有一定的机动兵力，可以举行战略性的进攻外，在其他各个战场上均处于被动挨打的境地，年初采取的所谓分区防御的"总体战"也逐渐崩溃。这时的全国形势，正如 1947 年底陈毅同志在《吟反攻形势》一诗中所写的那样："百万旌旗大展开，蒋匪到处变飞灰，空心战术今已矣，重点进攻安在哉？"

攻克四平的战斗就是在这样一个背景下展开的。当时，东北我军冬季攻势业已接近尾声。在攻势第一阶段中，我军首克彰武，而后连克辽阳、鞍山、营口三城，歼敌新 5 军之暂 54 师及 52 军之 25 师，争取了暂 58 师起义，

获得了辽南战役的辉煌胜利。继而，我军将法库、开原两城攻克，沈阳以南的中长线和营口线被我控制，敌之海上运输线被切断，国民党在东北的地盘仅有以沈阳、锦州、长春为中心的三块，而且锦沈间的交通已被完全断绝。

我军要进一步分割、孤立敌人，彻底粉碎敌"固点、联线、扩面"的计划，地处沈阳长春间的四平，就再次成了我军注意的焦点。东总决定在冰雪尚未融化，道路还可通行，有利于我大兵团作战之际，再一次攻打四平，打下并控制这一战略要地，同时争取吸引沈阳之敌出援，以达到在运动中我大量歼灭敌人有生力量之目的，胜利结束冬季攻势。

2月27日，东总下达了进攻四平的命令，根据四平守敌仅88师全部、71军、新1军留守人员、保安队及地方武装共约19000余人的情况，东总决定集中绝对优势兵力，令我1纵、3纵、7纵、独立2师及炮纵4个炮兵团组成四平攻城部队，并由1纵司令员李天佑和我负责统一指挥。同时令2纵、6纵、8纵、10纵及独立第4师等部队于昌图、泉头、威远堡门、莲花街、通江口一带准备阻击从沈阳出援的敌人。攻城部队接到命令后，迅速从各驻地出发，于3月2日到达指定集结地域，包围了四平。

在1纵召开的团以上干部会作军事部署的同时，我向大家传达了东总的指示，特别强调了攻城部队要注意城市政策的问题，强调对学校、厂矿及一些公共设施要注意保护，攻进城后要遵守群众纪律，接管城市要认真负责，注意保护工商业。随后，我又将上述意见分别给3纵、7纵首长用电话作了通报。各部普遍进行了传达贯彻。这不仅对这次打四平，对以后打别的城市执行政策，维护纪律，团结群众，都起了很好的作用。

为使各突击方向进展顺利，我各攻城部队接受了1947年6月四平攻坚的经验教训，首先于3月4日至8日，进行了肃清敌外围支撑点的战斗。此时，我军在侦察过程中，逐渐发现四平守敌的防御重点已由路西转向路东，指挥中枢88师师部也已转移到城东北的油脂化工厂。根据以上敌情变化，负责指挥的我1纵首长和7纵首长协商并取得同意，决心改变部署，将打击重点由原路西的西南角改为路东东北角的油脂化工厂、晓东中学。因1纵原定为主攻部队，遂于8日黄昏与7纵进行对调，由城西南地区转入城北，以集中绝对优势兵力首先打乱敌人的重点防御体系。

我军在3月8日调整部署后，又进行了3天的攻击准备工作。各师均先后组织干部亲临前沿勘察地形，选择主要攻击地段。2师在其突击道路铁路两侧的开阔地形上构筑了抵近敌前沿的交通壕。为了进一步了解敌情和扫除我突击之前沿障碍，2 师又于 10 日 18 时，首先攻占了前沿小据点红房子，并夺取了敌前沿的 6 个地堡。我 3 纵 8 师 22 团为缩短冲击距离，还在炮火掩护下，于 10 日晚组织 2 营和直属队，利用夜晚，冒严寒近迫作业，于敌前约 150 米处，筑成一条长 500 余米，高约 1 米，厚约 60 厘米的雪墙，作为冲击出发阵地。

9 日，炮纵召集各炮兵团长现地侦察，下达口头作战命令，区分了各时期的任务，对弹药消耗及射击方法也作了明确规定。炮兵制订了射击计划，并组织炮车长、瞄准手及有关干部在现地认识了目标。

由于时间充裕，各部均进行了"孤胆作战"和"尖刀连"的战斗作风教育，交待了城市政策和纪律，部队的求战情绪极为高昂，纷纷争取当尖刀、当英雄。同时，在战评的基础上开展军事民主，发动大家想办法，使战斗准备工作做得比较充分。至 11 日黄昏，我军各部做好了攻击准备工作。

3 月 12 日凌晨，雪后初晴，四平大地，银装素裹。6 时，炮兵开始试射，因统一区分了试射时间和顺序，以及根据距离的远近、目标之明暗，采取了先远后近、先暗后明的原则，故试射中相互影响不大，保证了试射的顺利完成。

与此同时，我攻城部队人人披上白色伪装，按预定计划迅速而隐蔽地进入冲击出发阵地，静静地等待着激战的到来。

7 时 40 分，在三道林子指挥所里的 1 纵司令员李天佑看了看表，果断地下达了进攻命令，五发白色信号弹腾空而起。几乎在同一时刻，所有大炮齐声怒吼，无数发炮弹像急风暴雨一般倾泻在敌阵地前沿的地堡、鹿砦、铁丝网上，敌人苦心经营的防御工事顷刻化为废墟。仅七分钟炮火急袭，就将敌前沿阵地的地堡群大部摧毁。担任突击任务的我 2 师 4 团 1 营营长在电话里高兴地报告：炮兵打得好！

我炮火向纵深延伸射击，突击部队立即发起冲锋。主攻部队 1 纵 4 团 2 连 1 班长金同元，带领全班冒着敌人多方射击的危险，飞跃 40 米障碍物，跑到城下，踏着弹坑第一个爬上城墙，把红旗插上城头。连长周保江带全连迅猛跟进，撕开突破口，突入四平。4 团团长李忠信看了看表，兴奋地说："才七分钟！"他一面向师部报告，一面指挥 2、3 营在 1 营后跟进，向纵深发展去消灭城内敌人。

8时零3分，我1师1团7、8两连也并肩在铁路东侧突破敌阵地。8时10分，我2师即突入了两个团。8时50分，我独立2师1团由西北角的师道学校突破敌防御，3团随即投入战斗。

我3纵7、8两师突击队发起冲击后，开始均受突破口敌之残存火力点的侧射突击未成。7师21团打掉突破口左侧暗堡后，在20团1营配合下继续向城垣守敌发起冲击。该团8连以压倒一切敌人的英勇气概，在敌密集炮火封锁下，迅速通过近400米的开阔地，于9时攻进城东北角之一面城。9师27团也肃清南门以东之敌向纵深发展。

步兵突入城内，与敌展开激烈的巷战。各部队大胆穿插分割，充分发挥我军近战特长，火力、爆破、突击紧密配合，逐街逐屋与敌争夺。炮兵为支援纵深战斗，派出随伴步兵的前进观察所。我炮4团一个连随伴步兵进入巷战，因受地形限制，便用一门炮配合步兵，攻敌据点。

在三道林子指挥所里的李天佑和我，看到巷战发展很顺利，便将指挥所也迁进城去，设在敌人的一个被炸坏的炮楼里。

10时许，敌一部向道西溃退，遭我炮兵拦阻。至此，路西之敌除转盘街的核心工事中尚有一个营被我包围外，其余大部被我歼灭，只一部分溃逃至路东。

12时，我7纵19师占领满洲银行、辽北银行。20师、21师在纵深战斗中各歼敌一部。

战至黄昏，我7纵战区内的敌人均已被歼。我19师、21师向城东发展，在天主教堂、共荣大街、宣和大街、爱德医院一带积极寻歼敌人。我突入路东市区的1师部队，采取了大胆迂回战术，把敌防御体系打乱，随即组织部队对油脂化工厂、发电所、康德火磨等核心工事进行连续猛烈冲击，将守敌消灭后，继续向南穿插。同时，我3纵部队则相继攻占了天主教堂、耶稣教堂、玉皇庙等据点，由南向北压缩，形成了对路东敌人的南北钳形夹击。

12日夜，敌88师师部搜罗部分残敌，龟缩到晓东中学和红卍字会两点，作绝望挣扎。

13日拂晓，我1纵和3纵主力一部，经过重新组织和准备，在炮火掩护下，开始对最后一股残敌发起猛攻。很快，四平城里的敌人全都缴了枪，除敌88师师长彭锷只身化装脱逃，19000多敌人全部被歼。此时，才早晨7点钟，距战斗发起时间仅仅 23 个小时，四平就彻底地回到了人民的手里。

四平的胜利解放，为中央军委和东总部署的历时三个月的冬季攻势作了一个漂亮的总结。四平攻克后的第三天，周恩来同志亲自起草了中共中央给东总的贺电："庆祝你们收复四平街及在冬季攻势中歼敌 8 个整师并争取 1 个整师起义的伟大胜利。尚望继续努力，为完全解放东北而战。"四平的攻克，对于东北全境的彻底解放具有深远的意义。

首先，四平的解放，斩断了国民党沈阳、长春间守敌的联系，使沈阳、长春守敌更加孤立。东北敌军决策机关曾设想把长春一带的部队撤至沈阳附近，以加强沈阳、营口一带防务的意图，因失去了四平这个转运点而宣告破产。东北敌军的巢穴沈阳成了孤立的死城。吉林守敌慑我军威，慌忙撤至长春。长春很快陷入了我军的重围之中。至此，敌军在东北的占领区，缩小到仅占东北面积的百分之二，且主要被压缩在 12 个大中小城市之中，这就为东北全境的解放奠定了坚实的基础。

其次，四平的解放，使我军在东北战场的主动权大大加强。我军占领区东西南北连成一片，铁路交通四通八达，东北我军，特别是北满部队在长春以南的行动更加自如，机动性更加增强。过去我们是破坏铁路，让铁路大翻身，从此我军是修铁路，仗打到哪里铁路就修到哪里。这就为以后大兵团的作战行动，创造了便利条件。辽沈战役时，北满一些部队南下就是坐的火车。

第三，四平的解放，使参加这一作战的我军各部队取得了进攻坚固设防城市的作战经验。这在以后的解放战争中起了不可估量的作用。例如，在主突方向上，对敌防御主阵地前沿的外围支撑点和地堡，必须在总攻发起前加以彻底肃清；为使守敌顾此失彼，我在进攻部署上应采取多路进攻，又要使主要兵力、火力集中在主要突击方向上；总攻发起时间以白天为宜，突破地段以两个突击连并肩冲击为宜等等。这些，在辽沈战役中的锦州攻坚，平津战役中的天津攻坚中，都得到了很好的运用。

第四，四平的解放，为我军以后大兵团的协同作战提供了宝贵的经验。这次作战是一次实兵演习，纵队与纵队之间，步兵与炮兵之间，各部队内部之间的协同动作都会搞了。以前，我军作战大都以师团为单位，大规模的协同作战搞得比较少。因此，部队之间的协同，特别是步炮之间的协同搞得不好，三战四平就有这个问题。那次战斗炮兵只是打开了口子，进去后，步炮之间谁也没有联系。因为步炮双方都没有巷战经验，炮兵找不到目标，步兵顾不上炮兵。这次打四平，步炮协同就好了，炮兵派出前进观察所，随步兵前进，有的炮连干脆牵引着单炮伴随步兵进攻，实行抵进射击。这使我军的攻坚水平有很大提高。

第五，四平的解放，极大地鼓舞了我东北军民的胜利信心。1947 年夏季攻势中，我军三战四平而未能攻下，这次终于被我军打下来了，还出现了像白志贵那样孤身作战，两次负伤仍俘敌 34 人的孤胆英雄，战士们的情绪特别高涨。他们说："你还是那个坚固设防，还是那个 88 师在这里守备。上次我没打下你来，这次我把你打败，说来说去，还是我们解放军厉害。"

四平解放，总部令我担任四平军事管制委员会主任。第一次掌握这么大的城市，大家十分高兴。前来支前的民工带队干部见了我们，特别亲热，拉着我们的手不放，激动地说："这回到底打下来了！"四平当地的干部也主动地找上门来，协商支援部队的事宜，有的将粮、肉送上门来。我要求各级领导因势利导，抓住这些生动事例对部队进行教育，认清遵守城市政策是得民心、得胜利的大事情，从而增强严格执行政策的自觉性。干部战士看到了人民群众如此热情，更加增强了解放全东北，解放全中国的胜利信心。

历史已经证明，四平之战虽不算很大，但它为彻底解放全东北开了个好头。在某种意义上说，四平的解放乃是辽沈战役的序幕。

东北野战军扩展为 12 个纵队。调任 5 纵队司令员。浴血彰武，激战黑山，参加解放全东北的最后一战，俘国民党新 1 军副军长等万余人

四平解放后，部队开到梨树县休整，我接到东总电报，调任新组建的第 5 纵队任司令员。这时的东北野战军已由原来的 1、2、3、4、6、7 共 6 个纵队，增加为 1 至 12 纵队，翻了一番。

5 纵队正式组建接受番号时间为 1948 年 3 月 31 日。部队由原辽东军区三个独立师合编而成。我任司令员，刘兴元任政治委员，吴瑞林任副司令员，唐凯任副政治委员。下辖第 13 师（师长徐国夫、政委李辉），第 14 师（师长彭龙飞、政委丁国钰）和第 15 师（师长王振祥、政委何善远）。

纵队编成后，于 6 月 12 日奉命开赴清原、永陵一带进行了两个多月的

整训。整训中，针对部队存在的主要问题，以整思想、整作风、整纪律为重点，进行诉苦、三查教育和开展民主运动，大大提高了广大指战员的政治觉悟和胜利信心，增强了部队的整体观念、政策观念和组织纪律性。与此同时，先后召开了政治工作、管理教育工作、后勤工作等会议，根据面临的任务和"大兵团、正规化、攻坚战"的总精神，检查总结了工作，调整了编制装备，加强了机关，充实了连队，并广泛开展了大规模的群众性练兵运动，使各级指挥员的战术思想和部队的攻防作战能力有了很大提高，为夺取新的胜利奠定了可靠的基础。

就在我军加紧战前练兵期间，蒋介石错误估计形势，以为我军准备攻打长春，或在运动中歼灭他们从沈阳增援长春的部队，对锦州方向无所顾虑。

毛主席和中央军委洞察全国和东北的战局，从锦州的战略地位出发，指示东北部队要置长、沈两敌于不顾，集中兵力赴北宁线作战。先打锦州，切断敌人退进关内的咽喉，为下步将东北国民党军全歼在东北境内创造条件。我军主力遂于9月12日开始，先后从长春、四平等地南下北宁线，挺进到锦（州）榆（山海关）段作战。具有历史意义的辽沈战役由此正式展开。

9月13日，我5纵奉命从清原地区出发，夜行昼宿，隐蔽地进到开原、昌图地区展开，准备堵截长春可能突围南逃之敌和阻击沈阳可能北上接应之师。

北宁线上的作战，我军进展顺利，主力部队已达锦州外围。蒋介石为保住锦州，一面从关内抽调兵力组成"东进兵团"，自锦西北上救援锦州；一面令廖耀湘（国民党军第9兵团中将司令官）在新民以南集结新1军、新3军、新6军、49军、71军以及骑兵、炮兵、通信、装甲等部队约10万余人，组成"西进兵团"（简称廖兵团）援锦。廖耀湘诡计多端，他舍新民沿北宁线西进这条直线不走，而向北绕道进攻彰武这个弓背，企图"围魏救赵"。彰武是一个交通枢纽，是我攻锦部队重要的后方补给线。大兵团作战，补给线就是生命线。用重兵夺占彰武，截断我后方供应，威胁我攻锦部队的侧后，意在引我主力回援，不战而收"暗度陈仓"之效。

为粉碎敌人的阴谋，东总于10月3日上午电令我纵迅速隐蔽地经通江口、法库向彰武开进，与6纵（缺17师）、10纵共同担任阻击廖兵团西进，确保攻锦部队的侧翼安全。作战方式采取运动防御，节节阻击，和敌人"纠缠扭打"，既要迟滞敌人前进，又要拖住敌人，不让其缩回沈阳。防御时间必须坚持到我主力攻克锦州之后，并有充裕时间回师东进对廖兵团形成合围。防御地段的划分为：10纵在新民以西一线，我纵和6纵负责彰武以东、以北、以西一线。当时6纵从千里之遥的长春外围赶来，正在行军途中，一时不能到达指定位置。我纵将单独在彰武一带首先阻敌。

面临这一艰巨而光荣的任务，我们纵队几位领导同志首先交换了意见，统一了思想，并于当天中午在昌图站以西十八家子召开了党委扩大会。会议由刘兴元同志主持，我在会上首先传达了东总的命令，阐明了纵队领导的决心。大敌当前，首先要树立敢打必胜的信心，以我之长，克敌之短。我纵各级指挥员有许多是红军时期和抗日烽火中成长起来的，身经百战，有较强的作战指挥能力；各师过去一直在敌后坚持斗争，在强敌的包围中展开活动，有较丰富的作战经验，尤其是独立作战的能力较强；这次当面之敌主力新1军、新6军是我们过去的老对手，对其作战特点非常熟悉，可谓"知己知彼"。敌人的重装备多，需要一定条件才能行动。火炮必须汽车牵引，装甲离不开坚硬道路，只要我们卡住要点，利用丘陵、村庄组织防御，便可迟滞敌人前进。

会议开了两个多小时便结束了。为了争取时间，部队边行进，边动员。干部战士听说有仗打，个个摩拳擦掌，跃跃欲试，准备和敌人大干一场，为纵队争光，为部队创造光荣的战史。

10月8日，敌新3军、新6军和骑兵一部自新民、公主屯地区分数路向北齐头并进，新1军随后跟进，企图迂回占领彰武。

为抢在敌人前面到达彰武地区，我纵队指战员不顾阴雨连绵，泥泞路滑，日夜兼程，以最快的速度前进。10月9日6时左右，各师分别到达秀水河子、叶茂台、彰武台门、沙坨子及其以北地区。部队进入阵地后，迅速展开兵力、组织火力，抓紧时间构筑王事，整个阵地上呈现出一片紧张忙碌，准备杀敌的景象。

天不作美，从来很少下雾的地区，这天却一反常态，浓雾蒙蒙笼罩大地，以至相隔几步就看不清人。上午9时许，浓雾逐渐散去，薄雾仍在旷野飘逸，视线尚不清晰。我5纵以彰武为中心的阻击战，就此拉开了序幕。

敌新22师约1个营的兵力，从高荒地沿薄坨子向叶茂台、头台子搜索前进。我43团团长张志超在此布置了一个"口袋"。头台子和叶茂台的正面防御，分别由1、3营担任，2营前出到头台子以南四架山、叶茂台以南孙家窝棚锁口。待敌大部钻进"口袋"后，张团长把手一挥，一颗红色信号弹腾空而起，2 营营长李云指挥部队从两侧往里一阵猛打，把敌赶进了袋形阵地。接着，我前后左右四面夹击，各种武器一齐开火，打得敌人晕头转向，抱头鼠窜。将敌击溃后，张团长令 2 营撤至头台子加强 1 营。指战员们抓紧时间抢修工事，迎接新的战斗。

不久，空中飞来两架敌机，轮番向我 15 师阵地扫射。紧接着敌炮火也开始轰击，压得指战员们抬不起头。烟幕帐里，铁蹄扬尘，一队骑兵朝我秀水河子至叶茂台一线阵地扑来。指挥一向沉着勇敢对付敌骑很有办法的 44团团长石坚十分冷静，让敌进到距我只有 100 米左右时，命令所有的轻重武器突然一齐开火，打得敌骑兵人仰马翻。

在头台子担任阻击的 43 团 1、2 营，将敌暂 59 师一部试探性进攻击退后，敌不敢再有动作。

9 日 11 时，敌新 22 师倾巢出动，3 个团同时向我叶茂台、榛子街、杨家窝棚一带阵地进攻，重点是叶茂台和榛子街。敌人的炮弹像雨点般落到阵地上，工事被摧毁了一些。我除纵深炮群火力对敌实施拦阻射击外，阵地上不露声色。敌见我无动静，加快了进攻速度。当敌进至我前沿阵地时，战士们一起猛烈射击，打得敌人尸横遍野，先后 5 次进攻都以失败告终。我 43 团、44 团经过一天的拼搏，实力有所减弱。为粉碎敌人的第 6 次进攻，15 师王师长令 45 团团长林开征率 1 营隐蔽地从石桩子经太平山迂回到进攻之敌的侧后。乘夜暗接近敌人，突然开火，子弹、手榴弹像暴风骤雨打向敌人，敌不知道我有多大兵力，阵脚一乱，连滚带爬地垮了下去。我正面部队乘势跃出堑壕，勇猛反击，打得敌人丢尸弃枪，寸步未进。

与敌鏖战了一天，初步阻击任务已完成。为不使敌感到压力过大，缩回沈阳，9 日当晚，13 师、15 师主动撤出阵地。14 师在彰武县城周围继续阻击敌人，掩护 13 师、15 师渡河布防和彰武地区人员物资安全转移。

10 日 10 时许，敌 50 师、54 师各一部在 5 架飞机、10 辆坦克的掩护下，气势汹汹地向我 14 师阵地扑来，进攻重点为四方城、单家街。飞机狂轰滥炸，炮火猛烈袭击，整个阵地硝烟弥漫，火光冲天。伴随步兵冲击的敌坦克成两路纵队从四方城东侧，朝我 40 团阵地快速开来。铁甲隆隆，大地颤抖。铺天盖地的炮火压得我无法组织火力还击。40 团团长王兴中令担任正面阻击的 2 营火速组织爆破组，炸掉"乌龟壳"。2 营 4 连副连长邓日忠带 6 名战士突然冲向敌坦克，随着"轰隆"的爆破声，前头的两辆坦克被炸得燃烧起来，其余的吓得不敢再往前开，集中火力扫射我爆破组，邓日忠等 7 位同志壮烈牺牲。敌坦克怕再吃亏，掉头回窜，步兵开始冲击。我指战员一齐开火，打得敌人纷纷溃退。

13 时，敌从东、北、南三面夹击我单家街 41 团阵地。团长王道全速令各营构成环形防御。刚刚调整好部署，北面之敌又分出一股迂回到西侧，四面包围了单家街。阵地失而复得，工事毁而复修，双方短兵相接，战斗十分残酷。王团长指挥部队利用民房、院墙、大树等，与敌展开了激烈的巷战，不让敌人突进我纵深。14 师彭师长见情况危急，令 42 团团长杨克明率 2、3 营火速增援 41 团。杨团长率部队由南向北猛突。从敌侧后发起冲击，将单家街西南两侧的敌人冲散，占领了有利地形，防敌再犯。41 团王团长见西南两侧的威胁已解除，集中兵力向东北两侧敌人发起反冲击，将敌推出阵地前沿，收复了失地。

这一天，战斗持续了八个多小时，敌人妄想凭借飞机、大炮、坦克的配合向彰武县城推进，我 14 师顽强阻击，先后打退敌十次冲锋。完成任务后，乘夜黑主动撤出阵地，越过新开河后，毁桥、破路，转移到新的作战地区。

我纵队全部渡过新开河后，继续在河西岸布防，这一地区，在新开河至绕阳河之间，纵深约 15 公里。这两条并行的河流是可利用的天然障碍。河西岸大部为丘陵地带，有一些小丛林，组织防御，较河东有利。该地区有郑家屯至锦州的斜贯铁路，还有彰武至锦州、至阜新、至库伦的几条公路干线，交通便利，是敌人断我交通，向锦州方向前进必须进攻夺占的目标。我纵利用新开河作前沿障碍，在铁路、公路两侧，选择有利地形，构成面向河东的防御阵地，在北至王家窝棚，南至团山子，正面宽达 30 余公里的一线上阻敌进犯。

11 日，敌新 3 军开进彰武。尽管是一座空城，但国民党南京中央广播电台却大吹大擂，说什么："国军进展神速，击溃共军主力，占领战略要点彰武，切断了共军的后方补给线。"其实，我军已在内蒙古地区开辟了第二条补给线。廖耀湘却得意忘形，邀请卫立煌（东北"剿总"上将总司令）等人从新民专程到彰武视察，给其官兵打气。

对于放弃彰武，毛主席在当天 9 时发给东总的电报中指出："只要不怕切断补给线，让敌人进占彰武并非不利，目前数日，你们可以不受沈阳援敌威胁，待锦州打得激烈时，彰武方面之敌回头援锦，他已失去时间。"事实证明了毛主席的高瞻远瞩。从表面上看，敌人占领了彰武，达到了预期目的，但实际对我军有利，我军的目的是迟滞敌人西进，并不计较一城一地的得失。

敌人在新开河以东四处搜索，寻找我军，妄图捞点什么，结果徒劳无获。是日13时，新1军搜索营在赵家窝棚以东偷偷地渡过了新开河，了解河水和西岸情况，并向我赵家窝棚方向侦察搜索。14师发现该敌孤军深入，决定将其消灭。他们确定由41团1、2两营来执行此项任务。1、2营部署就绪后，敌进至我2、5连阵地前沿开阔地，1营营长黄万德对身旁的4挺机枪手喊了一声："打！"顿时，一片"哒哒！哒哒哒！"的子弹啸鸣声，和其他火器一道。为敌人奏响了死亡交响曲。敌在我正面两个连，左右各一个连，后尾两个连的合力夹击下，上天无路，入地无门，一个不剩全部被歼。从战斗开始至结束，前后只用了一小时。这一仗干净利落，给企图渡河之敌一个迎头痛击。纵队将此情况电报东总。总部以首长名义回电表扬了41团。

12日，敌与我隔岸对峙。没有进犯，我正好养精蓄锐。13日8时，敌54师在我渡河毁桥处，不顾我纵深炮火拦阻，架设浮桥，三个团的兵力麇集在岸边，准备强渡。

河西岸平坦开阔，距河边约500米处，有一座呈南北走向的孤独小山拔地而起。此山名叫高台山，山高175.4米，面积约1.5平方公里，因山顶有烽火台而得名。高台山的战略位置极为重要，为敌重点进攻方向，也是我纵防御的主要阵地。43团占领高台山后，在山上构筑了环形防御阵地。正面可鸟瞰整个渡口，右前方可控制铁路和公路。只要高台山在我手中，敌人的辎重就无法越过新开河。

指战员们隐蔽在战壕内，两眼盯着对面的敌人，等待开火的最好时机。突然，一阵猛烈的炮火倾泻高台山。顿时烟雾弥漫，烈焰翻腾，阵地在抖动，在燃烧……

敌一个团的兵力，首先渡过了河，占据河滩一线沙丘和可利用地形，掩护后续部队强渡。43团张团长见时机已到，令山炮、迫击炮、六〇炮等20多门炮一齐开火，弹群呼啸着飞向敌人。顿时，河面水柱冲天，浮桥被拦腰炸断。敌人有的血肉横飞，有的跌进河里，犹如蚂蚁窝里起了火，一片混乱。敌首尾难顾，只好再用飞机和炮火轰击我阵地，压制我火力发挥，并施放烟幕遮挡我军视线，抢修浮桥，再行强渡。

10时许，敌约两个团的兵力，在炮火的掩护下，渡过了新开河，直朝高台山扑来。15师王师长令坚守高台山左侧马丈房的44团主力、高台山右侧的45团主力从两翼对进攻高台山之敌两个团迂回包围，像两只铁臂合拢。这样，就以高台山为中心，形成了一个圈套圈的作战态势，将敌夹在当中。

敌察觉我企图后，自知背水一战，于己不利，欲倾全力夺占高台山，以解其危。敌分出两路挡住我两翼迂回的部队，主力成连、成营地分数路向高台山正面发起攻击。

为阻止敌发展进攻，团长张志超、政委曹公和身先士卒，直接下到营、连第一线指挥作战。组织部队实施反冲击，夺回了失地。敌在我合力反击下，纷纷向河东溃逃。

此时，6纵16师已赶到彰武以西地区，我纵已无后顾之忧，可腾出有生力量，加强彰武以南一线对敌正面阻击，缩短与10纵的防御间隙，巩固我侧后。

敌人企图从彰武西渡的计划破产后，重新选择了渡口，利用我纵右翼与10纵左翼之间的空隙地带，从大四台子至温家平房一线，集结大量兵力，渡过了新开河，黄昏之前占领了大三家子、东炮台子、周坨子等地，往西可越过绕阳河进入纵深，往北可迂回我纵防御阵地侧后，对我构成严重威胁。如不迅速采取对策，后果将不堪设想。我将敌情急电速告东总，总部首长回电令我纵配合10纵立即向敌实施反击。

我37团、39团受领任务后，经过一番紧张的准备，很快就出发了。14日凌晨1时，37团对东炮台子敌87师一个团突然袭击。39团于3时向周坨子敌新30师一个团发起攻击。此次反击，虽投入兵力不多，但给予进犯之敌一定打击，使之在新开河两岸不敢轻易冒进。我攻锦部队于14日11时开始向锦州发起了总攻。廖兵团于15日6时开始，从正面和右翼同时向我各阵地发起了全线进攻。

这是关键的一天，战斗异常激烈。敌人在飞机、大炮的掩护下，成营、成团向我进行集团冲击。我纵上下以"能顶坚决顶！不能顶也要顶！！非顶住不可！！！"的大无畏气概，在锦州方面的形势未明朗之前，决心不惜一切代价，阻击廖兵团西进。敌重点进攻我高台山阵地。43团指战员以顽强的守备与灵活的反冲击，一日内击退敌 50 师的 10 次进攻。是日 17 时，锦州传来捷报，我攻锦部队经过 31 小时激烈战斗，歼敌 10 余万人。我纵在新开河西岸的阻击任务已完成，于 18 时转移阵地。

蒋介石不甘心失败，督促援锦的东、西对进的兵团加紧进攻，企图夺回锦州，打通沈阳与关里的联系。我军将计就计，以假象迷惑敌人，诱其进入我预设战场。10 纵在黑山、大虎山一线担任正面阻敌；6 纵从彰武、秀水河子地区向南压缩；我纵在前自绕阳河，左起下新丘、右至巴力嘎苏 20 余公里的正面，后到广裕泉一带纵深 25 公里的地段上粘住敌人纠缠扭打，争取时间，掩护我军主力悄悄地回师东进合围聚歼该敌。纵队指挥所设在查干朝老。

16 日凌晨，天下起了小雨，雨中夹着雪花，仿佛向人们预示着严冬的来临。尚未穿上棉衣的战士，坚守在野外的战地上，无法抵御寒风的侵袭。6 时许，敌 14 师一个团利用黎明前的昏暗由大申金花南下渡过绕阳河，偷袭我 39 团 1 营阵地，1 营 2 连在河滩一线阵地隐蔽待敌。当敌涉水至河中央线时，连长韩克发一声枪响，指挥战士们突然向敌开火，打得敌人就像下锅的饺子，纷纷沉落在河里，冒出翻滚的血水，把清清的河水染成了红色。敌偷渡失败后，经过一番调整，又实施强攻。成串成串的炮弹向我阵地飞来，机枪发疯似地扫射，掩护一个营的兵力徒涉过河。登岸的敌人企图夺占滩头阵地，掩护后续部队。2 连利用沙丘顶住敌人连续发起的三次进攻，敌攻势仍然不减。1 营营长耿金峦组织 3 连由东南向西北方向出击。从侧翼冲入敌阵，只听得枪声、手榴弹爆炸声和战士们喊杀声连成一片，打得敌人横躺竖卧，伤的不断呻吟，活着的爬回对岸。3 连仅以亡 2 伤 3 的代价，冲垮了敌一个营，扛着刚缴获的 3 挺轻机枪、两门六〇炮，带着 25 名俘虏，返回了阵地。恼羞成怒的敌人，再次集中炮火向我阵地猛射，掩护两个营渡过了河。过河的敌人分成两股，一股担任正面攻击，一股向北迂回我侧后。在扎蓝营子担任防御的 39 团 3 营，主动出击截敌。副营长庄同居率 7 连迎面扑向敌人，一下子挑死十多个敌人。敌挡不住我一阵冲击，纷纷溃退。

12 时，敌 14 师主力分别向我 38 团阵地八大王庙、苏河营子发起攻击。敌渡河时，我以小分队在滩头杀伤其一部后，敌开始炮击，以猛烈的火力掩护步兵夺占了八大王庙前沿阵地，并向村内发起进攻。38 团 2 营与敌展开了一场村落逐屋争夺拉锯的巷战，粉碎了敌深入我纵深的企图。3 营在苏河营子顽强阻击，敌一部分兵力企图从东二道河子迂回。38 团翟团长组织 1 营投入战斗，配合 2、3 营将敌赶过了河。

夜深了，敌时而打枪，时而放炮，我于 22 时转移阵地。

17 日，敌新 22 师、54 师各一部分别进攻我梅林营子、查干朝老，我 44 团、37 团顶住敌人四次攻击后，于 17 时主动后撤一步。18 日，我 45 团在混德营子及其西北三家子与敌 87 师一部接触，将敌击退后，黄昏时撤出战斗。

19 日，我纵奉命结束阻击任务。转移到阜新地区待命，做好下一步作战的准备。在历时十天的阻击战中，共进行较大战斗 25 次，毙、伤敌 2854 名，俘敌 134 名，迫敌每日前进速度不逾 5 公里，成功地迟滞了敌人西进。

我纵队转移后，廖兵团即向黑山地区攻击前进，在大虎山、高家屯等地遭我 10 纵部队顽强阻击，无法实现夺回锦州的计划。我军抓住有利战机，采取拦阻先头、拖住后尾、夹击中间的作战方针，逐步对该敌形成合围。23 日 15 时，东总电令我纵进至广裕泉、务欢池地区待机，我纵于当晚隐蔽地进入指定位置。

廖兵团对我军的企图有所察觉后，为摆脱困境，打算逃往营口从海上撤退。其先头 49 军行至台安地区，遭我辽南独立 2 师阻击，误认为我主力部队已到达，只好调头往沈阳方向突围。

10 月 24 日 19 时，东总电令我纵昼夜兼程，以强行军速度插至新立屯以东唐泡、六合屯一带，配合插至半拉门以西靠山屯一带的 6 纵，阻敌回窜沈阳。我们于 20 时收到东总电令，纵队党委随即在广裕泉西南兰纪麻庙召开了扩大会议。会议由刘兴元同志主持，吴瑞林同志传达了东总的命令，我在会上谈了自己的看法：我纵和 6 纵的行动，像两把尖刀刺进敌人侧后，关上了敌退沈阳的"大门"。能否圆满完成任务，关系到能否全歼廖兵团的全局问题！从广裕泉、务欢池到唐泡、六合屯，弯曲道路有 100 余公里，随时可能受敌阻击和围攻，倘若被敌缠住，延误到达时间，势必放跑敌人。所以，取胜的关键在于部队行动要猛要快，要敢于冒险，不怕伤亡过半。为争取时间，加快行军速度，决定分成两路纵队开进。以 15 师为 1 梯队，13 师为 2 梯队，组成右纵队沿前拉各拉、英桃莫、那立闪向新立屯以东唐泡、六合屯、五家子、小漠子、南窑、狼洞子渗透前进，以 14 师为左纵队，沿纪家店、朝北营子、三家子向新立屯以东董家窝棚、前后窝棚山、东西二道岗子渗透前进；纵直随左纵队后行进。两队相互策应，途中遇小股敌人坚决歼灭，遇大敌则绕道而行。各级主要指挥员要靠前指挥，以便及时了解和正确处理情况。我和刘政委、吴副司令员分别下到 13 师、15 师和 14 师加强指挥。会议结束后，部队经过一番简短的动员和紧张的准备，于 25 日凌晨 1 时出发了。

初冬的辽西，寒气袭人。幸亏在阜新时，我纵后勤部门的同志不辞辛劳，夜以继日，从后方运来缴获的国民党军棉衣，及时下发部队，避免了非战斗减员。指战员们英姿焕发，生气勃勃，乘着朦胧夜色，披着满天星斗，飞一般地向前奔驰着。经过 18 个小时强行军，两路纵队分别到达指定位置并电告东总。

25 日 19 时，收到东总命令：5 纵应立即出发，采取渗透行动，大胆插至黑山东北十里岗子、胡家窝棚一带堵击敌人。已令 6 纵向大虎山以东十八家子前进。

我纵立即调整了行军序列，右纵队改 13 师为 1 梯队，39 团为前卫团，左纵队则由 41 团担任前卫。

26 日 5 时，部队插至二道镜子以北 12 公里处，发现卡拉木、孙家岗子两地有敌暂 59 师一部。40 团受命歼灭卡拉木、41 团受命歼灭孙家岗子之敌，掩护主力往东南绕道穿插，避免与敌纠缠。40 团经过近两个小时的激烈战斗，将敌全部击溃。41 团从卡拉木东侧急速奔向孙家岗子，很快就夺占了敌前沿阵地，敌在我 41 团连续攻击下，只好放弃孙家岗子逃往无梁殿。

我纵主力在绕道穿插的过程中，行至吴家屯以南不断遭受敌机扫射和炮火拦阻，前进速度顿时缓慢下来。我赶紧带参谋人员驰马往前，来到前卫 39 团。该团政委郭宝恒见我上来了，十分担心我的安全，忙说："司令员，您怎么跑到前卫来了，这里很危险！"

"宝恒同志，先别管我的安全。"我说道："赶快和团长一道组织好部队，不顾一切加速前进，插到指定位置就是胜利！"

"是！"郭政委和张团长一道，马上令部队展开 3 路纵队，一面对空射击，一面冒着敌机扫射急速前进。

7 时，我纵主力到达平安地、大民圈一带。为便于组织战斗，东总电令"5 纵归 6 纵统一指挥"。随后，6 纵发来命令："建议你纵以一个师控制半拉门防敌东窜，纵主力集结二道镜子南张家窝棚与我纵靠拢，以利歼敌。"

尽管突击方向一再改变，指战员们坚决服从命令，于 26 日 20 时前先后到达二道镜子、半拉门地区，配合 6 纵堵住了敌人的退路。使廖兵团数万之众及全部装备陷入我大虎山以东、绕阳河以西、无梁殿以南、台安以北纵横 40 公里的包围圈内走投无路。我各路纵队从四面八方，横竖穿插，把廖兵团冲得七零八落。夜幕下的辽西，枪声犹如爆豆，炮声如同雷鸣，大地颤抖，苍天失色……

我令各团采取"以乱对乱，大胆猛突"的手段，及时把握战机，就地向敌突击，只要对战斗有利，不必按部就班，可以"先斩后奏"。指战员们如虎添翼，各显神通，主动向东、向西、向南扩张与渗透，分割敌人，寻机歼灭其有生力量。

13 师沿田家窝棚、十五户、五棵树、靠山屯一线向西南郑家窝棚、茶棚庵、王家、黄家窝棚一带突击，从 26 日 23 时 30 分战至 27 日 17 时结束，共毙、伤敌 694 人，俘敌 5373 人。

14 师各团分别从卡拉木、孙家岗子等地取捷径插至半拉门地区，阻击新民来援之敌和堵击突围逃窜之敌，从 26 日 24 时战至 27 日 14 时结束，共毙、伤敌 542 人，俘敌 5649 人。

部队进入指定位置后，忙着构筑工事。从西面二道镜子方向传来的激烈枪炮声，犹如战鼓催人，使指战员们急不可待，纷纷请求出击。随 14 师指挥作战的吴副司令员与彭师长、丁政委经过研究，决定 41 团向西出击，协助纵队主力围歼敌人。

吴副司令员、丁政委率 41 团沿靠山屯、霍家窝棚、程家窝棚攻击前进。途中遇见纵队司令部侦察科长侯显堂率几名侦察员押着 400 多名俘虏走来。吴副司令员一问，得知侯科长在执行任务返回时，发现郭家窝棚敌 169 师一个迫击炮营遗弃装备逃窜。他艺高胆大，只身一人上前喊道："蒋军弟兄们，你们被包围了，往哪里走也逃不出去了，跟我走吧，保证你们生命安全！"敌营长想投降正愁找不着门，听了侯科长的喊话，说道："长官，你们的俘虏政策我知道，一切听你指挥。"就这样，侯科长不费一枪一弹，解决了一个营的敌人。41 团于 24 时向刘屯敌 169 师残部发起攻击。团长王道全将所有迫击炮、重机枪集中火力打向敌人，掩护部队冲击。敌是被我兄弟部队击溃后逃窜到这里的，立足未稳又遭我炮火突然袭击，顿时阵脚全乱，四处逃窜。王团长率队冲杀过去，俘虏了敌 169 师师长张羽仙以下官兵 2000 余人。

敌被我打得像无头苍蝇到处乱撞。彭师长看准战机，令直属分队全部出击，利用政治攻势瓦解敌军，胆敢顽抗的，坚决歼灭。

直属分队一出击，机关干部和"八大员"（警卫员、通信员、炊事员、给养员、饲养员、司号员、油印员、卫生员）跃跃欲试。直工科科长张明增将这 70 余人组成两个梯队（有枪的为 1 梯队，没枪的拿着扁担、锅铲、菜刀、锄头、铁锹为 2 梯队）出去抓俘虏。不一会儿，"八大员"手中的"特种武器"都换上了崭新的卡宾枪，押着一批批俘虏下来。张科长算了一下，足有 800 余人。14 师机关、直属队和 2 团共毙、伤敌 200 余人，俘敌 2900 余人，并活捉了新 1 军少将政工处长汤道福。

15 师从二道镜子以北四家子、田家窝棚西渡东沙河，插至砬子山后分两路向北向南突击。自 26 日 20 时战至 27 日 18 时结束，共毙、伤敌 700 名，俘敌 1792 名。15 师直属队、机关干部和勤杂人员踊跃参战，主动出击抓俘虏。

敌新 1 军副军长兼新 30 师师长文小山、副师长谭道善、参谋长唐山缩在一块洼地里，连一个兵也没掌握。15 师师部炊事班的同志发现他们后，围了上去，责令他们缴枪投降。

炊事班长见这三个人都穿着兵服，可细皮白肉不像个兵，觉得有些蹊跷。他见文小山的年龄大，握着扁担上去问道："你是干什么的？"

文小山战战兢兢地答道："我……我是做饭的！"

"做饭的？我看不像！"炊事班长摇摇头说："把手伸出来！"

文小山不得已地伸出手让炊事班长看了看。炊事班长见手上没一点裂口，闻闻他身上也没有一点油烟味，知道他在瞎说，伸出扁担，怒喝道："你老实说，到底是干什么的？不然我揍你！"

文小山忙摇手，"别打！别打！你带我去见你们的最高长官再说。"

炊事班的同志押着文小山等人，回到师指挥所，遇见副政委兼政治部主任车学藻。炊事班长对他说道："报告首长，我们抓了三个俘虏，他们说要见最高首长！"

车副政委问文小山："你们是什么人？"

文小山答道："现在我还不能说，我要见你们纵队的司令官！"

车副政委听话音知此人必有来头，没有多问，赶紧派人将我找去。[①]

文小山见到我，如实地说明了自己的身份，请求给予保护。

我对文小山说："我可以保证你的生命安全，不过，想问你一句，此时此刻有何感想？"

"还有什么好谈呢？"文小山垂头丧气地说："我们好比楚汉相争时被打败了的项羽，前有乌江天险，后有重兵追赶，到了山穷水尽的末路，全军覆灭的命运已经不可挽回了！"

历史是无情的！客观规律就是这样，逆潮流而动，必然遭到惩罚！廖兵团经我军多路围攻不及一日，即全部被歼。在围歼该敌的作战中，我纵共毙、伤敌1936名，俘文小山、黄有旭、张羽仙以下官兵12814名，缴获各类枪支7100余支，各类火炮320余门，各类器材一大批。

战斗结束后，屈指一算60多个小时没有好好吃一顿饭，还要坚持行军打仗，不是铁打的汉子谁能顶得住！记得14师丁政委曾告诉我这样一件趣事：41团王道全团长在刘屯向老百姓买了一只鸡，自己动手杀后洗净用面粉裹住，再用油炸熟，名曰："虎头鸡"。做好后，请他和吴副司令员等人尝个新鲜，喝杯庆功酒，几个人围上去津津有味地吃了起来。王团长刚吃了几口，手中筷子不知不觉滑落地下，趴在桌子上打起了呼噜。此战紧张激烈，干部战士疲劳的程度，由此可见一斑。

胜利来之不易。从10月9日阻击战开始至27日围歼战结束，我纵共伤

---

① 本书出版后，据44团政治处保卫股股长姚锡璞和宣传股副股长王乐山等同志回忆说，他们曾经历了俘虏文小山等三人的整个过程。此次修订再版，将他们对当时情况的叙述归纳整理如下：

　　姚锡璞带领三十余人护送壮烈牺牲的石坚团长遗体到达孙家岗子时天刚亮，姚发现村东坟地里有三个敌人，便举枪掩护两名手持扁担的炊事员冲上前去捉俘，三个敌人束手就擒。姚股长问其中一个身穿将校服的中等个："你是干什么的？"回答是"营部司书"，姚说："不对吧，司书怎么会有将军服？"那人说是长官逃跑时换给他的。姚股长讥讽道："兜里的派克笔也是换的吗？"那人无言答对。讯问另外两人，得到的回答同样都有破绽。姚看出他们有顾虑，就交代了我军优待俘虏的政策，又让宣传队长杨厚珍详细讲解并看住三人。

　　十几分钟后，一身穿士兵服的高个子俘虏来到姚股长面前说："长官，我们讲实话，那个穿将军服的是新1军副军长兼30师师长文小山少将，另一个穿士兵服的是副师长谭道善，我是随从副官。"经姚股长反复解释俘虏政策，高个子才交代自己是师参谋长唐山。

　　姚股长等人将俘虏带到指挥部将情况报告给首长。由15师副政委兼政治部主任车学藻安排，将文小山等三人带到万毅的面前。

1887 人（内师长 1、团级 1、营级 10、连级 90、排级 120），亡 662 人（内团级 1、营级 8、连级 10、排级 53），这些同志为祖国的解放事业立下了不可磨灭的卓越功勋。

东北全境解放。致电东总首长，申请继续随军入关作战。东总电复：没有留你在关外的打算

1948 年 10 月 27 日，我们结束了配合锦州作战的黑山阻击战和围歼廖耀湘兵团的战斗。11 月 2 日，沈阳市解放，东北全境解放。我 5 纵队按照东总命令，开赴到义县一带休整，准备入关。

从 1931 年九一八事变后入关，到 1945 年"打回老家"出关，现在，三年解放战争，由刚刚在东北站住脚，到东北全境解放，形势发展很快。在党的教育培养下，自己也由一个旧的军人，成为一个党领导下的指挥员。虽然身上还有不少缺点和弱点，但是自己总是在努力学习和锻炼的，每念及此，不免感慨万千。现在，部队又要入关了，要随着胜利形势的发展继续作战，歼灭敌人，解放全中国。这时，我想到自己是东北人，野战军入关，东北也还要有部队的，上级会不会把我留在东北呢？会不会不让我跟随野战军入关呢？我思想上产生了一些疑虑。

说到这里，不能不再说明一下，在围堵廖耀湘兵团的作战中，曾经发生过这样一件事。当部队执行东总命令，与敌人"纠、缠、扭、打"时，进到彰武与黑山的交界处，先头部队 15 师同向沈阳、黑山逃跑的敌人遭遇。15 师当即展开战斗，截击这部分敌人。据查，这是新 1 军的部队。而我们预定前进方向二道镜子已经有了敌人。为此，我们考虑使用 13 师向二道镜子以东方向迂回，使对敌的包围圈更大些，这样就有点偏离预定的渗透路线。我们把这一情况用电报报告了东总。恰在此时，东总电令我们进到二道镜子。因此，东总接到我们电报后，立即来电批评我们："缺乏革命部队应有的英雄气概"。并且严厉地指出："如果贻误战机，将交军法审判！"接到电报后，13 师先头部队按时到达二道镜子，并未贻误战机。而且，13 师把大部分敌人截住了，15 师到达后，与敌人交叉混战，向廖耀湘兵团指挥部方向攻击，战果还是相当可观的。战后，在总结会上，我虽然检讨过自己作战思想上的失误，但是，及时报告当面敌情，究竟有什么不对，这始终是我百思不得其解

的。当然，战后谁也没有再追究此事。可是，会不会由此事影响上级对自己的看法，因而不让我随野战军入关呢？

于是，我专门向东总发了一个电报："我要求随野战军入关，在解放全国的作战中继续锻炼自己，希望组织上考虑安排留东北的军事干部人选时，不要考虑我。"不久，东总回电，说没有留你在东北的打算。这样，我就安心地积极组织部队作入关的行动准备了。

第十七章　东北大军入关。参加平津战役。指挥丰台作战

冒严寒，别故土，强行军近千里，率部入关，参加平津战役

1948 年 11 月 2 日，沈阳解放，辽沈战役结束，东北全境解放。5 日，我 5 纵队奉命开进义县一带休整。辽沈战役前后两个半月，获得了巨大的胜利，但我们部队也付出了很大的代价，需要补充，需要整顿。蒋介石估计，我东北大军至少要休整和准备三个月到半年，才能开入关内。他们也正是按照这样的打算，对华北地区的蒋介石嫡系部队和傅作义部队筹划安排。蒋介石主张部队南撤，加强京沪，保住老巢，以求聚集力量与我抗衡。傅作义则是担心南撤难以再保住自身力量，很有可能被蒋介石吃掉，故想向西撤至归绥一带，留守华北，借助美援，以观时变。美国则想利用蒋傅矛盾，扩大傅的实力，制约我方力量，以保住在华的利益。南逃，西撤，或是固守？蒋、傅正处在举棋不定之际。

针对这一情况，我中央 11 月军事会议明确提出，坚决抑留蒋、傅军于华北加以消灭，一则便于东北大军入关作战；二则将加速蒋介石的崩溃，使其江南防线无法组成。华东、中原两路我军既可继续在徐淮地区歼敌，也便于东北野战军南下直捣长江。为此，要求参战部队采取隐蔽、迅速、突然的行动，对华北蒋傅军实行分割、包围，防止敌人南逃、西撤。作战的基本原则是开始围而不打，有些则隔而不围，以待部署完成之后，各个歼敌。这一系列正确的战役方针，后来在毛选四卷中都有详细的叙述。

正是按照中央军委和东北野战军总部的指示，我们在义县只作了短时间休整，便开始入关行动。东北野战军先遣兵团即 4 纵、11 纵以及 4 个独立师已经首批进至冀东。我部于 11 月 23 日行动，从辽宁的义县、彰武、阜新地

区出发，分两路开进：一路沿龙王庙、羊山、喜峰口、遵化，一路沿阜新、朝阳、叶柏寿、凌源、喜峰口行进。当时正值冬至前后，气温很低，战士们穿着在东北缴获的国民党军队的棉衣，背负着大量装备，夜行晓宿，隐蔽行动。那十多天里，部队是相当艰苦疲劳的，冒着长城内外的寒风，忍饥耐渴，一夜要走上几十里甚至百把里路。但是，胜利之师，大家情绪高涨，一心只想以最快速度奔向平津，消灭蒋傅军。12月10日，在走了近千里之后，到达了河北蓟县、三河一带集结。

12月10日，纵队党委在三河东南闫家店子召开了紧急会议，部署了新的任务。纵队政委、党委副书记刘兴元同志主持了会议。我首先在会上作了情况介绍，提出下一步的任务。当时的情况是，中央军委为了抓住傅部，拖住蒋系部队，不使其西撤南逃，已命令华北3兵团于11月29日包围了张家口之敌孙兰峰部约5万余人，现时不重在歼灭，而重在包围，诱使傅作义调兵西援。果然，傅急调驻丰台之王牌35军及驻怀来104军一个师分乘汽车400余辆，星夜驰援，30日已到张家口。12月4日，傅作义飞抵张家口，亲自召开高级军官会议，部署防卫作战，把怀来104军主力靠近新保安，接应35军；把昌平、南口的16军调至怀来，掩护104军；同时又将驻天津、塘沽之62军、92军、94军调北平外围，分驻丰台、清河、南口等处以加强北平的防御。这就是傅作义所谓"连环套"的用兵方法。然而，他哪里知道这正是中了毛主席的诱兵之计。

12月5日，东北先遣兵团攻克密云，并继续向平张线逼近。傅作义由张家口飞回北平，发现我东北野战军隐蔽入关，极为惊慌，更出他意料之外。东北大军已越过了长城，进入到冀东，他预测到了自身的危急。于是急令35军突围于12月5日赶回北平，令13军放弃怀柔、顺义，撤至通县，令101军由保定撤至宛平、丰台企图固守。此时我华北第2兵团主力正紧紧抓住新保安之敌35军，围而不歼，东北先遣兵团第4纵队、第11纵队（每纵队5万余人）及独立师，12月8日已进到延庆地区，正向南口西北铁路线急进，紧密协同华北2、3兵团作战。

关于我纵的任务，中央军委的电令是：杨（得志）罗（瑞卿）耿（飚）兵团正在新保安围歼敌35军，敌104军由怀来西援正猛攻华北3、4纵队阵地，16军在怀来、康庄正准备西援；94军已到南口，13军在通县、顺义等处。东北野战军第二指挥所程子华、黄志勇以一个纵队协同杨罗耿四个旅歼灭 104 军两个师，另一个纵队在怀来、康庄之线阻隔敌 16 军、94 军。在此情况下，东北 5 纵队西进南口方向是必要的，12 日晨要到达南口以南抓住南口之敌，防止北平之敌北援，并在南口以南寻机歼敌。东总电令：我 3、5 两纵有抗击由北平向南口、怀来增援之敌和堵击由怀来向南口，北平退却之敌的任务，切断平、张间的交通。5 纵应立即出发以强行军插至南口以南通北平的路上，截断敌人，并构筑向南向北防御的阻击阵地。

大家研究情况后，都十分兴奋，进一步认识到中央军委战役方针的正确，为实现战役方针，从西线开刀，作战指挥英明果断，迫使傅作义于不知不觉中随着我们的作战计划、着着陷于绝境。我纵是胜利之师、从出发到入关、情绪十分高涨，人人摩拳擦掌，坚决打好入关第一仗，只要参战部队坚决执行战役方针，遵照命令行事，就一定能把蒋傅军消灭在华北地区。我纵队的任务是光荣而艰巨的，保证要克服一切困难，坚决完成。纵队的具体部署，经常委几个同志研究后作了以下决定：要坚决执行中央军委及东总给的任务，切断乎张线东段，首先攻歼昌平、沙河之敌。务于 12 月 12 日凌晨进至南口及以南地区，攻歼南口之敌，占领南口及八达岭有利地区，坚决阻击北平向北增援之敌，保证 4 纵、11 纵兄弟部队在平张线上作战的安全。纵队决心以 13 师从三河现地出发，沿顺义、昌平路线前进，攻歼沙河以北之敌后，在沙河南北地区寻歼敌人。14 师沿顺义以北路线进至昌平南口地区，占领昌平、南口、八达岭有利阵地，向北堵击怀来、康庄南逃的敌人，以保证 13 师作战的安全。以 15 师、独 9 师为纵队 2 梯队。15 师在 13 师后跟进，并以独 9 师为纵队预备队在 14 师后跟进，根据情况听候纵队命令投入战斗。各部队均于 12 月 10 日 18 时出发，以最快速度前进。纵队指挥所在 13 师后跟进。大家一致同意各师的任务和部署并保证完成。

政委刘兴元在党委会上发言，强调要坚决贯彻中央军委战役方针，打好入关后的第一仗。他还特别强调要严格执行我党我军的政策纪律。我纵作战地区要逐步接近北平，这里是数百年来几代王朝建都之地，城里城外远近郊区文化古迹很多，丰台、长辛店、石景山是重要工业区，北平有名的大学不少。要严格教育部队，加强纪律，既要完成作战任务，又要很好地保护这些目标，使其不受损失，对工人、工厂、管理人员、教职人员等要很好保护，对各种重要目标和物资必须原封不动，随时上报听候处理。对友军对地方党的同志要尊重，多听取他们意见。我各级党组织、政工人员、指挥员都要认真做好工作，严格掌握政策，保证在全战役中圆满完成任务。

纵队党委会后，各师迅速开始行动。13 师以连续 26 小时强行军 140 公里，沿途敌机轰炸扫射、炮火拦击，企图迟滞我前进。各部队边对空射击，边继续前进，于 12 日上午 10 时到达沙河温井地区。在这里又正遇上敌 16 军 109 师和交警 13 总队沿平张线南逃，当即与敌展开激战，至 12 时将交警总队全部歼灭，战至 14 时，歼灭 109 师一部，其余大部逃往北平。共毙、伤敌 300 余，俘敌 800 余。

14 师从三河地区出发，以急行军向西奔驰，昼夜兼程，沿途不顾敌机的袭击，仍一往直前，于 12 日上午 10 时到达昌平马池口地区。因敌主力已在怀来、康庄地区被兄弟部队歼灭，只有小股南逃的部队，我将其歼灭，俘敌 400 余人，并占领南口、八达岭，准备支援 13 师作战。15 师和独 9 师待机作战。

以迅雷不及掩耳之势，抢占战役要地丰台，
隔断敌平津之间联系，同兄弟纵队一道完成对北平的包围

傅作义部 104 军及蒋系 16 军主力在康庄、怀来地区被我东北先遣兵团各部队歼灭后，傅作义急忙利用险要地形，从北苑、清河、圆明园，至望儿山、红山口、万寿山、玉泉山、卧佛寺、北山、香山、妙峰山等一线部署了防御。这一带是华北敌人老巢，北平西北的屏障，敌军企图以此阻止我军逼近北平。

此时，中央军委及东野总部电令我纵，暂勿向北平以南前进，以全力切断宛平、丰台敌人退路，抢占丰台，协同南苑方向之第 3 纵队，切断敌人南逃和东窜天津的道路，从南和西南方向包围北平。接令后，纵队几位领导同志立即认真研究了这一艰巨而重要的任务。丰台是平汉、津浦、平张、平承诸线的枢纽，是通往郑州、天津、张家口等处必经之地，是傅作义接受"美援"铁路运输的要道，又是华北"剿总"联勤总部所在地。储存有大批武器、弹药和各种军需物资，是他扩大实力的命根子。我抢占了丰台，3 纵队占领了南苑机场，两相配合，就从空中地面切断了敌人的逃路，隔断了敌人与天津、保定、张家口的联系，配合其他纵队形成了对北平的严密包围，在华北战场这块棋盘上就可能"将"死傅作义及"华北剿总"，使其欲走不得，

欲战不能，困而待毙。丰台是战役要地，敌有重兵防守，它是敌我必争之地，我抢占后敌必拼命反扑，在该处将有一场恶战。

要抢占丰台，首先要突破圆明园、红山口、黄道岭、香山一线防御，然后插进敌人20余公里的纵深，经过田村、石景山、新北京，向丰台、卢沟桥攻击前进。我们钻进敌人的心脏，实施掏心战术，将会四面受敌，层层受阻。连续作战，后勤供应暂时难以跟上，伤员必须就地安置。纵深地区究竟有多少敌人？具体部署、工事如何？战斗力如何？均需在战斗中继续侦察。时间紧、任务急，困难是不少的。我们要进一步鼓舞士气，发扬辽沈战役中敢于向新1军、新6军纵深插去与其死打硬拼，不怕伤亡，不怕困难的精神，为了整个战役决战的胜利，自己受的损失再大，也要坚决承担。

这次任务的部署：纵队决定13师在左翼，由红山口、圆明园一线突破，经颐和园两侧，继向田村、新北京发展，直插丰台；14师在右翼由卧佛寺北山、玉皇顶一线突破，经石景山、古城，直插宛平、卢沟桥；15师为2梯队，在13师后跟进，视情况及时支援13师作战，并保证13师侧后安全；独9师为预备队，在14师后跟进，视情况根据纵队命令及时投入战斗。

各师受领任务后立即开始了行动，13师是主攻，仍由吴瑞林副司令、郭成柱副主任随该师行动，加强指挥。红山口、望儿山、黑山扈（229.8高地）、三钎山（308.8高地）一线高地，有敌一个多团兵力防守，是阻挡我们插进丰台的第一道主要阵地，突不破它就无法前进。颐和园（包括万寿山）是数百年来皇帝的行宫，是劳动人民建造的文物古迹，敌人一个营在防守，也是阻碍我们前进的一个钉子。12月13日17时许，13师先头之39团，消灭黑山扈敌人后，即向红山口西山各阵地之敌发起进攻。炮火袭击，打得满山大火，岩石崩塌，敌人昏头转向，就在这个时候，我突击部队在机枪的掩护下，很快冲了上去，不到20分钟的时间，一个营的敌人，被全部消灭了，其他邻近的敌人也被消灭，共俘敌800余。后边的敌人吓得向青龙桥、万寿山方向逃跑。红山口的防御被我突破，打开了向丰台插进的大门，我部队展开了追击。当到达青龙桥时，接到东总的紧急电示，为保护文物古迹，对颐和园的敌人不要实施攻击，用部队监视起来，待后边部队解决，要我主力部队从颐和园东西两侧绕进。接指示后不久，颐和园的敌人也逃跑了。我部队一路在颐和园东经海淀插向新北京，主力经玉泉山、田村、五棵松、新北京直扑丰台。

14 师面对的是高山密林，道路狭窄，运动困难，至 13 日 24 时才到达黄道岭以北，然后迅速组织兵力和炮火向 401.9 高地、黄道岭 573.1 高地、玉皇顶一线发起进攻，与敌 208 师、306 师展开了战斗。由于 13 师提前突破了敌红山口防御，动摇了敌防御部署，起了有力的策应作用。至 14 日 1 时许 14 师消灭敌人一部，俘敌 400 余，敌向香山以南方向逃跑。该师突破敌防御后，为了迅速插向宛平，便留下 1 个营继续攻歼碧云寺、香山之敌，师主力向石景山方向前进。

第 1 梯队 13、14 两个师，突破敌人防御后，不顾一切困难，不怕四面有敌，不怕寒风刺骨，乘着黑暗，踏着薄薄的寒霜与敌混战一夜，大家只有一个目标，迅速抢占丰台。各师都打过硬仗、恶仗，敢打敢拼，动作勇猛，像尖刀一样直插敌人心脏，所向披靡，无人敢挡。

正是半夜时分，随 13 师行动的副司令员吴瑞林同志听到 39 团的报告，他们从俘虏口中得知傅作义发现我向红山口、香山等处的进攻，东北大军向北平城的迫近，便收缩兵力，把西部各部队向北平城及近郊集中，现正在调动。吴瑞林要副师长翟毅东传令各部队提高警惕，注意掌握情况，作好与敌人遭遇的准备。传令不久，在部队疾驰的道路上，右旁有一支部队与我们平行前进，还有两辆大马车，驭手吆喝着流星似地向前闯进。参谋人员一问，右边这支队伍竟是敌人保安 2 旅 16 团。于是悄悄传达口令，要一起行动缴敌人的枪。待战士们个个咬着耳朵向前向后同时传达命令后，一声令下，干部战士一齐扑向敌人，搂的搂，抱的抱，勇猛地夺起枪来。敌人还在做梦，直着嗓子叫："弟兄们不要误会，我们是保安 16 团。"战士们回答说："误会不了，捉的就是你们。"几分钟的功夫，敌人一个团 800 多人全部缴了械。留下小分队把他们集中在一个村庄里看管起来，大部队继续前进。

当前卫部队通过田村车站时（西直门通石景山铁路），发现由石景山方向开来一列火车，卟哧卟哧地由远而近，装载的是敌人还是物资搞不清楚。吴瑞林副司令、郭成柱副主任与师的同志们研究，不管敌人有多少，决定在列车进站停止时消灭它，要师警卫营、工兵营完成这个任务，主力部队继续前进。两个营很快隐蔽布置好了，也掌握了车站的调度，火车进站后果然很听命令，顿时停了下来。一声巨响，火车头炸毁了，车厢里的军官被震醒，他们做梦也没想到是我解放军到达了。各车厢都冲进了战士，端着枪对敌人说："不要乱动，放下武器，缴枪不杀，优待俘虏。"不到半个小时就解决了问题，敌保 2 旅军官、士兵、家属 1000 多人乖乖地当了俘虏，暂时被集中在车站房子里，由一个分队看管起来。

师的前卫是 37 团第 3 营，营长邢嘉盛与 7 连长魏同东带着尖兵排走在最前面，在夜色掩护下，奔走如飞。经过沿途消灭敌人保安 16 团，虽然费劲不大，但大家的警惕性更高了，随时都有与敌人遭遇的准备。凌晨 2 时许，部队到达五棵松地区，进入到新北京，据抓到的傅部零散人员供称，傅作义"剿总"指挥所于十分钟前才刚刚撤往北平城里去，真是遗憾，没有抓住傅作义及其主要头头。但他的军官教导团和坦克训练基地还没完全撤走，我 37、38 两团便向敌人展开了围攻，敌人没有作顽强的抵抗，只想突围逃窜，在我迅猛的攻击下，30 分钟结束了战斗，敌人大部就歼，俘虏官兵 200 余，击毁、缴获装甲汽车、坦克 40 余辆。

部队继续前进，早晨 7 点多钟，先头抵达丰台北之岳各庄，抓到一个俘虏供称，在丰台镇及以北地区是 101 军 272 师，其余各师在丰台以南及看丹地区，现正准备集结调往北平城里。根据此情况，吴副司令告 13 师召集领导干部，重新作了部署，要把现在的战斗行军队形，调整向丰台展开进攻的队形，使用 37 团、39 团为第一梯队，38 团为第二梯队，迅速发起进攻。

14 日上午各团开始了行动，37 团在师属山炮 16 门、团属迫击炮 20 余门支援下，攻歼了大井之敌后，立即向丰台进攻，该团如神兵天降，迅速冲入丰台。在丰台的敌人 101 军主力已奉命东撤，还有一部分及"华北剿总"后勤的单位，尚未发觉我部队的到达。一见到我军战士出现在面前，惊恐万状，四散逃窜。就在混乱之中，我 37 团及师警卫营，将他们全歼，俘获计有："华北剿总"联勤的大部人员，"剿总"直属战车 3 团大部，还有修理厂、陆军医院、军马医院，弹药军需粮秣仓库等，美国援助的各种枪支弹药、被服、汽车等物资全部在仓库里。39 团消灭了小井、周庄之敌后，直插前后泥洼、樊家村及丰台车站。敌人在混乱之中，没有坚决抵抗就当了俘虏。丰台被我 13 师迅速占领。

14 师为纵队插向丰台的右翼师，在师长彭龙飞、政委丁国钰指挥下突破黄道岭、香山一线敌防御后，师主力直插宛平，沿途路过石景山，歼敌一部，进至大瓦窑、东西五里店地区，正遇宛平守敌 271 师 814 团向丰台方向溃逃。我先头 40 团即向敌展开进攻，俘敌 300 余，乘机占领了卢沟桥、宛平城。并令一个团进至看丹及以东地区，直接协同 13 师战斗。

王振祥师长、何善远政委指挥的 15 师在 13 师后跟进，他们也遇到了与 13 师类似的情况。14 日 4 时许，夜色仍然笼罩着大地，战士们急行军走到西苑机场附近时，听到路边人喊马嘶，一片混乱，大约有三四百人与我部队在一条路上并行前进。他们未发现我们是解放军，我们开始也没有注意，误以为是兄弟部队走错了路。行进间听到他们有的发牢骚说："老子没被共产党打死，像这样跑法也得累死"，这才知道是敌人。师长王振祥令参谋悄悄通知下去，旁边走的是敌人，听命令一齐抓俘虏。随后一声口令，大家一起动手，缴了他们的枪。一审问，原来是 104 军安春山的残部，从长城外撤下来要逃向北平的。我们没放一枪，就解决了他们。部队继续前进，当进到新北京时，遇到了由宛平方向向北平撤退的傅作义的后勤运输队。我 43 团迅速消灭了该敌，俘虏 160 余人，缴获战马 20 余匹。8 时许，该团进到丰台东北财神庙、莲花池、跑马场一带，与敌 814 团接触，战斗 20 分钟，歼敌一部，余敌向广安门撤逃。由于我部队逼近到广安门，威胁到敌人的防御，13 时许敌约两个团兵力，在坦克、装甲汽车引导下向 15 师刚进入的阵地进攻，我利用村庄和临时构筑的工事抗击敌人。战斗一个多小时，将敌击退。

独 9 师由师长廖中符、政委钟民指挥，在 14 师后跟进，14 日 14 时许进至石景山、八角村、古城、衙门口地区，遇到了退守石景山尚未来得及逃跑的敌 306 师及保 2 旅各一部共 1000 余人，先头独 25 团正准备向敌进攻，敌人伪称投降，拖延时间，伺机逃跑。该团 4 连一个排突入石景山钢铁厂，占领了水塔，俘敌 300 余。该师因急于奔赴丰台，在石景山只留少数部队监视该敌，主力全部前进了。敌人见我主力已走，便向我占领水塔的分队发起了进攻。我一个排顽强固守，激战一天，大部壮烈牺牲，最后只剩四个人坚守。幸有 11 纵的部队闻枪声赶到，将敌人歼灭，救出了这四位同志。

全纵队胜利插进到丰台地区。13 师 12 月 14 日下午攻占了丰台镇；14 师是日上午占领了宛平及卢沟桥；15 师 14 日进至广安门西南地区；独 9 师进至卢沟桥以西地区；纵队指挥所进至看丹。至此，我纵队完全占领了华北铁路交通枢纽、战役要地——丰台，堵住了敌人南逃东撤的去路，配合兄弟纵队完成了对北平的包围。中央军委和东总赋予的战役任务，胜利完成了第一步，受到中央军委、东总的嘉奖。

坚守丰台，粉碎敌人疯狂反扑，对围困北平和最后和平解放北平作出了应有的贡献

纵队指挥所到达看丹后，立即召集了有各师一位领导同志参加的小型会议，研究了情况，作防守丰台的部署。大家一致认识到，对战役至关重要的丰台，中央军委很重视，我们是从老虎口里抢占了它，切断了蒋、傅军的逃路，北平成了一座死城，敌人成了瓮中之鳖。大批的美援武器装备、粮秣被服等被我控制，断绝了他们的供应，也是置敌人于死地，敌人必将拼命与我争夺。因此，我抢占丰台后，能否守住丰台，粉碎敌人的反扑，将是对我纵的严峻考验。我们一定要坚定信心，天大的困难也要克服，再大的牺牲也不怕，只要 5 纵有人在，就要守住丰台。我们要调整好部署，抓紧一切时间抢修工事，补充弹药；伤亡大的连队，要从补充团迅速调入充实。

华北 12 月中旬的天气，已进入严冬，冰霜覆盖着大地，河水、地面已开始结冰。战士们冒着严寒、迎着刺骨的北风在当地群众的大力支援下，昼夜不停地抢修阵地工事。在我阵地构筑还未完成的时候，不出所料，敌人开始了反扑。大规模的反扑有两次，第一次敌人集中了 7 个师；第二次是 5 个师。重点突击丰台，主力是蒋系部队，由右安门至丰台之间，在强大炮火支援，坦克、铁道装甲列车引导下，向我实施连续猛攻。我各部队顽强固守阵地，英勇奋战，打垮了敌人的进攻，守住了丰台。15 日 7 时左右，敌人纠集了蒋系 94 军之 5 师、13 军之 89 师、92 军之 56 师、142 师、101 军之 271 师、272 师、273 师共 7 个师的兵力，由复兴门、广安门、西便门出动，分数路（约 1 个师向南苑方向）向我展开了进攻。先实施猛烈的炮火轰击，10 余分钟后，在坦克、装甲车的引导下向我冲击。271 师、272 师、273 师在坦克引导下向我 15 师正面财神庙、跑马场和 41 团正面的西局一线进攻。我部队顽强抗击，发扬近战歼敌打法，待敌进到阵地前 300 米以内时，炮兵、轻重机枪同时开火，在猛烈炮火打击下，激战 3 个小时，毙敌近千人，将敌打退。另一路是敌人的主攻，重点指向我 13 师。他们使用的是蒋系第 5 师、56 师、142 师及 89 师，在百余门榴弹炮支援下，由两列装甲列车引导，沿铁路及其两侧，向我 13 师正面之纪家庄、沙帽园、孟咸、同埠洼、观音堂等阵地发起猛烈的进攻。我部队在纵队、师、团强大炮火支援下，与敌人展开了

激战，指战员打得十分英勇，在"守住丰台，寸土必争，坚决完成中央给的任务"口号鼓舞下，打退敌人多次成连成营成团的冲击。战斗持续到 16 时，激战七八个小时，毙、伤敌千余人，击毁装甲列车一辆，蒋介石的嫡系部队被打得尸横遍野，丢盔弃甲，狼狈溃逃。紧张激烈战斗了一天，已经夕阳西照，我英勇的指战员本应休息，可是还要修补工事，补充弹药，调整组织，准备再战。

12 月 16 日，战士们迎着寒风静静地守在阵地上，做好了一切迎击敌人再次反扑的准备。蒋、傅军的头目们，不甘心反扑的失败，仍妄想夺回已失去的战役要地，控制他们南逃的门户——丰台，更想抢回他们的大批美援仓库物资，又纠集了五个师的兵力，重点进攻丰台。南面 94 军两个师，在榴炮数十门的支援下，沿于家胡同、老河、王爷坟向我观音堂、纪家庄一带进攻。92 军 142 师，在装甲列车引导下沿铁路及以北向我同埠洼、孟咸、沙帽园一带进攻。冲击前先实施了 20 多分钟的炮火轰击，比上次进攻火力更加猛烈，打得我阵地上和丰台镇火光四起，浓烟冲天，硝烟弥漫。接着就是敌人成连成营密集队形的冲击，大有破釜沉舟、孤注一掷的架势。我守在阵地的部队，在强大炮火支援下，沉着应战，发扬近战歼敌的作风，让敌人接近到阵地前沿 100 米左右时，我各种火器一齐开火，对更近的敌人就用手榴弹轰击。就这样一次又一次地打垮敌人的冲击。对敌人的装甲列车，采取把列车放进来，用炸药包、火箭筒拦头爆破，后边集中轻重机枪等火力拦住跟随的步兵，使其人车分开，首尾难顾，对其实施各个消灭。我各分队打得英勇顽强，有的地方敌人冲入阵地，我集中兵力把它反击出去。守沙帽园的 39 团 8 连，打得只剩下 15 人，始终守住阵地，使敌人不得前进；7 连剩下 19 人，在排长姜新良带领下，跃出堑壕，与敌展开白刃格斗，消灭了进攻之敌，守住了阵地。其他部队也都坚守阵地，岿然不动。此时，友邻 3、11 纵和华北 7 纵相继到达我部附近，给敌人造成一种压力，敌两次反攻后就再没有来进攻。

敌人 101 军 271 师、272 师在坦克、装甲汽车各 10 余辆的引导下，向我 15 师水口子、莲花池、跑马场、财神庙等阵地进攻，炮火打得十分猛烈，企图配合 94 军、92 军夺取丰台。敌人在猛烈炮火支援下连续向我冲击，水口子阵地曾一度被敌人占领。我 15 师 43 团的各个反坦克小组，在炮火掩护下，炸毁敌坦克、装甲汽车多辆，步兵实施了阵前反击，击溃敌人。

向我各师正面进攻之敌，在我部队顽强坚守阵地英勇抗击之下，毫无进展，突入我丰台之装甲列车亦被我击毁。激战至晚 7 时，我各师在炮火掩护下，向突入阵地和阵前之敌展开了反击，重点是丰台方向之 13 师，在纵队炮团及师、团炮火百余门支援下，发扬了猛打猛冲的精神，组织全线出击，把敌人打得四处奔逃。我各部队乘机冲了出去，轻重机枪、冲锋枪、手榴弹一齐开火，再加上猛烈的炮击，打得敌人弃尸累累，纷纷退回到北平城里去了，再也没有敢出来。一天的奋战，又毙、伤敌 2000 余，击毁铁道装甲车 1 辆、坦克、装甲汽车 20 余辆。我们也付出了不小的代价，伤亡 1770 余人。37 团政委张同新同志，发扬政工人员冲锋在前退却在后的精神，在反击中光荣牺牲；38 团团长翟秉涛同志负重伤；60 余名营、连、排干部伤亡。

这次战役我纵共毙、伤、俘蒋傅军、交警等 8071 人，和平改编 101 军 8000 余人，共 16000 余人，缴获坦克 106 辆，装甲运输车 24 辆，火车头 45 个，大口径火炮 75 门，轻重机枪 223 挺，各种枪 2000 余支以及军需、军械仓库 5 座（内有美援助的卡宾枪 7 万余支），炮弹 2 万余发，枪弹约 30 万发，汽车 50 余辆。

平津战役中，我纵队胜利完成了中央军委、东总交给的千里进军，隔断平津、平张，抢占丰台，围困北平，和平解放北平，改编傅部等一系列任务。主要原因是由于中央军委的英明指挥，平津前线总前委的具体领导，兄弟纵队的有力协同，地方党、政府和广大人民的大力支援，以及全纵队在坚强有力、及时的政治工作鼓舞下，团结一致，坚决执行命令，英勇奋战取得的。

第十八章　北平和平解放。参加中共七届二中全会。为新中国诞生和军队现代化建设继续拼搏

首次见到毛泽东、朱德等中央领导同志。毛泽东问我："百家姓里除了姓伍、姓陆、姓千、姓万的之外，还有什么姓与数字有关？" 5 纵改称 42 军

　　丰台战斗之后，我们在宛平县一带还积极作过攻城准备和演习。北平城墙很厚，攻城或是用炮轰，或是用爆破。炮轰，我纵有一个炮团，并且在丰台缴获了大量炮弹可以使用。爆破，我们进行了实弹爆破演习，利用宛平县城城墙，试验炸开突破口。演习前，唐凯副政委专程接来了叶剑英、聂荣臻、彭真等首长；他们共同观看了这次演习。虽然，和平谈判一直在进行，但是，在和平解放北平未最后实现之前，作为战斗部队，我们从未放松过战斗准备。

　　1949 年 1 月 31 日，北平和平解放。我纵队（此时已改称第 42 军，我为首任军长、政委刘兴元、副军长吴瑞林、副政委唐凯）在北平城外进行休整、补充、训练，积极准备执行下一步的作战任务。

　　2 月，我接到党中央通知，到河北平山县西柏坡村参加中共七届二中全会。听到消息后，我内心十分激动。这是我平生中的一件大事，无论是在政治上，还是在党的生活方面，都将对我是一次极为重要的提高，是一次难得的学习机会。3 月初，我按规定时间，离开驻地涿州赶到了西柏坡村。

　　报到之后，我去见毛泽东主席和中央其他领导同志。我记得同去的还有四野第二指挥所的负责人程子华。

　　去见毛主席，开始我的心情有点紧张。毛主席是伟人，是党的领袖，而自己是出身于旧军队的军官，各方面又都是很幼稚的，见到他们，该会是怎

平津战役时，任解放军第42军军长，率部攻占丰台后，于1949年1月观察部队利用宛平城墙进行实弹爆破演习，为攻克北平作准备。前排戴袖标者为万毅（右一手持望远镜者为叶剑英元帅）。

样的呢？我们这次见到的还有朱德、周恩来、刘少奇等领导同志。和我一起去见中央领导同志的有程子华、李葆华等四五个人，毛主席和其他同志都见过面，就我是个生人，毛主席一见我就把话题转到我的姓上。他简单地问了一下路上的情况，然后很风趣地问："喂，万毅同志，你说百家姓里，除了姓伍的、姓陆的、姓千的、姓万的之外，还有什么姓与数字有联系呀？"这么一问，我的紧张心情立刻松弛下来了。我觉得毛主席问得很随便。他又问我："你姓万，是不是在这方面有所研究？除了那几个姓之外，还有什么姓？"我回答说："不知道，数字姓氏，主席讲的，我还是头一次听说，过去从没有作这方面的考证。"大家都轻松地笑了。然后，主席转到别的话题上了。他说，大家离开各自的单位到这里来开会，生活上会有诸多不便，希望大家克服。关于会议的开法，他说他准备作一个报告，讲讲我们今后将从农村转入城市的工作。此外，毛主席还讲了讲傅作义来西柏坡村谈判的情况。

虽然这是与毛主席头一次见面，但是他的亲切态度，说话幽默风趣而又寓有深意，给我留下深刻的印象。

我们在西柏坡村开会，工作、学习和业余的文化生活，安排得既丰富又有秩序。除了开会，还看话剧、跳舞，大家感到充满了生气。

　　每到吃饭时，大家来到餐厅，凑够了十个人就开一桌，座位并不固定，谁来谁吃，边吃边谈，很是活跃。有一次我去晚了点，许多桌都没有空位了，正好毛主席边上还有一个空位，我也没有更多考虑，就挤到那里坐下了。毛主席看到我，一边吃面条，一边跟我开玩笑说："万毅同志，你可算是张作霖的余孽呀！"我说："主席，我不能算是张作霖的余孽，张作霖的余孽应该是张学思。"毛主席问我："张学思现在在什么地方？"我说："张学思现在辽宁省当主席，还是东北行政委员会的副主席。"毛主席说："那还不错呀！"我又向主席说："张学思曾对我讲过，他是学军事的，现在干的不是他学的那一套，他觉得自己没有做政府工作的本事，希望能到部队工作。不过，这也可能是他个人谦虚。"毛主席说："好哇，那就回到部队来干，那容易。"这样在饭桌上同毛主席聊了几句，没想到后来，张学思果真调回部队工作了，当了海军的参谋长，海军学校校长。不幸的是，后来他在"文化大革命"中遭到迫害，牺牲在工作岗位上了。当然，他调回部队工作，并不一定是由于这次谈话的关系。

　　1954年，毛泽东接见中共中央新疆分局第四书记赛福鼎·艾则孜等人（右一为赛福鼎，右二为万毅）。

在七届二中全会上，我聆听了毛主席那个著名的报告，即《在中国共产党第七届中央委员会第二次全体会议上的报告》，毛主席指出的"因为胜利，党内的骄傲情绪，以功臣自居的情绪，停顿起来不求进步的情绪，贪图享乐不愿再过艰苦生活的情绪，可能生长。"以及"可能有这样一些共产党人，他们是不曾被拿枪的敌人征服过的，他们在这些敌人面前不愧英雄的称号；但是经不起人们用糖衣裹着的炮弹的攻击，他们在糖弹面前要打败仗。我们必须预防这种情况。"毛主席还号召我们："务必使同志们继续地保持谦虚、谨慎、不骄、不躁的作风，务必使同志们继续地保持艰苦奋斗的作风。我们能够去掉不良作风，保持优良作风。我们能够学会我们原来不懂的东西。我们不但善于破坏一个旧世界，我们还将善于建设一个新世界。"

聆听报告的当时，就深深感到毛主席对我们的教诲是那样及时，那样深刻，并且有力地鼓舞着自己，用百倍的努力去迎接新中国的诞生，学习建设新中国的本领。几十年的时间过去，历史有力地证明了，毛主席的这篇讲活，是革命党由夺取政权到掌握政权过程中，能够始终立于不败之地的法宝，也是激励自己不断前进的动力。在以后的日子里，每当前进路上遇到困难和挫折，毛主席的这些话仿佛又在耳边响起，使自己振奋精神，努力向前！

七届二中全会后，我返回部队驻地。不久，毛主席和党中央的其他领导同志离开西柏坡村迁往北平，途中在我们42军驻地涿州住了一夜。作为军长，我和军部的领导同志一起，负责作了接待。刘亚楼专程从北平来此迎接毛主席一行。毛主席登车赴北平之前，我和政委刘兴元、副军长吴瑞林去送行请求指示。毛主席说："你们在丰台搞得不错嘛。"我说："这是由于上面有中央军委和东总的英明决策和有力的指挥，下赖将士用命。"头一次毛主席没听太清"下赖将士用命"这几个字，又问我一句："你说什么？"我重复回答了这几个字，毛主席说："好，好，好。"这时，部队正积极作南下的行动准备。

调任四野特种兵司令员。不久又任军委炮兵副司令员。
组建装备炮兵师，输送到抗美援朝前线。
彭老总评价是："生一点，还能吃。"

1949年平津战役结束，4月底，四野大军南下期间，我被任命为第四野战军特种兵司令员。政委是钟赤兵，副政委邱创成，副司令员苏进，副司令员兼参谋长匡裕民，政治部主任唐凯。当时驻地是天津市。特种兵主要统辖四野的炮兵、工兵、装甲兵部队。部队经武汉，于6月间到达湖南常德，准备参加衡（阳）宝（庆）战役。此时的国民党部队兵溃如决堤之水，桂系的白崇禧部队也只想保存实力，因此，在战斗中我方几乎没有用上多少重武器，再加上炮兵行动受南方水网地带条件限制，特种兵部队没有参加上什么大的战斗。

1950年初，四野特种兵部队奉命从南方调往东北，司令部设在哈尔滨。开始，一部分部队在北大荒开荒生产。4月间，聂荣臻派人调特种兵副司令苏进去北京，主持筹划军委炮兵建设。接着军委成立炮兵司令部，任命陈锡联为司令员，我为第一副司令员，兼东北边防军炮兵主任。第二年4月东北军区炮兵司令部成立，兼任炮兵司令员及军委炮校校长。

当时首要的任务是改善炮兵的装备。朝鲜形势紧张，战争一触即发。我们不得不加速工作进程。我们是1950年2月从南方来到东北的，军委直属炮兵有炮1师、炮2师，朝鲜战争爆发后又组建了炮5师、炮8师。除了2师是摩托化炮兵外，其余都是骡马炮兵。朝鲜战争是6月打起来的，按军委命令我们带上炮1师和高射炮指挥所开到了安东（今丹东）待命。10月25日，抗美援朝开始，部队入朝前，我即奉命从安东回到沈阳负责由步兵师接收苏联进口的装备，改建炮兵部队，并组织训练。先后组建改装了四五个师。先是勘察建设训练基地，在锦西、锦州一带搞起了三个基地，然后调步兵师来改装，接收苏联的武器装备。

1951年，时任中国人民解放军炮兵第一副司令员兼东北军区炮兵司令员。

改装的部队分为高射炮兵、地面炮兵和战防炮兵。随着苏联装备一起来的，还有一些苏联炮兵专家，都集中在东山嘴子的朱瑞炮校里，负责的是一位名叫利哈乔夫的大个子中将。专家们在学校培训我们的干部，学习掌握火炮的技术和战术；一部分苏军的军官和士兵，则下到基地里去，手把手地教，假如你是一炮手，就由苏军的一炮手来教。那时的苏联专家工作很热心，应该说也是很艰苦的。吃的不要说了，我们虽然尽了力，但食物总是中国的口味，他们不习惯。生活设施也很差，没有抽水马桶，只好蹲坑。

他们送来的装备，虽然也算是现代化的，各种火炮都有，车辆也有，像野榴 152 和 85 加农炮，嘎斯 63，吉斯 151，以及侦察器材、雷达、瞄准镜等，都很齐全。可是，这些装备都是他们过去在战争中用过的，不是新出厂的，不过还能用。我们用这些装备了部队，并且经过短时间训练，开往抗美援朝前线去，起了一定的作用。一次彭老总回国，路过沈阳时我去看他，询问他对入朝炮兵的意见。彭总正在吃西瓜，当我发问时，他想了想说："生一点，还能吃。"说"生一点"，是指训练得还不够熟练。可是，我们的部队作战勇敢，士气高，不怕死。战防炮，往往都是拉到离敌人坦克没有多远开火的，实际上是直接瞄准，这当然也就弥补了一些技术上的不足。

任第二机械工业部副部长、总参装备计划部部长，为军队的现代化装备生产出力

20 世纪 50 年代初，周总理去苏联谈判援建项目，签订了接受 156 项的援助项目，这里面有一部分是军事项目。1952 年，这些项目在国家计委、财委的统一安排下做了落实。我就是在这种情况下，被调到第二机械工业部工作的。

1952 年 3 月，我被调到北京俄文学院，准备学习半年俄文后，到苏联去学习炮兵。可是到 8 月份，学完了，毕业了，我也转业了。领导调我去第二机械工业部工作。总政主任兼总干部部长罗荣桓同志找我谈话，对我说："不让

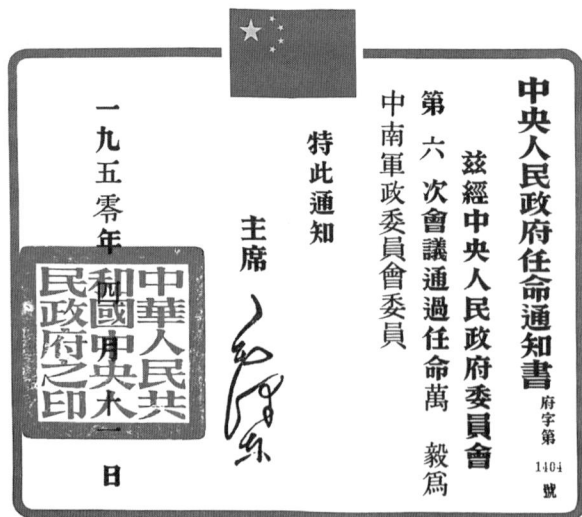

中央人民政府任命通知书 府字第 1404 号

兹经中央人民政府委员会第六次会议通过任命万毅为中南军政委员会委员

特此通知

主席 毛泽东

一九五零年 十一月 一日

中华人民共和国中央人民政府之印

万毅任中南军政委员会委员的任命书

你去苏联学习了，政务院准备成立第二机械工业部，负责军事工业生产，军队需要派人去参加，赵尔陆同志当部长，你去当副部长，这也是为军队服务的。"就这样，我也没说什么，就找到赵尔陆同志报到了。

和我同时被任命为副部长的还有张霖之、刘鼎。张霖之分工管生产，我管基本建设，刘鼎管科学技术。二机部开始下分四个局，二局是枪炮弹药生产；四局是飞机工业；六局是坦克工业；十局是通信工业。这时，我们的军工生产已进入了自给的新阶段，即具体部署国防技术装备生产的新阶段。这在我们党和军队的历史上，都是一个伟大的转折。我军抗日时期也有一定的军工生产，但是，全面地为军队生产技术装备，是从这时开始的。过去毛泽东主席讲过，我们的武器是靠蒋介石那个运输大队长给我们送，敌人有什么装备，我们就有什么装备，靠战场缴获。后来，到了抗战末期，军工生产逐渐有了点发展，但是，像这样列入国家计划，确实是一个大的飞跃，是军工生产上一次质的飞跃。

我上任后，国家财委主任陈云同志找我去谈工作，让我带一位苏联专家，按照苏联援助我方的项目，去选择具体厂址。与我同行的苏联专家叫穆辛，是选场、设计方面的专家。后来，我们一起到过西北的甘肃、陕西、宁夏等许多地方。一起去的还有财委的蓝田、建委的李宾、化工部的孙敬文等同志。他们都是行家，苏联专家问点什么问题，他们都能回答。二机部一起跟去的人有：计划司的郑汉涛，基本建设司的刘清，四局的王西萍，二局的张连奎，六局的刘雪初，十局的刘寅。这样，从飞机、坦克、枪炮直到通信器材等，各方面生产的人都去了。走了一大圈，具体厂子的点就选定了。在甘肃兰州，见到省长邓宝珊、省委书记张德生。在宁夏，见到自治区主席邢肇棠，记得在那里还见到了马鸿宾。马鸿宾就是西北的"五马"之一。当年，张学良派我到他那里作联络参谋的时候，他是国民党骑兵第35师师长。那时，他同张家是父一辈、子一辈，两代世交。马鸿宾这个人在红25军进入陕北时，曾对红军部队进行过拦阻，但最后还是放下武器向解放军投诚了。他这次见到我时还问我，张少帅好吗？我回答说："马师长，我知道的消息不比你多。"

到陕西后，我和专家转了一大圈。苏联专家穆辛，很有点学者风度，人很沉静，不像一般的苏联专家那样锋芒毕露，也挺能吃苦，我们从甘肃往银川去，路过白银场，再往前连合适的住处都找不到了，我们一起住窑洞，蹲茅坑，他一点抱怨也没有。

从 1952 年 7、8 月到 1953 年 9 月期间，我参加了从技术装备、物质生产到工业建设的整个过程的工作。党中央、国务院和中央军委明确提出用工业和物质来保障军队建设的发展。

1953 年夏的一天，军委总干部部副部长徐立清打电话给我，问我愿不愿意回军队工作。我回答说："我一直是个当兵的，叫我到地方工作，实在是服从组织决定。"徐说："我就要你这个愿意回军队工作的话！"不久，一次在怀仁堂开会，散会时又见到了彭老总，他也问我愿不愿意回军队，我说："服从命令！"彭老总说："那就好！"没过多少天，我就接到通知，到总参装备计划部上班。

上班的第一天，聂荣臻代总长接见了我。聂老总说："现在，朝鲜战争停了，国家要有计划地进行经济建设，军队也要有计划地搞现代化。武器装备是现代化的关键。为了统一掌握全军装备计划，军委 5 月 22 日第 26 次例会决定，在总参谋部设立兵器装备计划部，叫你当部长，安东给你当助手，他已到任了。装备计划工作对我们讲，可以说是一件新的工作，这就需要你们大胆地摸索，同时还要借鉴苏军的经验，遇有重大问题我们可以多商量，或者请示军委。"

聂老总这一番话，给我启示和鼓励，我留下很深的印象。

总参谋部从 1953 年 5 月就成立了一个兵器装备计划部（1955 年 8 月改称为装备计划部，简称装备部），我是首任部长。我在这个部工作了整整六年。这六年是总参谋部和各级司令部组建、充实装备计划工作机构、全军装备计划工作逐步统一并全面开展起来的六年；是我军武器装备从以进口苏联装备为主逐步走上国内生产供应的六年；是我军建立军事科研机构、军事科学技术不断发展，开始立足于自己科研设计新型武器装备的六年；是我军武器装备的管理逐步建立起统一的规章制度并开始走上正轨的六年。

我军实行军衔制后，1955 年 9 月 27 日，我被授予中将军衔。1956 年 8 月，在党的第八次全国代表大会上，我再次被选为中共中央候补委员。

装备部成立后，所做的第一件事，是向 1954 年 1 月召开的军队高级干部会议汇报我军武器装备情况。抗美援朝战争开始后，基本结束了我军装备依靠缴获敌人的阶段，开始了立足国内计划供应的新阶段。当时全国工业刚刚开始恢复，基于战局发展的要求，以及中苏关系友好的情况，我志愿军入

1954年10月18日，出席中华人民共和国国防委员会第一次会议的委员合影。前排左起：龙云、张治中、叶剑英、徐向前、邓小平、刘伯承、朱德、毛泽东、彭德怀、贺龙、罗荣桓、聂荣臻、程潜、傅作义。第二排右起第五人为万毅。

朝作战时需要的武器装备，除部队手中已有的、解放战争缴获的和自己生产的一些旧杂式弹药外，主要从苏联进口，特别是空军、防空部队及陆军各特种兵的装备，缴获美军的东西不多。我们的军工生产从1950年到1952年底，基本处于修理和生产旧杂式弹药的阶段，1953年开始转入以苏联技术资料为标准的制式化仿制阶段。

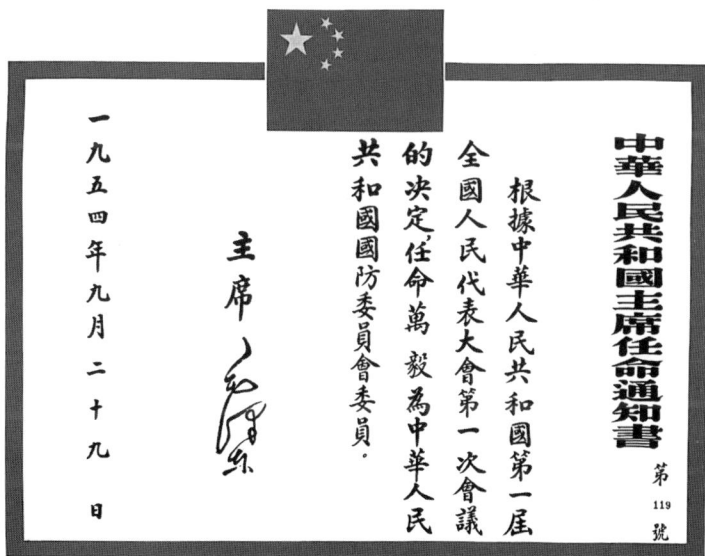

中华人民共和国主席任命通知书 第119号

根据中华人民共和国第一届全国人民代表大会第一次会议的决定，任命万毅为中华人民共和国国防委员会委员。

主席 毛泽东

一九五四年九月二十九日

万毅任国防委员会委员的任命书

这期间，按照聂代总长的命令，装备部的机构建立和健全了起来，由原来的 4 个处增加到后来的 8 个处，业务干部达到 94 人。苏联派来了顾问马里亚申。开始头一年，主要是起草各级司令部的装备计划部门工作职责和有关规章制度。1955 年 4 月，在北京召开了全军首次装备计划工作会议。总参谋长粟裕在会上提出，在编制装备计划时，一定要从需要、适用、可能这三个方面出发，完全看不起旧武器是不对的。这次会议，各级装备部门干部，通过学习讨论，明确了职责，学到了一些基本知识，为全军的装备计划工作打下了一个良好的基础。

制定全年武器装备规划，确定军队装备建设的重点。
邓小平问："造一艘战舰，一吨位要多少钱？"

关于军队武器装备建设规划，我们着手制定了第一个五年计划（1953—1957 年）和长远规划。我们的依据是党中央和中央军委确定的总方针、总任务："把我军建设成为世界上第二支最优良的现代化、革命化军队，以保卫我国社会主义建设，防御帝国主义侵略，主要是美帝国主义和日本帝国主义的侵略。"所说的"第二支"是说要把我军建设成仅次于苏联红军的现代化、正规化的革命军队。其经费依据是彭德怀在 1954 年 1 月全军高干会上公布的，第一个五年计划期间，国家拨给军队 327 亿元（旧币是 327 万亿元）的国防费，据此来安排国内军工生产和从苏联进口武器装备的数额。

军队装备建设，究竟以什么为重点？是空军、海军？是大炮、坦克，还是飞机、军舰？军委确定以发展空军和国土防空力量为重点，陆军以发展炮兵、坦克和机械化部队为重点，海军以发展潜艇和鱼雷快艇为重点。后来又增加了海军航空兵。当时认为，庞大的海军舰队是廉价空军的最好目标。也就是说，在海军建设上如果投入很大力量不划算，因为敌人有空中优势，海军出动不了，甚至还有导致毁灭的可能，没有空防，海军就是有优势也不行。这是当时在世界范围内的说法。按照我国的国力和工业发展情况来看，造大型军舰的可能性不能说没有，但极小。一次在国务院汇报工作时，邓小平同志问我："造一艘战舰，一吨位要多少钱？"我按当时的计算，回答是两万元（旧币两亿元）。显然，那时要造大舰是有困难的。于是，对海军建设实行"空潜快"的方针，发展海军的航空部队、潜艇部队和快艇部队，而不主张造巡洋舰。这个指导思想一直持续了多年，对不对？它对部队建设的影响如何？这作为历史还是可以研究的。

第一个五年装备发展计划执行情况，总的看来是好的，我军的武器和装备有了较大改善。比如，在轻武器方面，不仅以国产的换装了战争年代缴获的，并且正在以 56 式半自动步枪、冲锋枪、班用机枪，以及 54 式、56 式大口径高射机枪等新型枪械，成批装备部队。步兵军师两级都有了炮兵团、高炮营，预备炮兵部队不仅有十余个远程大口径加农炮兵师、榴弹炮兵师，还有了十余个高炮师、反坦克炮师。坦克部队也有了一定的发展，步兵师一半以上配备有苏式坦克、自行火炮，还有几个坦克师和独立坦克团。工程兵、通信兵和防化兵也都有了较大发展。空军和国土防空部队的战斗装备作为重点，发展很快。各种飞机已由 1952 年的 2400 架，增加到 3800 架，质量也有很大提高。配备有雷达指挥仪的城防高炮部队也有了相当数量。海军五年内增加战斗舰艇近 500 艘，6 万余吨。

这一期间，我们编制的年度订货计划，也都逐步落实。更大量的工作，是按照部队作战、战备和训练以及院校教学等需求，分别轻重缓急地进行。我在任的六年里，武器装备保障重点地区一直是东南沿海。所以，每年的装备分配计划总的原则始终是首先满足华东战备部队、中南边防守岛部队和各军种、兵种有战备任务的部队，此外再装备和补充其他部队。

除上述之外，我们还考虑研究拟制"全军战时动员计划"，着手搜集资料，编写全国军事经济概况手册，登记地方车辆、机械等。但是由于这是一项关系到全国各方面工作的问题，认识也不完全一致，情况复杂，实际问题很多，所以，战时动员计划一直未能编写出来。

任国防部第五部部长。开展武器装备的科研工作，着手研制火箭和原子弹。陈老总说："就是当裤子、卖衣服，也要搞原子弹，上火箭"。赫鲁晓夫说："中国人像好斗的公鸡"。他翻脸不认账，答应给的原子弹不给了

组织制定科研规划和开展全军武器装备的科研工作，是我军武器装备发展的必然需要。我们不能总是仿造苏联的武器装备、依靠苏联提供的技术。我们必须发展自己的军事科学技术，独立自主，自力更生，研究出适合中国

国情的新型武器装备。特别是，发展火箭和原子弹，也提到了议事日程上。根据国务院批准的国家科学规划委员会编制的国家 12 年科学技术发展远景规划中对军事科学技术研究提出的原则要求，经与有关各单位充分协商研究，于 1957 年底，完成了 1958—1967 年我军国防科学技术研究工作的规划纲要，1958 年 1 月，军委就批准了。

为军事科学技术的事，我作为装备部长，曾几次去苏联。头一次是随聂老总去谈原子弹、火箭。那是 1957 年夏天。聂老总和陈老总在北戴河休假。当时接到驻苏使馆参赞李强从莫斯科发来的电报，说苏联政府愿意提供援助，帮助中国发展原子弹、导弹，可以派人去谈。聂老总就地开会研究去苏联谈判问题。我也参加了这次会。会上陈老总讲："苏联有了，我们也得有，不要等啊，和他们去谈呀！这件事，我们无论如何得要管起来，当裤子、卖衣服也得搞原子弹，上火箭！"

9 月间，聂老总率团去莫斯科，代表团里有陈赓大将、宋任穷上将以及李强、雷英夫和我。赫鲁晓夫、米高扬分别会见了代表团长和代表团成员。苏联负责这件事的是别尔乌辛，具体联络人是丹尼诺夫中将，与我们谈判的是苏联国防部组织的以昆内尔元帅为首的专家们。谈判结果，派雷英夫回国向党中央汇报并取得同意后，于 10 月 15 日签订协议。代表苏方签字的是别尔乌辛，代表中方签字的是聂老总。

代表团回国后，先建立机构。苏联要求我们，不能由装备计划部接收这些东西。他们是国防部下设立了一个第五部，专管这项工作。于是，我们也在国防部下设立了一个第五部，由我任部长，并仍兼装备计划部部长。苏联派了个专家叫堪察洛夫，他还带来了三个技术部门的人。第五部成立后，与苏方来往频繁。到 1958 年，苏方给了尔—1、尔—2 火箭。这是中国军队装备的第一批火箭。此外，还给了地对空和地对舰导弹。地对空导弹是萨姆—75，别号叫"铅笔"，挺高的家伙，现在看来它太笨重了。1958 年春天，苏方来了一名大尉军官，试验地对舰火箭，像一架小飞机似的，在兴城做了演习。另外，他们还派人来帮助我们选择基地位置。选了两个：一个是火箭发射基地，一个是原子弹爆炸实验基地。那次跟聂老总去苏联的，还有我国出类拔萃的专家，像钱学森、王淦昌、钱志道等。

1958 年至 1959 年，我们在装备科学技术研究方面，是有了一个很大提高的。1957 年签订了火箭、原子弹方面的协议。以后苏方陆续派来了专家，根据他们的建议和勘察，我们在酒泉建立了火箭发射基地。当时那里是一片荒凉。他们说是给导弹资料，可是一直没有给。这样，我们一方面建立自己的机构，一方面就着手现地勘察，部署自己的研究。原子弹试验基地一开始是选在博斯腾湖附近，后来改在马兰地区，基地司令员是张蕴钰，政委是常勇。酒泉第 20 训练基地的司令员是孙继先，政委栗在山。马兰我没有去，因为那天和苏联专家一起坐飞机去罗布泊查看建立原子弹爆炸实验地的位置。

1959 年初，在建设原子弹和导弹基地时，大家都感到当时的机构重叠，互相扯皮，工作进展很慢。有的同志说："我国的原子弹的建设，既不是'上马'，也不是'下马'，而是'牵着马'。"国防部有五部，军委有个"航委"，另外还有个"五院"，都是平行关系，任务都差不多。结果，下去办事，只好都拿彭总的介绍信。后来聂总主张，成立一个国防科委来统一领导。黄克诚赞成，并建议由我协助聂总组织国防科委。到 4 月间，经中央批准，正式成立国防科委。聂帅任主任，陈赓任副主任，我也被任命为副主任。应该说，这时候人民解放军的装备科研工作正在阔步向前。可是，很快我们又面临了新的困难，那就是赫鲁晓夫翻脸了。1959 年，赫鲁晓夫到中国来过，还和毛主席拥抱。谈判的时候，赫鲁晓夫带来的一位军械部长叫瓦连采夫，他在装备研究、炮兵建设等方面，向我们提了不少建议。赫鲁晓夫说："你还很向着中国人啊！"我记得他还说过"中国人好斗，像公鸡一样"。赫鲁晓夫回去不久，就和美国一道搞防止核扩散。这样一来，不愉快的事情就来了。他们说翻脸就翻脸，原子弹不给了。我们自然也就不能按照原来的步子顺利前进了。我们只好发愤图强，自力更生，争口气，来搞导弹和原子弹了。这是后话。

随同彭德怀元帅出国访问，出席华沙条约会议，顺道访问苏联等国，开阔眼界，增长知识

除了 1957 年 9 月随聂老总赴莫斯科谈判签订原子弹、火箭技术协议外，建国以后，我还有数次机会出国访问，其中特别值得一提的是 1955 年，当时的中央军委副主席、国务院副总理兼国防部长彭德怀，经苏联去华沙，以观察员身份，出席华沙条约会议。我是观察员彭德怀同志的顾问之一。顾问共有五人，除我外，还有萧向荣、王炳南、陈楚、雷英夫。华沙条约缔约国

1955年5月参加华沙条约组织会议后，向苏军烈士墓敬献花圈。前排左起：萧向荣、万毅、彭德怀、王炳南、陈楚、雷英夫。右起：华约部队总司令科涅夫元帅、苏联国防部长朱可夫元帅、外交部长莫洛托夫、部长会议主席布尔加宁。

是：苏联、保加利亚、阿尔巴尼亚、波兰、捷克斯洛伐克、匈牙利、罗马尼亚、东德。华约部队的统帅是苏联元帅科涅夫。在这次会议上，波兰很重视中国客人，总理西伦凯维茨亲自驾车迎接彭总到下榻的宾馆。他们还见到了苏联部长会议主席布尔加宁，苏共中央总书记赫鲁晓夫。他们跟彭总讲，抗击德国侵略者时，他们两人都曾在华沙前线。苏联的安东诺夫大将在会议期间，一直陪着彭总。

会议结束后，彭总以副总理身份访问了东德，轻工业部部长沙千里陪同。接着又在波兰访问，参观了一个钢铁工业基地，一些军事学校和卫戍部队，以及一个很大的教堂。波兰国防部长、苏联元帅罗科索夫斯基陪同。这期间，还同波兰的一些军事领导人座谈，交流军队建设经验。彭总在会上讲了我军政治上官兵一致、经济民主等优良传统。后来，彭总还同波兰党中央第一书记贝鲁特谈了中国当时农村合作化运动的情况。

5月底，在安东诺夫大将陪同下，我们又回到莫斯科。在这里，彭总以国防部长身份，同苏联国防部长朱可夫元帅会谈，交换军事战略思想。朱可夫明确提出，苏联的军事思想是战略进攻，征求彭总意见，也就是询问中国的军事战略思想是什么？彭总回答说："中国的战略思想是攻势防御。"朱可夫很不以为然。两人意见不一致，谁也没有说服谁，最后不欢而散。

在莫斯科，彭总还单独会见了伏罗希洛夫元帅，会见了米高扬。

按照苏方的安排，让我们到黑海舰队去参观，主要是去看看苏联海军有什么新装备。结果活动并不理想。当时的黑海舰队司令是戈尔什科夫上将，他接待了我们，在旗舰上举行了欢迎阅兵式和宴会。但是，原来答应让我们看原子潜艇，不知谁捣蛋，又不给看了。彭总很生气。后来，我们又看了他们的鱼雷快艇维修工厂，还乘坐快艇在海上作小范围的编队航行。最后，在塞瓦斯托波尔港，参观了战役纪念馆，看了著名的全景画。这种再现战争的艺术杰作，令我们惊叹不已！

1955年夏，万毅随彭德怀出席华沙条约组织会议后，到苏联乘坐苏军快艇在海上作小范围编队航行留影。

还有一次出国，是1958年8月。中国人民解放军派出国防科技代表团，团长是副总参谋长张爱萍上将。团员有各军兵种负责人常乾坤（空军副司令）、罗舜初（海军副司令）、孙三（装甲兵副司令）、徐德操（工程兵副司令）、刘寅（通信兵副主任），以及总军械部封永顺副部长。我是代表团的秘书长，副秘书长张震寰。到了苏联，各自分头与苏方对口单位参观交流。这期间，看了他们的新型风洞工具，新投入使用的一些武器装备等。没有作多少交流的是海军。我们接收的装备也没有多少新的，而且在装备维修上，他们的传授还有保留。

另一次，是1958年10月，我担任国防部第五部部长后，应邀去苏联参观他们的一个原子弹爆炸基地。同我一起去的有总理办公室秘书郭英惠，第五部一局局长塞风。基地的位置在苏方哈萨克斯坦的阿拉木图西南方向，靠近我国新疆。当地有一条河叫伊尔佩斯，旁边有个小镇叫谢姆帕拉钦茨，是七顶帐篷的意思。这是原子科学研究的一个城，有实验室、礼堂、树木。我们看了指挥控制原子弹爆炸的设备装置，看了科学家在试验室里解剖老鼠，并且听了演习指挥的简单讲解，增加了这方面的一些感性知识。

1957年与宋任穷上将、外贸部副部长李强等随聂荣臻元帅赴苏联会谈，与苏方签署了苏联向中国提供制造原子弹、导弹的资料、技术、设备和专家的国防新技术协定。图为四人在莫斯科中国大使馆内（从左至右：聂荣臻、万毅、李强、宋任穷）。

1957年随聂荣臻元帅赴苏联会谈，在莫斯科中国大使馆内与陈赓大将、留苏学生聂力合影（从右至左陈赓、聂力、万毅）。

第十九章　庐山会议。人生旅途的又一次重大转折，开始了此后近 20 年的坎坷生活

宋任穷拉着我上庐山。不料一个简短的发言，却使我成了"彭德怀反党集团"的重要成员之一，被撤销了党内外一切职务

事情也许有些偶然。1959 年夏，中央在庐山开会，我本来没有必要去参加。可是，7 月中旬的一天，当时主管核工业的二机部部长宋任穷匆匆来到国防科委，告诉我，苏联以与美英等国进行部分禁止核武器试验为由，突然停止了向我国提供核工业图纸资料，并且撤走来华的专家，带走原来的图纸，打乱了我们原来的工作部署。宋任穷很着急，我也感到事关重大，建议他直接去庐山，向正在参加庐山会议的国防科委主任聂荣臻、国防部长彭德怀汇报。我因为国防科委还有许多事要做，不想去庐山。他说："你得去，你是国防科委副主任。"我说："主任在那儿，聂帅在那儿嘛！"他说："聂帅在那儿，他哪说得清这些具体事！有的事你是知道的，你不去说，我一下子也说不清楚！不行，你非得跟我去不可！"就这样，他拽着我一起上了庐山。不料，这一上庐山，生命旅途却由此发生了一个重大转折，开始了此后近 20 年的坎坷生活。

当然，说偶然也不偶然。对当时一些问题的认识，会上的发言，我是如实地表达了自己的看法的。

我和宋任穷是 7 月 15 日乘飞机到九江，然后转上庐山的。我们先是向聂帅汇报了有关苏联停止向我方提供核工业图纸资料的情况，然后又和聂帅一起到彭总那里，再谈这件事。由于在头一天，即 7 月 14 日，彭德怀刚刚给毛主席写了那封后来引起轩然大波的信，所以，在谈完有关核工业图纸资料的事后，彭德怀很自然地谈起了他写信的事，讲起了他对"大跃进"中出

现的一些问题的看法。我听了，认为彭总的看法符合当时的实际，也一起议论，说了句话："'人有多大胆，地有多大产'这样的口号是唯心主义的嘛！"为这句话后来我被迫作了检讨，并且印在会议文件中了。

7月16日，毛主席在彭德怀的信上加上了《彭德怀同志意见书》的题名，批示："印发各同志参考。"同时决定会议讨论时间延长一周，并且通知留在北京的彭真、黄克诚，薄一波、安子文等同志也立即上山来参加会议。还转告林彪，如果他身体情况允许，也请一起上山。我和宋任穷也同时被留下来参加会议。原来会议按大区编配的六个组，组长没变，组员改为各地区穿插编配。宋任穷分在第1组，任副组长。我分在第6组，组长是欧阳钦，副组长是江渭清和张国华。

17日，我参加小组会的第一天讨论。前半个月，大家都参加会，集中讨论学习、形势、任务等几个问题，听说气氛也比较轻松，被人们称为"神仙会"。17日这天，毛主席批示的彭总的信发下来了，会议的气氛开始发生变化。我刚来，不知道前边是怎么回事，本来是谈苏联不给造原子弹资料的事，现在不谈这些，谈形势，我还是先别开口吧。所以，直到22日我才发言。宋任穷当时让我说一说怎么跟苏联签订制造原子弹协议的，现在他们又怎么反悔了，本来也可以不说别的。看来，他不拉我去庐山，该我出问题还是要出问题，不能怨宋任穷。22日发言，我凭直觉谈了自己对彭总信的看法。我不理解毛主席要大家讨论这封信的意思，更没料到由此会演变成一场"阶级斗争"。其实，从17日至22日的六天讨论中，不少人还是表示赞同彭总的一些看法的，许多人还说了不少相似的事例。在6组张国华讲他妻子回江西探亲时，看到农村中出现的问题；手工业管理局长邓洁讲了手工业中的一些问题。董必武和聂荣臻发言中对彭总的信也没有提出批评。聂帅说过："各处都在放卫星，不是科学态度。"他还说："说水里能提出酒精来，这是科学吗？这是胡说。"我记得只有青海的一位省委书记高峰不同意彭总的观点，说他们那里的小麦亩产7000多斤。

7月22日上午，我在小组会上第一次发言，我只是凭自己的认识，谈了一些问题。我讲到，在"大跃进"中"虚报浮夸的作风在滋长"，"夸大主观能动作用。如'人有多大胆，地有多大产'的增长无限论"等，我认为这是搞"精神第一性"。我说："对于重点与一般，多快好省贯彻不全面，没有真正实行两条腿走路；注意重点忽视一般，注意多快忽视好省。"我还讲道：

"没有认真掌握主席久已强调的'一切经过试验'，'由点到面'逐步发展的工作方法，有的有抢先思想，比如'吃饭不要钱'的口号，在北戴河会议上有人提出是作为会后考虑的，但是有的就抢先实行，加上报纸一宣传，就变成较普遍的行动。放'卫星'你比我高，我想比你更高。有的口号的提出慎重考虑不够，如有的说'粮食基本过关'，'放开肚皮吃饭'等等。"

这些话都整理到会议简报中去了。在我的发言中，最关键的，也是后来成为我最主要罪状的，是这样一段话："彭德怀同志把自己考虑到的问题提出来，对于此次会议深入讨论有推动作用；提出意见，精神是好的，是赤胆忠心的。从肯定成绩、提出问题到纠正缺点来看，基本精神都是对的。但有的问题说得简单一些，如果再多说几句，多加分析就清楚了。"

我当时怎么想的，就怎么说了。对已开始遭非难的彭德怀的信，我表示"基本同意彭总的信"。我万万没有料到，这个表态惹了大祸，酿成了近 20 年的坎坷生活。

我的发言开始并没有引起特别的注意。当时，相当多的人同我的看法相似，只是没有那么明确的表态。在其他组，讨论情况也同第 6 组差不多。黄克诚在第 5 组，周小舟（湖南省委第一书记）在第 2 组，赵尔陆（原二机部长）在第 4 组，都讲了一些与彭德怀相同的看法。特别是张闻天 21 日在第 2 组长达三个小时的发言，系统地阐述了"大跃进"以来的成绩和缺点，经验和教训，观点最为鲜明，分析最为透彻，论述最为精辟，就连周恩来总理，当时也以为彭德怀的信"没有什么"。

然而，就在我发言的第二天，庐山风云突变。7 月 23 日早晨，与会人员临时得到通知：听主席讲话。当人们来到小礼堂时，气氛还和往常一样，但是，表情严肃的毛主席只讲了几句话，就使我们顿感情况不一般了。他的讲话是这样开头的："你们讲了那么多，允许我讲个把钟头，可以不可以？吃了三次安眠药，睡不着。我看了同志们的发言记录、文件，和一部分同志谈了话，感到有两种倾向……"他虽然讲到"一种是触不得，大有一触即跳之势。……只愿人家讲好话，不愿听坏话"。但是，很快便把话锋转向另一种倾向。他说："现在党内外都在刮风。……所有右派言论都出来了。江西党校是党内的代表，有些人就是右派、动摇分子。……这一回是会内会外结合，可惜庐山地方太小，不能把他们都请来，像江西党校的人，罗隆基、陈铭枢都请来，房子太小嘛！"对于"大跃进"以来出现的种种问题，他说："无非是一个时期猪肉少了，头发卡子少了，没有肥皂，比例失调，工业农业商业都紧张，搞得人心也紧张。我看没有什么可以紧张的。我也紧张，说不紧张是假的。上半夜你紧张紧张，下半夜安眠药一吃，就不紧张了。……说我们脱离了群众，我看是暂时的，就是两三个月。……小资产阶级狂热性有一点，不那么多。……想早点搞共产主义。这种热情如何看法？总不能全说是小资产阶级狂热性吧。我看不能那样说。有一点，无非是想多一点、快一点。"毛主席的这段话，显然是针对彭总的信，因为那信中提到了"小资产阶级狂热性"。毛主席越说越严厉："人不犯我，我不犯人，人若犯我，我必犯人，人先犯我，我后犯人。这个原则，现在也不放弃。"他在这里引述的是对敌斗争的原则，而不是对人民内部不同意见应采取的"知无不言，言无不尽，言者无罪，闻者足戒"的原则。

毛主席还严厉警告说："他们重复了五六年下半年、五七年上半年犯错误的同志的道路，自己把自己抛到右派边缘，只差三十公里了。"

听到这里，我很自然地联想起两年前（1957年）毛主席发动的那场反右派斗争，一时也还弄不清楚这两点之间的联系。但是，把目前的情况讲得如此严重，使我感到十分震惊，而对于彭德怀来说，恐怕更是晴天霹雳。散会以后，我走出小礼堂时，看到彭总站到门外，当毛主席走出来时，他立即迎了上去，恳切地说："主席，我是你的学生，我说的不对，你可以当面批评教育嘛！为什么要这样做呢！"毛主席没有停下脚步，把脸一沉，甩手走开了。此时，我就站在旁边，彭总的话我听得很清楚。

毛主席23日的讲话，使会议的内容和气氛立时完全改变了。本来是要来纠"左"的错误的庐山会议，现在变成了一场以批判彭德怀为代表的"右倾机会主义"的斗争。彭总一下子成了众矢之的。我因为在小组会上表示过同意彭的信，很快也成为被批判的对象了。23日以后，以批彭为主要内容的小组讨论，又持续了一周。

8月1日，中央政治局扩大会议结束，8月2日，接着召开中共八届八中全会。出席会议的中央委员、候补中央委员和列席人员，人数几乎相当于前一个会议的两倍。毛主席在会议开始时作了长篇讲话。他说明会议有两个议题：一是修改1959年生产指标，这个问题比较简单；二是路线问题，这是此次中央全会的主题。他说：上庐山后，有部分人要求民主，要求自由，说不敢讲话，有压力。当时摸不着头脑，不知所说的不民主是什么事。前半个月是"神仙会"，没有紧张局势。后来才了解，有些人所以觉得没有自由，是认为松松垮垮不过瘾。他们要求一种紧张局势，要求有批评总路线的自由，就是要攻击总路线，破坏总路线，以批评去年为主，也批评今年的工作。说去年的工作都做坏了。五七年不是有人要求大民主、大鸣、大放、大辩论嘛？现在有一种分裂的倾向。去年八大二次会议我说过，危险无非是：一、世界大战；二、党内分裂。当时还没有明显迹象，现在有这种迹象了。

毛主席的这番话，把彭总的问题上升到分裂党的路线斗争高度。按照这个调子，各小组分别对彭德怀、黄克诚、张闻天、周小舟等同志进行批判。批判内容已经不止是彭德怀的那封信，而是向纵深方向发展延伸下去。一方面清算彭德怀、张闻天等几十年来在党内历次斗争中所犯的"路线错误"；另一方面是追查"军事俱乐部"成员，和对那些前一段会议期间发表过"错误"言论的人进行批判。我就是被批判的一个。

在 8 月 7 日的小组会上，我被迫作了违心的检查。但是，在回答关于与彭德怀的关系问题时，我还是实事求是地作了说明。我说："我与彭德怀同志的来往，除工作外，没有单独在年节到他家去过。因谈工作，我和赵尔陆同志在他家吃过一次饭。1955 年出国代表团我是顾问，朱可夫送他的和平牌收音机，他说自己已经有一台了，还送我这个干啥。我说我正好没有，彭总有了就给我吧。他就给了我。如果说有物质上的拉拢，也只有这个，但是是我要的。"

在八届八中全会大会上，我作为中共中央的一名候补委员，争取到一个发言机会，想解释一下我在小组会上的那个发言，可是我刚一开口，便被那天主持会议的同志打断了。我只好尴尬地坐下了，坐在旁边的薄一波打圆场地说："万毅同志，回到军委会上讲吧！"

那时候，我们党内的民主生活遭到了严重破坏。8 月 16 日，八中全会闭幕那天，通过关于彭德怀"反党集团"的决议时，会场上的气氛异常紧张，真是万马齐喑，鸦雀无声。毛主席念完决议后，问有没有不同意见，没有人讲话，也没有让大家举手，就宣布决议通过了。

八届八中全会结束，我乘飞机离开庐山，先在济南停了一下，19 日回到北京。这时，以贯彻庐山会议精神为主旨的军委扩大会议，已在前一天开始。参加这次会议的有千人以上，规模是空前的。各大军区的全部领导除留一人值班外，都来参加会；各野战军、各省军区的军政主要领导、全军师以上单位的两名正职干部也来参加会议。会议先期开了十天。传达庐山会议文件后，把原来的 15 个小组，编成两个规模很大的综合组。第 1 综合小组，包括列席人员共有 170 多人，光组长、副组长就有 14 人，负责揭发批判彭德怀；第 2 综合小组负责揭发批判黄克诚。在举行军委扩大会议的同时，北京还召开了揭发批判张闻天的外事工作会议，湖南省委则开会批判周小舟。

军委扩大会议由后来负责接替彭德怀国防部长职务的国务院副总理林彪主持。会议对彭德怀、黄克诚的批判，从庐山会议一直延伸到炮击金门、高饶事件、抗美援朝、保卫延安、百团大战、长征途中……按照 8 月 11 日毛主席在八中全会讲话中定的调子，彭德怀被批成三十几年来阶级立场没有改变，根本不是马克思主义者，一开始就是以资产阶级民主主义资格投机革命的。批判还从国内发展到国外，无中生有地给彭总扣上了"里通外国"的罪名。

军委扩大会议开到 9 月 5 日，又分成几个小组，分别对邓华、洪学智、我以及钟伟四个人进行揭发批判。邓华曾接替彭德怀担任志愿军司令员，当时任副总参谋长兼沈阳军区司令员。有人给大会主席递了条子，说邓华同彭德怀关系密切，于是就成了批判对象。洪学智是接替黄克诚任总后勤部长的，因为他与彭、黄关系密切，对彭、黄的揭发又少，也成了批判对象。当时担任北京军区参谋长的钟伟，则是因为当有人揭发黄克诚破坏一、三军团团结，错杀了一个干部时，他站起来证实，枪毙那个干部是根据另外一位领导的决定，责任不在黄克诚。为此，钟伟被扣上了"包庇黄克诚"的罪名。

至于对我的揭发和批判，也比庐山会议上有了发展。最为可笑的是，有人揭发我在西安事变时，把东北军内共产党员的名单，交给了东北军 120 师师长赵毅。西安事变时，我还不是共产党员，怎么会有共产党员的名单！况且当时（1959 年）赵毅还活着，在内务部当参事，他也可以证明此事全系子虚乌有。

9 月 11 日下午，在军委扩大会议的全体会议上，林彪宣布了撤销我的党内外一切职务的决定（保留中央候补委员）。决定出来了，但是批判并未结束。军委扩大会后，国防科委和装备计划部全体干部及总参、总后有关单位代表共 220 人，开会对我进行揭发批判。批判会持续了 25 天，最后给我作的结论是："犯了反对社会主义总路线的右倾机会主义的反党、反中央、反毛主席的错误"，"是以彭德怀同志为首的反党集团的相当重要成员之一"，"是彭、黄反党集团篡夺国防新技术的主要工具"，"是十足的伪君子、阴谋家、两面派"，"是严重的教条主义者"。

从此，我离开了工作多年的岗位，离开了军队。写到这里，我想有必要说明一个问题。大概是 1989 年，有一天，总后勤部原顾问王政柱同志告诉我，有一本名叫《国防部长浮沉记》的书中，写到我在庐山会议的情况。我找到这本书，请人把有关段落念给我听。书中说，我在庐山会议之后召开的军委扩大会议上，担任总参和军委办公厅小组的组长，并说在我的"诱导"下，大家纷纷发言说彭德怀的意见书是有根据的。还说既然大家没有什么可批的，我就宣布小组解散，大家各自分头学习。最后还写到，我对人说，批彭步步升级，轮番轰炸，真是岂有此理。这段约有 1700 字的叙述，也许作者是出于好心，是想表扬我，但是完全不符合事实。我在庐山会议就被点了名，在军委扩大会上是被批判的对象，怎么可能当组长！再说，在庐山会议上，已作出关于以彭德怀为首的"反党集团"的决议，在军委扩大会上谁还能公开唱反调。我认为这一历史事实应当澄清。我曾向李维民同志谈起过这件事。他写的《万毅将军在庐山会议》一文说明了这件事（发表在 1995 年第 3 期《炎黄春秋》杂志上）。然而，不久前听说《国防部长浮沉记》又再版了，可是这段文字并没有修改，因此，我认为有必要再次说明。

下放陕西省，当建委副主任，管过军工工厂的基本建设。又当林业厅副厅长，管过林场的建设工作。总想在可能的条件下，做点有益于国家有益于人民的事

军委扩大会议后，我被撤销了职务，便足不出户地呆在家里。直到 1960 年 3 月，中央组织部找我谈话，指定我到陕西省委，接受工作分配。这没有商讨的余地，我也没有别的想法，我二话没说，于 4 月 12 日，便带全家从北京到陕西省委报到。

陕西省委经过讨论，决定我到省建委任副主任。建委的主任是副省长杨拯民兼任的，副主任还有任鋆、张秉业、郭一民等。我是 5 月 12 日正式上班的，建委领导一起研究，分工我管国防工业工厂的基本建设。应该说，这项工作还接近我原来工作的性质，我当时也是带着一种今后要好好工作来弥补过失的心情，总想尽力把工作干多一点，干好一点。所以，分工一定，6 月初，我就带着计划处的同志，先到宝鸡市几个军工厂去，了解当年工程建

设进展的情况。7月初回到西安市，在市里的几个国防通信器材、炮弹制造生产的工厂，调查了解生产建设进度情况，以及他们存在的困难和问题。我准备在年终总结工作时，来研究解决这些问题。

可是，刚到11月中旬，又突然接到了新的任命：由省建委副主任，改任省林业厅副厅长。为什么改任？后来才知道，那时中共西北局已经成立。西北局的一位领导到西安检查工作，得知我在建委任副主任，便说："这么一个右派，怎么能做这项工作？这样使用不当。"所以才又让我到林业厅去工作了。

1961 年任陕西省林业厅副厅长时

我那时的心情是，能让工作就好，自己无权也无心去选择什么岗位。接到新的任命后，我立即就到林业厅报到。林业厅厅长是杨沛琛，副厅长是常远亭，他们都有丰富的林业知识和工作经验；还有一位副厅长张有谷，是国民党空军起义人员。不久，杨沛琛同榆林地委书记鱼得江对调。鱼得江政策水平较高，很能团结人。这个领导班子一直很协调，我在那里也还算是顺心。开始，我被分配管营林。我就从黄陵林场开始，到过延安、榆林、黄龙山等地区的几个林场。厅里派了两名助手：宋师舜、冯书城，陪同我到林场调查研究。他们有着多年林业生产实践经验，对各林场的情况也较熟悉，对我的帮助很大。在黄陵林业局，参观了黄陵县经营的林场，这个林场是个育苗、造林都有很好基础的林场。我还拜谒了黄帝陵。给我留下深刻印象的是陵前的一棵大柏树，据说这是黄帝亲手种植的，树木枝叶茂密，雄伟壮观，树围真如人们说的那样："七搂八拃半，疙里疙瘩还不算"。在延安，看了黄龙山林场。到榆林地区后，对那里的自然风貌又有了新的认识。榆林是我国古代边塞，毛乌素沙带的侵入很厉害。当地农民在科研机构包括林业部派来的专家协助下，设法营造阻止沙漠侵害的农田生物植被。听了他们的情况和经验介绍，看了那一片片试验的绿色植被，很为他们那种战天斗地的无畏精神所感动。

从陕北回到西安后不久，我又去宝鸡、汉中一带林场调查。这次调查的内容，不仅有经营林场，还有采伐林场。从太白林场出发，过渭河，翻秦岭，跨褒水，到达汉中地区的二郎坝林场。这里应该说是很偏僻了。二郎坝村的一些屋墙上，还留有当年红四方面军写下的标语。从二郎坝林场出发，经过姑子梁、铁佛寺，来到了黄柏源林场，查看了这里的林木状况。这次调查同行的有林业厅设计院张凤山科长等三四个人。他们对秦岭一带的林业资源和林场情况很熟悉，人们称张科长为"活地图"。这次调查的主要目的是要了解情况，准备有步骤地扩大秦岭以南大箭沟一带的原始森林。

这样工作到 1965 年，省农业厅和林业厅合并为农林厅，我仍任副厅长。这使我有机会到几个人民公社进行调查，了解一些当时农民的实际生活情况。可是，没有多久，我又被调出参加"四清"工作，被分配到水利厅和农林厅下属的几个工厂搞"四清"。这也没有多久，"文化大革命"就开始了，原来的工作生活秩序又都被打乱了，我又作为"走资派"被停职，进行批斗。

从 1963 年的下半年，到"文化大革命"期间被停职，这几年的时间里，我主要工作是放在森林工业方面。一年中约有四分之一的时间要到采伐林场去进行调查研究，省里的几个主伐林场都到过了。宁陕林业局的火地塘林场，秦岭上的辛家山林场，留坝林业局的上南河林场，等等。在那些林场里，我同工人们一起生活，向他们学习采伐工业的一些实际知识，像伐木、造材、清林，还有集材、检尺、外运，等等。除了学习这些林业生产的基本知识之外，我还对全省的森林工业的前景规划作了些研究。在经过实地勘察，在设计人员的具体帮助下，了解了陕西省全省林木总蓄积量，制定了年度规划和远景规划，对黄河中下游的植树造林、控制水土流失，以及对有限森林资源的合理采伐和再生，都提出了一些有益的意见和建议。在这一期间，还注意学习了国家有关林业建设的政策，对国务院提出的"青山常在，永续作业"的根本方针，也逐渐有了较深刻的理解。

1964 年，毛主席在一次针对"23 条"的讲话中说："真正跟彭德怀、黄克诚跑的不就是那么几个人吗？"他指的是邓华、洪学智和我等人，这是又一次为我们这些人定性，而且是全国上下尽人皆知的。因此，我对弄清这个冤案的本身，并不抱什么希望。我只是想能在这里安下心来，能在林业这个专业上，做点工作，出点力，也总算是尽了一份心。然而，我的这种想法又被事实打破了。

糊里糊涂的"监护"，不明不白的"审查"，无法交代清楚的"罪行"。在"文化大革命"中度过了六年被关押的生活

"文化大革命"开始后，我虽然被停职了，但是每天还按时到农林厅上班。到1967年11月25日，厅的"革委会"突然通知我，说陕西省军区首长要找我谈话，派来了一名姓熊的参谋来接我去。这名参谋带着两个战士，把我带到了省军区。哪里有什么首长谈话，只是把我关在了一个禁闭室里，连张床都没有。他们还通知我的家属，说我要去完成一项任务，短时间不会回来，实际上是开始了又一次的被监禁的生活。

这是我生命旅途中的第三次被监禁，所不同的是，前两次是国民党监禁我，我的斗争对象是清楚明白的。那个时候是爱国有罪，革命有罪，他们要监禁我，是没有什么奇怪的。可是，这一次被监禁，到底为什么？我犯了什么罪？我不清楚，也没有人给我说清楚。本来，我认为"文化大革命"虽然搞得很热闹，但是，我早已是一个离开斗争尖锐之地的人，"文化大革命"是革不到我头上的。哪知，我还是没有逃脱得了这场磨难。

在陕西省军区我被关了7天。他们完全按照管理犯人的一套来对待我。他们收走我身上一切他们认为不合要求的东西，连从家里带来的热水瓶也被没收了，吃饭前要诵读《毛主席语录》，等等。

就这样呆了七天之后，那名熊参谋又突然来通知我："出发。"我问上哪去？他说："去你想去的那个地方！"

战士把我押上火车。到12月2日，一下火车，我才知道是北京车站。我又回到了北京。在火车站上，一名军官迎上来，拿着军委文件，向我宣布："奉军委指示，把你监护起来。上车！"没有再说什么，就把我带上了吉普车的后座，左右各有一名战士，我被夹在中间。吉普车径直开到了海淀罗道庄北京卫戍区的一座监护所。

来到监护所后，一个专案组的干部向我宣布："专案组对你提出的案情，不是庐山会议那段问题，而是抗战胜利以后到东北这段时期里你犯的罪恶。你好好考虑交代，是什么问题，你自己明白！"

我被关在一个 9 平方米左右的小房间里，窗子用报纸糊着，看不到外边，每天与战士吃一样的伙食。

2 月中旬，专案组在八里庄摩托营对我进行了数次审问，开始没有提出什么具体问题，只是笼统地让我自己交代。我交代不出来，他们就让我逐日逐月地，讲清楚到东北后干了什么，一天一天地讲。我按照要求，费尽思索地讲，一天一天地回忆，讲干了些什么。显然没有讲出他们想要的内容，所以，他们坚持认为我是不老实交代罪行。第一阶段审问我的是三个军人，可能都是军事院校的。他们对我回答的问题不满意，说我不老实，就开始揪我的头发，打我，让我弯腰低头坐"喷气式"，向毛主席请罪。我的身体虽然还算结实，但也支持不住，晕倒在地，他们就用脚踢我。像这样的肉刑审讯，从 1967 年底开始，一直持续到 1968 年 8 月，每次审问，都是这一套。

1968 年 2 月，我被转移到公主坟的一个桃园附近。那里除我之外，还关押着彭德怀、罗瑞卿等同志，但是放风的时间是错开的，所以彼此间并没有见到面。

1968 年 8 月 20 日，关押地点改到了木樨地公安干校旧址。居住条件略有改善，伙食仍是战士待遇。这期间又有过几次审问，情况并没有太大变化。直到 1973 年 11 月 1 日，我已经被关押了近六年了，专案组才责成我就以下两项罪行写出自己的申明：一是在东北曾接受国民党的策反；二是勾结国民党，恢复东北军。至此，我才开始明白我的所谓罪行的由来。后来也才明白他们立案的事实是根据以下这么一件事：我带领部队进入东北后，国民党东北"剿总"二处，确曾派出两批策反人员进入我解放区，在海龙、山城镇一带，寻找万毅军队所在地，被当地军分区保卫机关捕获，关入监狱。这件事当时并没有通知我，而是直报了中共东北局。那时，我正在四平组织四平街保卫战，因此，根本不知道此事。至于所谓恢复东北军的问题，据后来了解，是专案组在彭真同志家搜出一份电报底稿，内容是要求蒋介石和国民党政府，释放张学良，回东北主持大计。时间是 1946 年 2 月。署名的有 42 人，我也名列其中。这就是"证据确凿"，"无可抵赖"了。可是，事实的真相是，吕正操同志到东北后，东北局彭真同志交给他一个任务，要他以当时在我军工作的原东北军少校以上军官的名义，起草一份致蒋介石的电报。也许当时是出于形势的需要，是由党组织决定的这件事。电报是由东北局当时的一位姓钱的秘书起草的，42 个人的名字，是由东北局组织部从档案中查出填上去的，并未通知本人。因此，我也一直不知道还有这样一件事。我1973年被放出来后，直到1974年，吕正操同志也被放出来，他才告诉了我事情的来龙去脉。可是，就为了这"莫须有"的、我连听说都没有听说过的"罪行"，把我关了六年。

1971年9月13日，林彪摔死在温都尔汗，本来军队的事情应该有条件来搞清楚了，可是，"四人帮"又插手，继续迫害老干部。直到1973年11月7日，专案组要我就两项"罪行"写申明，我才写下了这样内容的申明："我以一个共产党员对党忠诚的党性申明，我对专案组指定要我交代的材料，我一无所知，如果事后查出我有隐瞒，我愿受到党的最严厉的处分。"专案组一个姓齐的负责人拿到这份材料后才宣布："从今天（11月7日）起，解除对你的监护，恢复自由。你要正确对待党，正确对待毛主席，正确对待文化大革命！"然后，他们把我送到了公安部的招待所。这时我才知道，陕西省委已按照上面要求，派了两人来接我回陕西。

致信李先念，请求留京治病。总理逝世。唐山大地震。毛主席逝世。几经大悲痛之后，"四人帮"终于被粉碎，心中升起新的希望

在公安部招待所，我问前来接我的陕西省委派来的两个同志："你们是来押解我回去，还是来协助我回去？"他们说："怎么能是押解呢，我们是来接你的。"我于是说："那好，你们就听我的安排。我没有别的要求，就是按照恢复自由这个政治待遇，请允许我留在北京检查一下身体，特别是我的眼睛，现在看东西都已经模糊了。"

这样，呆了几天，我就搬到大女儿万众家。万众按照我的治病需要（我患严重的青光眼病，"监护"期间得不到治疗，病情已相当严重，随时有双目失明的可能），给李先念同志写了一封信，请求允许我留在北京治病。信是由外交部副部长韩念龙同志转上去的。李先念将信批给公安部一位副部长，从此，我就按照原来的医疗关系，开始到北京医院治病。

但是，我的病治疗得太晚了，有些医疗措施已无法挽救病情的恶化，不很长的时间里，我的双目已呈半失明状态，读书看报均很困难，每天只能从收音机里听点消息。

　　我在大女儿家里暂住的情况，被造反派们发现了，他们指责我的女婿张鸿志，说他同走资派没有划清界限。我当然极不愿牵连孩子们。于是，就找到我原来的工作单位总参装备计划部的管理科，请他们找一间房子给我住。此事报告到了当时的副总参谋长王尚荣那里，经他批准，让我在总参装备计划部白塔寺干部宿舍的一间房子里住了下来。

　　这时虽然还处在"文化大革命"中，但是宿舍大院内装备部的同志们，不管是我在任时认识的，还是我走后新调来的，左邻右舍对我都挺友好，我在食堂里和大家一起就餐，他们也经常在生活上给我以照顾。唐山大地震，北京受到严重影响，装备部的同志们都在安全上尽力协助我，使我感到很温暖。

　　1976 年 1 月 8 日，周恩来总理逝世，举国上下一片哀悼。我当时正在东北治病。1 月 11 日赶回到北京，到北京医院那个临时的灵堂里痛哭哀悼，心情一直感到十分压抑。接着，7 月 6 日，朱德元帅逝世。9 月 9 日，毛泽东主席逝世。那时我在山东治疗眼疾，又匆忙返回北京，到人民大会堂进行吊唁，心情更加悲痛。

　　到 1976 年 10 月，"四人帮"被粉碎了。我同全国人民一样，感情又高度兴奋昂扬，真是有第二次解放的感觉。虽然我的眼力已很不济，但是，我还是同装备计划部的同志们一起，走上大街游行，高呼"打倒王张江姚"的口号，对党和国家的未来充满了希望和信心。

第二十章　20年沉冤彻底平反，后20年心情舒畅地工作、学习与生活

邓小平批示："既无政治历史问题，就应做恰当安置，他过去有贡献。"就任总后勤部顾问

1977年8月8日，在中国共产党第十一次全国代表大会开会之前，我正式向党中央写了一份报告，请求重新审查我的历史，并且希望分配我工作，最好能再回到军队。

报告写好了，怎么才能送到中央领导同志手中呢？这时候，在抗战时期与我共同战斗生活过的同志们帮助了我。总参军务部副部长范天恩同志，设法找到一位合适的同志，帮我把信送到叶剑英副主席那里。叶帅圈阅后，邓小平同志在报告上作了批示："既无政治历史问题，就应做恰当安置，他过去有贡献。"华国锋同志也在报告上圈阅。

8月11日，中央组织部派了一位副部长，拿着中央领导同志批示的原件，到总参装备计划部我的住处，向我正式宣布，中央已批准了我的请求，接我到中央组织部招待所去，等待分配工作。

装备部的同志们闻讯后，都热烈地向我祝贺，亲切地欢送我上车去中央组织部的招待所。

11月4日，中央军委下达命令，任命我为解放军总后勤部顾问。接到命令当天，我就来到总后勤部报到。接待我的是总后政治部干部部的黄保民同志，他当时是任免科科长。他领着我见了后政的新斧副主任，新斧同志又领我去见了总后当时的代理部长张震同志。知道张震同志在总后当部长，我感到很高兴。因为，18年前我与他曾共过事。有一段时间，我俩都是总参的部长，经常在一起开会，我们相互间还是比较熟悉和了解的。这次见面，张

震同志仍像往常一样，亲切地称呼我"老万"。并说："非常欢迎你到总后来工作。"他询问了我的情况后，立即指示机关的同志为我安排办公室，并嘱咐我说："不要着急上班，先把身体好好检查一下，特别是检查眼睛，然后再上班。"因为他了解我在"文化大革命"中被长期监禁，以及患青光眼病的情况。我当时的心情很激动，因为离开军队这么多年了，今天又回到军队工作，而且受到领导和同志们如此亲切的接待，觉得像回到家一样温暖。

总后卫生部为我联系，最后确定由协和医院的眼科专家毛文书教授为我检查眼病，不久我即住进了协和医院。毛教授是全国一流的眼科专家，她不仅医术高明，而且对病人十分热忱，我自然对她很信任。经她联系，又从同仁医院、北医附属医院、中医医院等几所医院请来了几位专家，对我的病情进行了长达一个多月的研究、会诊，最后确定，我的眼疾为开角型慢性单纯性青光眼，不需做手术，采取滴药控制的保守疗法。

1978年2月初，我出院到总后上班。那时，总后勤部顾问还有喻缦云同志，由罗学怡同志给我们俩当秘书。上班后除参加有关的会议外，主要是阅读电报和文件，了解后勤工作的情况。4月底，我参加了全军后勤工作会议。从4月28日开幕至6月5日会议结束，为时一个多月，我自始至终参加，听了张震、王平同志的动员报告和总结发言，听了各个业务部门的发言，并阅读了所有的会议简报，使我比较全面地了解了总后勤部的工作概况，以及当时后勤工作所面临的形势和任务。这次会议是粉碎"四人帮"之后召开的第一次全军后勤工作会议，也是建国以来规模最大的一次全军后勤工作会议。会议开得很成功，澄清了后勤工作的路线是非。给我印象最深的是，会议明确指出，后勤工作要面向基层，面向连队，各级领导要特别注意关心群众生活，加强基层后勤建设。这一精神完全符合当时部队的实际，也符合几个月之后召开的党的十一届三中全会的精神。

1978年12月，党中央召开了十一届三中全会。这次会议重新确立了"解放思想、实事求是"的思想路线，停止使用"以阶级斗争为纲"的错误口号，把党和国家工作的重点转移到社会主义现代化建设上来，开始了改革开放的新的历史时期。我通过学习这次会议的文件，武装了自己的头脑，深感这次会议具有深远的历史意义。三中全会之前，我参加了关于真理标准问题的学习和讨论。邓小平同志提出的反对"两个凡是"，完整准确地理解毛泽东思想、坚持实事求是的原则，打破了长期以来禁锢人们思想的僵化局面。

三中全会以后，总后勤部在张震、王平同志领导下，卓有成效地进行了拨乱反正的工作。同时，紧密联系我军后勤工作实际，根据三中全会精神，研究改进后勤工作。我到总后上班后，没有做多少工作，这期间主要任务是学习。因为我是后勤战线上的一个新兵，关于后勤方面的知识很少，工作实践更没有，要想工作就得学习。我从调查研究开始，深入基层去学习了解情况。1979年秋天，我参加了由李元副部长带队的后勤战备工作调查组，用两个月的时间，在北京军区的几个分部进行调查研究。

就在这一年，杨虎城将军的女婿，中国科技协会干部王顺桐同志带着科协的信来找总后领导，提出要恢复我中国科协第一届副主席职务，张震、王平同志希望我表态。我说："这么多年没工作，现在我是个科盲了，不要再当科协副主席了。"但是王顺桐又找到我，说："您一定要答应，这是中央决定的。"这样我参加了"文化大革命"后的第一次也是那届的最后一次会议。事后我找到中组部部长宋任穷的秘书，请他将我的想法转告宋部长："如果有人再次提名我为第二届科协领导，请从组织部卡住，不要任命。"宋部长听后赞赏说："老万的想法对。"

1981年2月，这时张震同志调总参工作了，洪学智同志回到总后当部长。我参加了整顿物资部工作领导小组，与当时物资部的部长宗书阁同志，先后到华东、西北、西南物资局及所属单位检查工作。途中，我们这个组与白相国副部长带的另一个组在武汉相遇，相互交流了情况。这两次下部队，两个调查组都取得了有关后勤建设方面丰富的第一手材料，圆满完成了调查任务。我自己从中学到了许多宝贵的后勤工作知识和经验，受益匪浅。像这样下部队的工作还有过几次。对我来说，每一次都是丰富知识、提高自己的极好机会。因此，我每次都不顾自己已七十多岁的年龄，主动争取参加。

1981年任总后顾问期间参加整顿物资部工作领导小组赴华东、西北、西南地区检查、调研，在西南地区留影。

20 年沉冤彻底平反。总政治部先后两次发文，摘掉给我戴的十顶"帽子"

从 1959 年以来，20 多年我在政治上的沉冤，是到总后工作后得到彻底平反的。1979 年 11 月 2 日和 1980 年 11 月 15 日，总政治部两次发文，宣布经中央、中央军委审查批准，1959 年庐山会议以来给我定的错误性质和所谓事实，都是强加于我的不实之辞，全部予以否定。撤销 1959 年 9 月 11 日林彪在军委扩大会议上宣布的撤销我的职务的决定；撤销 1959 年 11 月 25 日中央军委错误地批判斗争我的总结报告。平反文件上给我摘掉的帽子共有 10 顶，即："犯了反对社会主义总路线的右倾机会主义的反党、反中央、反毛主席的错误"；"是以彭德怀为首的反党集团的相当重要成员之一"；"是彭、黄反党集团篡夺国防新技术的主要工具"；"政治上一贯右倾"；"进行宗派活动"；"是十足的伪君子、阴谋家、两面派"；"是严重的教条主义者"；"参加东北叛党集团"；"有'里通外国'嫌疑"；"有被'策反'嫌疑"。

1979 年夏，我曾上书总政治部，申请为因我的问题而遭受株连的塞风、卫垒、周正全三位同志平反、恢复名誉和待遇。总政很快批复，同意了我的意见。

我和有关同志 20 多年的沉冤得以平反昭雪，充分说明我们党的伟大。我们中国共产党不同于其他任何政党，我们的党是讲真理的，因此，它能不断修正自己的错误。尽管我蒙受冤屈的时间似乎长了一点，但当党的领导回到正确的轨道上来以后，总有一天，冤案会得以纠正。

1981 年 6 月，我列席了党的十一届六中全会。这次会议审议并一致通过了《关于建国以来党的若干历史问题的决议》，对建国以来党的重大历史事件特别是"文化大革命"作出了正确的结论，实事求是地评价了建国以来所取得的成就和严重的失误，分析了产生错误的主、客观原因，实事求是地评价了毛泽东在中国革命中的地位。这次会议开得很成功，也很民主，可以说是畅所欲言，体现了我们党的优良传统。我参加这次会议，受到了一次严肃科学的党性教育。在小组会上，我就毛泽东同志和他发动的"文化大革命"谈了自己的看法。我发言的大意是：毛泽东同志在晚年脱离群众了，甚至连离他很近的、战争年代同甘苦共患难的一些老战友都脱离了。他晚年常讲"莫予毒也矣"，或者叫"人莫予毒"，意思是谁也不能把我怎么样。他用这句古话教育干部，说领导班子一班人，"班长"不要凭自己的主观想象为所欲为，不要以为我是"班长"是"第一把手"，就觉得别人不能把我怎么样。可是毛泽东同志晚年，恰恰违背了他对别人的这些教导。他发动的"文化大革命"造成的灾难，正是我们党的民主和监督遭到严重破坏的结果。当然，对于毛泽东同志为中国革命所做出的丰功伟绩我毫无怀疑，也不抱任何个人成见。不论是我遭受错误的对待时，还是我的冤案得以平反后，我始终都认为，毛泽东是中国人民的儿子，是一个伟人，没有他就没有新中国。

1982 年 9 月，我作为总后党组织选出的代表，出席了党的第十二次全国代表大会。会上我被选为党的中央顾问委员会委员。邓小平同志在这次大会的开幕词中，提出了"走自己的道路，建设有中国特色的社会主义"的指导思想。大会规定了党在新的历史时期的总任务，并确定了从 1981 年至 20 世纪末经济建设总的奋斗目标，十分鼓舞人心。我从 1959 年在庐山会议上遭到错误的批判，有 20 多年没有参加过这样规模和性质的会议了。在这次大会上，我被选为中央顾问委员会委员，这是党组织在政治上对我最大的信任和鼓励，鞭策我进一步加强党性，更加努力地为党工作。

1994 年参加纪念李天佑诞辰 80 周年座谈会，与军委副主席张震在一起。

1994年参加纪念李天佑诞辰80周年座谈会，与军委委员、国务委员兼国防部部长迟浩田在一起。

由于年龄和健康原因主动要求退出中顾委，参与中共东北军党史资料征集和研究工作

我到总后任职后，很想多为党和人民做些事情，无论是工作也好，学习也好，自己的态度都是十分投入的，不懂的就虚心学习，想早日由"外行"变为"内行"。然而遗憾的是，由于我的眼疾恶化，1984年双目失明，我的愿望未能实现。通过学习关于"废除领导职务终身制"的有关规定，1985年9月，我主动申请退出中顾委，把位置让给较年轻的同志，不久就得到了党中央和党的代表会议的批准。与我一起退出中顾委的有萧劲光、何长工、傅钟、李达、钟期光等36位老同志。9月下旬的一天，中顾委在人民大会堂设宴欢送我们这些退出的老同志。小平、耀邦、先念、一波等领导同志出席。我在宴会上即席赋诗一首述怀："卸去征衣志未赊，耗穷光热即生涯，东风欲问落红趣，甘化春泥更护花。"宴会结束时，小平同志特意与我握手告别。

1987 年 10 月，我从总后顾问职务离休后，继续参加了有关党史、军史，主要是关于东北军党史的编写和研究工作。1982 年组织上要我参与中共东北军党史资料征集工作，1984 年又增补我为中共东北军党史十人小组的成员，参加了一些有关的会议。为了弄清东北军历史上一些有争议的问题，我多次亲自去中央档案馆查阅档案资料，到中央党史资料征集委员会、中央党史研究室、军事科学院与一些同志交谈，还访问了一些老同志，如抗战初期曾任山东省委书记的黎玉同志、郭洪涛同志及高克亭、崔介等同志。1983 年，我通过秘书向徐向前元帅询问一些问题，得到他的答复。1993 年 6 月我给陈云同志写过一封信，请教他一些问题，7 月 3 日，他在家中亲切地接见了我，这是我们在东北分手 40 多年之后，也是最后的一次倾心交谈。我是东北军 57 军党史小组的召集人，在经过多方面的调查以后，我与李欣同志写了一份关于东北军 57 军党史的材料，谷牧同志看了这份材料，作了修改，并写了"我没有意见"，把材料转交给我。另外，我还在其他同志帮助下，写了关于山东抗日根据地、东北解放战争和回忆罗荣桓、朱瑞等同志的文章。

1997 年 3 月在谷牧同志家聚会。前排坐者（左）谷牧、（右）万毅，后排是国务院原港澳办副主任李后及夫人。

从 1977 年我恢复工作到现在，整整 20 年了。这是解除了我在这之前近 20 年的压抑，在党内受到公正的待遇，在和煦的春风和晴朗的天空下，心情舒畅地工作、学习和生活的 20 年。虽然我没有多少才干和能力，也没有给党和人民做出什么贡献，但是在政治上受到了党的信任和教育，得到群众的监督和帮助。我由衷地感谢党和人民多年来对我的抚育和培养。今年我 90 岁了，回忆过去，策励未来，我对祖国美好的前途充满信心。我在有生之年，将在党的领导下，为党的事业发展进步继续努力奋斗！

风雨晦明九十年

逄浩田

作者曾在录音资料中说想为自己的回忆录取名为《风雨晦明九十年》，遗憾的是，1998 年回忆录出版后，其子女才听到录音。后来请在山东参加过抗战的军委原副主席逄浩田专门题写了"风雨晦明九十年"七个遒劲有力的大字。

后　记

　　1979 年 11 月，在我 20 年的沉冤得到平反昭雪之后，我开始萌生写些回忆的念头。一方面是为了回顾过去，另一方面也是为了策励未来。1980 年夏，我到大连疗养，遇见当时在总政写罗荣桓元帅传记的李维民同志，他支持我的想法，并答应协助我写出自己的回忆录。

　　于是，我从 1981 年暑期开始，在老战友王冰同志帮助下，着手录制回忆自己一生经历的录音带，先后持续了两三个夏天，共录了几十盘磁带。之后，王冰同志根据这些录音，整理出一个比较详细的大事年表，为写现在的这本书奠定了基础。1990 年，经李维民同志推荐，由军事科学院军史部的程广中同志执笔，开始为我整理回忆录。虽然他做了大量工作，但由于我出书的决心未定，因而搁置下来。一晃好多年过去了，直到去年初，李维民同志催促我并又推荐解放军报社的宋群同志接手回忆录的编辑整理工作。今年初，由宋群同志完成了全书的初稿。之后，李维民、李欣同志进行了统稿。最后，由我本人对全书进行了审定。

　　本书所记述的历史事实，绝大部分是我个人亲身经历，我认为内容是真实可靠的。个别属非亲身经历或是亲身经历的事件中记忆不准确的情况，我亲自到中央档案馆、解放军档案馆等有关单位做过核实查证，有的情况还通过走访当时的老战友、老同志加以印证。我个人对本书的内容负完全责任。

　　在本书的撰写过程中，除以上提到的宋群、程广中、李维民、李欣同志，他们在百忙中付出了辛勤的劳动之外，总后司令部办公室徐友田、赵中岭同志做了大量的资料整理及文字校对工作，吴士明、李铭、罗学怡等同志也参与部分校对工作，《年鉴信息与研究》杂志社的周立峰同志进行了录排工作。谨在此向给我以帮助的所有同志表示衷心的诚挚的谢意。

　　我谨以此书献给那些对我的成长进步给予了亲切关怀和教诲的我的老领

导、老上级；献给那些与我休戚相关、生死与共的新、老、存、殁的战友和
同志们。也愿这部回忆录，能给那些走近真理和正在实践真理途中跋涉的同
志和朋友提供几许有益的借鉴和参考。

万　毅

1997 年 8 月 1 日